Un MILLIARDAIRE PAS COMME LES AUTRES

Montlake Romance

Un

MILLIARDAIRE

PAS COMME LES AUTRES

J.S. Scott

Traduit par
Sylvie Cohen

J.S. Scott
XXX

LES SINCLAIR

Montlake
Romance

Édition originale parue aux États-Unis en 2015 sous le titre
No Ordinary Billionaire, Montlake Romance

Ce roman a été traduit grâce au programme AmazonCrossing

Publié par
Montlake Romance, Amazon Media EU Sàrl
5 rue Plaetis, L-2338, Luxembourg
Novembre 2018

Adaptation de la couverture par : Laura Addari / studio pym, Milano
Photos : © Flashpop / Getty Images

ISBN : 9782919803262

www.amazon.fr/montlakeromance

CHAPITRE 1

Une marée de policiers, leurs insignes barrés d'un crêpe noir en signe de deuil, se pressait dans le cimetière. Ils affichaient un air solennel et beaucoup transpiraient à grosses gouttes dans leurs épais uniformes, accablés par la chaleur du Sud californien.

La gorge nouée, l'inspecteur Dante Sinclair regardait la vidéo des funérailles de son coéquipier sur l'écran de son ordinateur portable en écoutant le dernier appel radio, resté sans réponse, à l'intention de l'inspecteur Patrick Brogan (une tradition en hommage aux officiers décédés). Son coéquipier avait été déclaré officiellement mort dans l'exercice de ses fonctions, et l'opérateur avait ajouté qu'il leur manquerait à tous.

Dante avala une grande goulée d'air et referma brutalement son ordinateur. Le jour des obsèques de Patrick, il faisait un temps radieux. Pas un nuage dans le ciel. Dommage que la météo n'ait pas été maussade et pluvieuse. C'était vraiment rageant, songea-t-il, que la cérémonie se déroule par un grand soleil, alors que Patrick n'était plus là pour en profiter. Quand il faisait beau, en effet, son collègue ne pensait qu'à pratiquer son hobby : la pêche à la ligne. Au lieu de quoi, il était sous terre, enfermé dans un cercueil recouvert du drapeau américain, dans l'impossibilité de se livrer à son passe-temps favori.

Dante balança son portable par terre. Peu lui importait qu'il se brise en mille morceaux. Il se redressa en réprimant une grimace de douleur. Hospitalisé et dans l'incapacité d'assister à l'enterrement de son collègue, il s'était forcé à visionner la cérémonie. Patrick et Dante fonctionnaient en binôme depuis des années, et tous deux appartenaient au même groupe de la brigade criminelle chargé des homicides. C'était son meilleur ami.

J'aurais dû mourir à sa place, se répéta Dante pour la énième fois.

Patrick laissait une femme et un fils adolescent : Karen et Ben. La famille avait pratiquement adopté Dante. Ils l'invitaient souvent à dîner, lorsque Patrick et lui-même avaient le temps de casser la croûte, ce qui n'était pas très fréquent ; leur travail accaparait le plus clair de leur temps, le soir surtout. Les meurtres survenaient rarement en plein jour dans leur secteur.

Karen et Ben n'auraient pas de soucis financiers. Dante y avait veillé en contribuant (anonymement) à hauteur de plusieurs millions de dollars à une collecte de fonds pour les Brogan. Évidemment, cela ne les consolerait pas ni ne leur ramènerait leur mari et père adoré, mais l'argent les aiderait à traverser cette terrible épreuve. Inutile de préciser que cette somme était une goutte d'eau, au vu de l'immense fortune qu'il possédait.

Dante avait été promu inspecteur en même temps que Patrick, son aîné de plus de dix ans, bien plus compétent que lui-même ne l'était à l'époque. Patrick lui avait appris à maîtriser sa nature impulsive, il lui avait enseigné la patience qui lui faisait cruellement défaut, et il l'avait aidé à s'améliorer.

C'était lui qui aurait dû mourir ! Pourquoi ne s'était-il pas trouvé à la place de Patrick quand le tireur avait ouvert le feu ?

Tous deux avaient pris en chasse un criminel qui avait violé et tué trois femmes dans ce quartier malfamé, sous la coupe des gangs. Ils l'avaient traqué en pleine rue, et attendu les renforts pour l'arrêter. Lors de son dernier forfait, l'homme avait fait preuve de négligence et laissé des traces ADN en quantité suffisante pour qu'on puisse enfin le localiser.

Dante balança péniblement les jambes hors du lit en se repassant mentalement le film des derniers instants de Patrick, le moment où il avait perdu son ami.

Tous deux s'étaient planqués assez près pour garder le suspect à l'œil.

Une voiture de police approchait, toutes sirènes hurlantes.

Paniqué, le type avait attrapé son semi-automatique et il s'était mis à tirer tous azimuts.

La raison pour laquelle il avait craqué à ce moment précis restait un mystère. Il savait que la police était à ses trousses, et le vacarme l'avait probablement affolé. Comme par un fait exprès, cette sirène n'avait rien à voir avec eux ; les collègues avaient été appelés pour un incident complètement différent. Ils n'auraient quand même pas annoncé leur arrivée à ce salaud avec tambours et trompettes ! Quoi qu'il en soit, cela avait suffi à lui faire perdre les pédales, et il s'était mis à canarder tout ce qui bougeait.

Patrick avait reçu une balle en pleine tête et il était tombé le premier. Dante avait fait écran de son corps pour sauver son coéquipier, il avait sorti son Glock et visé le truand qu'il avait mortellement blessé. Il n'avait pas compris tout de suite qu'il était déjà trop tard pour Patrick. Son ami était mort sur le coup.

Les rares civils présents à cette heure matinale s'étaient enfuis à toutes jambes, le laissant sur le carreau avec Patrick et le suspect.

Même si Dante portait un gilet pare-balles, les coups de feu tirés à bout portant avaient provoqué un grave traumatisme. En tout cas, il lui avait sauvé la vie et il s'en était sorti avec quelques côtes cassées.

Le projectile l'avait frappé au visage sans pénétrer le crâne, creusant toutefois une profonde balafre sur sa joue droite jusqu'à la tempe. La balle qu'il avait reçue à la jambe droite avait traversé la cuisse et la plaie nécessitait une intervention chirurgicale. Heureusement, l'os était intact et il en avait été quitte pour une simple égratignure au bras gauche.

Sacré veinard !

Il croyait presque entendre son partenaire plaisanter en prononçant ces mots, mais il ne se sentait pas vraiment privilégié en cet instant précis. Il avait été hospitalisé pendant une semaine à la suite de ses blessures, ce qui l'avait empêché d'assister à l'enterrement de Patrick et de lui faire ses adieux.

Son épouse et son fils lui avaient rendu visite peu après l'opération. Les yeux pleins de larmes, Karen avait affirmé que son mari aurait été très heureux de savoir que Dante avait survécu, et elle l'avait chaleureusement remercié d'avoir risqué sa vie pour le sauver. Aucun des deux ne lui en voulait pour la mort de Patrick et pourtant, Dante persistait à souhaiter s'être trouvé à la place de son collègue.

La culpabilité du survivant.

C'était ainsi que le psychologue du service avait qualifié ce syndrome, affirmant que c'était très courant dans ces circonstances. Ce commentaire avait donné à Dante des envies de meurtre, et il s'était retenu de flanquer son poing sur la figure de ce crétin. En quoi souhaiter mourir était-il normal, non mais sérieusement ?

La voix grave et inquiète de Grady retentit depuis le seuil de la petite chambre.

— Ça va ? J'ai cru entendre quelque chose tomber. Tu as tout ce qu'il te faut ? On va atterrir dans une heure environ.

Dante, ses frères et sa sœur s'étaient toujours efforcés de préserver Grady – sans grand succès d'ailleurs –, le souffre-douleur de leur père violent et alcoolique. Et voilà que les rôles s'inversaient. Dès qu'elle avait appris qu'il était blessé, la famille au grand complet avait accouru à Los Angeles afin de se relayer à son chevet, dans sa chambre d'hôpital. Pour l'heure, les deux frères se rendaient dans la villa de vacances que Dante avait fait construire dans le Maine, et où il ne séjournait que rarement. Chacun des Sinclair possédait une maison dans la presqu'île d'Amesport, où seul Grady résidait en permanence. Dante avait prévu de s'y réfugier, dans l'espoir qu'un changement de cadre l'aiderait à oublier.

Dès qu'il fermait les yeux, il revoyait Patrick agoniser. Il n'avait pas immédiatement saisi que son ami était mort, car il était tombé à terre en suffoquant, les yeux grands ouverts, le crâne pissant le sang. Maintenant qu'il le savait, il ne pouvait chasser cette vision de cauchemar de son esprit.

Ils se trouvaient à bord du jet privé de Grady, quelque part entre Los Angeles et Amesport. Ils étaient censés atterrir dans un petit aérodrome à l'extérieur de la ville.

Oubliant sa blessure, Dante enfouit machinalement son visage dans ses mains. Il jura sous l'effet de la douleur et se dépêcha de les retirer.

— J'aimerais bien une bière, dit-il.

— L'alcool et les antalgiques ne font pas bon ménage, rétorqua Grady.

Il se baissa pour ramasser l'ordinateur qui gisait sur le sol. Par miracle, l'appareil fonctionnait encore. Les sourcils froncés, il l'ouvrit pour voir ce que son frère venait de regarder.

— Tu visionnais l'enterrement ? Nous y étions tous, Dante. Je sais que tu es furieux de ne pas avoir pu y aller. On y a assisté parce que tu ne pouvais pas venir, justement.

Le fait que ses frères et sa sœur se soient rendus aux obsèques d'un parfait inconnu, alors que lui-même était cloué sur son lit d'hôpital, avait profondément touché Dante. Sa famille l'avait représenté. Ce geste comptait beaucoup pour lui, et pourtant…

Dante se composa un visage impassible et leva les yeux vers son aîné.

— Je voulais voir par moi-même. Et sache pour ta gouverne que je ne prends pas de médicaments.

C'était peut-être stupide, mais la douleur qu'il éprouvait dans sa chair atténuait un peu la fameuse culpabilité du survivant. Il avait mal parce qu'il payait le prix d'être toujours en vie, alors que Patrick se trouvait à six pieds sous terre.

Le psy était certain qu'il nourrissait des pensées autodestructrices. Dante se fichait de son avis.

— Je reviens tout de suite, lança Grady en quittant la pièce.

Il reparut presque aussitôt après avec une bouteille de bière qu'il décapsula et tendit à son frère.

— Ce n'est pas ce qu'il y a de mieux pour la santé, mais bon, ça ne pourra pas te faire de mal.

Dante porta la bouteille à ses lèvres ; il renversa la tête et avala une bonne rasade du liquide frais en se demandant si c'était bien raisonnable. L'amertume lui rappela un flot de souvenirs – toutes les fois où Patrick et lui se retrouvaient autour d'une bonne bière. Il l'engloutit d'un trait sous le regard songeur de son frère avant de lui rendre la bouteille vide.

— Merci.

— Tu es sûr que ça va ? insista Grady. Tu as mal, je sais, mais ça finira par passer. En revanche, j'aimerais savoir comment tu te sens, *toi*.

Dante dévisagea son frère aîné, ému par l'anxiété qu'il lisait dans ses yeux gris. Après l'enfance et l'adolescence désastreuses qu'ils avaient vécues, les Sinclair avaient beau être dispersés aux quatre coins du pays, ils étaient unis par des liens d'affection qui ne s'étaient jamais distendus. Ils ne se retrouvaient qu'en de rares occasions, mais ils restaient soudés ; il l'avait une nouvelle fois constaté sur son lit d'hôpital. Devant le regard préoccupé que Grady dardait sur lui, il finit par rendre les armes.

— Non, ça ne va pas fort, concéda-t-il à contrecœur.

Patrick n'était plus là. Dante aurait voulu être mort à sa place. Son corps souffrait et, au fond de lui, tout était froid et sombre.

Il considéra son frère avec inquiétude, persuadé que rien ne serait plus jamais comme avant.

CHAPITRE 2

— Avez-vous lu ma chronique aujourd'hui ?

Le docteur Sarah Baxter considéra sa patiente allongée sur la table d'examen après une consultation de routine. Elsie Renfrew était membre du conseil municipal d'Amesport, et la plus grande commère de la ville. Elle avait beau être âgée et excentrique, elle avait gardé toute sa tête. Sarah s'était attachée à la vieille dame dont elle n'ignorait pas la roublardise ; aucun détail de la vie privée de la quasi-totalité des résidents d'Amesport ne lui échappait. On l'appelait derrière son dos « Elsie l'indic », mais, redoutant le pouvoir et l'influence dont elle savait user, personne n'osait le lui signifier en face. Sarah admirait le cran et l'esprit alerte de cette femme, mais en sa présence, elle était constamment sur ses gardes et évitait de lui faire des confidences. Une bribe d'information un peu juteuse, la plus vague allusion concernant tel ou tel habitant d'Amesport finissait par paraître un jour ou l'autre dans la rubrique d'Elsie « Nouvelles d'Amesport » du *Amesport Herald.* Sarah ne pouvait s'empêcher d'admirer l'énergie que, à quatre-vingts ans bien tassés, sa patiente déployait encore au sein de leur communauté, même si Mme Renfrew la terrifiait parfois, elle devait bien l'admettre. Avec son air si doux et innocent qu'on lui aurait donné le bon Dieu sans confession, ce petit bout de femme se plaisait à déformer le moindre propos qu'elle se dépêchait de livrer en pâture à toute la ville. Elle n'était pas méchante, mais intimement convaincue qu'il était de son devoir d'informer ses lecteurs, étant donné que ses origines familiales remontaient à la fondation de la cité.

— Non, madame Renfrew, je n'ai pas encore eu le temps de lire le journal aujourd'hui, affirma Sarah, se disant qu'en l'occurrence un mensonge ne prêtait pas à conséquence.

En réalité, elle l'avait survolé au petit déjeuner, y compris l'article d'Elsie intitulé : « Un autre Sinclair ultra-canon rentre au bercail gravement blessé. »

S'il y avait une chose que Sarah tenait absolument à cacher à Mme Renfrew, c'était qu'elle en savait davantage sur ce sujet que n'importe qui – à l'exception peut-être de la famille dudit beau gosse.

— Allons mon chou, jusqu'à quand vais-je devoir vous répéter de m'appeler Elsie ?

La vieille dame menue aux cheveux gris tapota le bras de Sarah et sauta à terre avec agilité, ses espadrilles amortissant le choc. Curieusement, elle avait l'air très élégant en dépit de ses baskets blanches et de son survêtement rouge.

Sarah se précipita pour la soutenir.

— Vous me l'avez demandé, Elsie, c'est vrai, je vous présente mes excuses.

Arrivée depuis presque une année dans la petite ville balnéaire d'Amesport, Sarah avait encore du mal à appeler ses patients par leurs prénoms, même si tout le monde sans exception la priait de le faire en raison des liens d'amitié qu'elle avait tissés avec chacun d'eux.

Elle s'était spécialisée en médecine interne et avait passé sa première année de pratique à Chicago, où elle n'avait pas une clientèle fidélisée. En effet, elle travaillait surtout en milieu hospitalier où l'on n'avait guère le temps de développer le côté relationnel, sauf envers les rares patients dont l'état nécessitait un séjour prolongé.

Un frisson lui parcourut l'échine à ce souvenir.

Elsie haussa un sourcil inquisiteur, l'œil espiègle.

— J'ai pensé que vous seriez peut-être le médecin traitant de Dante Sinclair durant son passage chez nous. Les praticiens ne sont pas légion en ville.

Sarah secoua la tête.

— Même si c'était le cas, Elsie, je ne vous le dirais pas. Je suis tenue par le secret médical.

Dieu merci, le prétexte était tout trouvé. Sarah avait une bonne excuse pour se dérober chaque fois qu'Elsie lui posait des questions indiscrètes.

La vieille dame lui lança un regard oblique.

— Donc, j'ai vu juste au sujet de Dante Sinclair, mais vous êtes bouche cousue par respect du code de déontologie médicale, c'est ça ?

Sarah n'allait quand même pas tomber dans un piège aussi grossier, sachant que moins elle en dirait, mieux elle s'en porterait. Elsie était du genre coriace, et elle n'aurait de cesse que de parvenir à ses fins.

— Absolument pas. Je me borne à vous rappeler qu'un médecin ne peut donner aucune information concernant l'un de ses patients.

— Il est très riche, vous savez, enchaîna Elsie. De surcroît, il est célibataire, et c'est un véritable héros. Il s'est jeté devant Patrick pour tenter de lui sauver la vie, et il a abattu le tueur pour éviter de faire d'autres victimes. C'est l'homme qu'il vous faut, mon chou. Beatrice et moi en parlions justement, ce matin.

Oh, Seigneur !

Le simple fait d'imaginer Elsie discuter avec Beatrice Gardener de son avenir lui donnait des boutons. Beatrice, l'autre colporteuse de ragots d'Amesport, se prenait pour la marieuse locale. Les deux femmes avaient à peu près le même âge et elles étaient un danger public lorsqu'elles officiaient ensemble.

— Je ne cherche pas de mari, se défendit-elle.

Elsie ouvrit la bouche pour répliquer, quand elle fut interrompue par un coup frappé à la porte.

Ouf, sauvée par le gong !

— Entrez ! claironna Sarah.

Kristin, son assistante, une rouquine pleine d'entrain, passa la tête dans l'embrasure de la porte. Elle ouvrit grand le battant et fit signe à Elsie de la suivre.

— Prête pour votre prise de sang ?

Merci, articula silencieusement Sarah à l'adresse de son assistante, tandis que sa patiente esquissait une grimace, visiblement contrariée de ne pas avoir atteint son objectif, et se dirigeait de mauvaise grâce vers la sortie.

— Bonne journée, Elsie ! lança Sarah. Je vous revois très bientôt pour vos résultats d'analyse.

— Rappelez-vous ce que je vous ai dit, jeta la vieille dame par-dessus son épaule. Vous êtes faits l'un pour l'autre. Beatrice et moi nous trompons rarement. Elle a un sixième sens pour ces choses-là.

— D'accord, acquiesça Sarah, soulagée de la voir partir.

Kristin lui adressa un regard appuyé en refermant la porte.

Enfin, seule !

Sarah aimait bien ses patients et, en temps normal, elle avait plaisir à échanger avec Elsie sur des sujets autres que les ragots d'Amesport. Mais la vieille dame était sans nul doute en mission d'information, de sorte que Sarah avait dû rester constamment sur ses gardes de crainte de se trahir. Seulement, elle ne savait pas mentir. Elle n'en avait jamais ressenti le besoin ni l'envie. Un scientifique n'a guère recours au mensonge. En fait, elle n'était pas douée pour la dissimulation.

Sans doute parce que, avant de débarquer ici, elle n'avait jamais eu de véritables amis avec qui jouer à ce jeu-là.

Dante Sinclair allait effectivement devenir son patient. Elle avait parcouru son dossier et savait qu'il arriverait de Los Angeles le jour même. Elle s'était entretenue avec son médecin traitant et le psychiatre de l'hôpital où il avait été admis. La veille au soir, elle avait étudié la nature de ses lésions, examiné ses antécédents médicaux, consulté les notes sur son état de santé, ainsi que sur les circonstances qui avaient entraîné ses blessures.

Il avait perdu son coéquipier. Cela avait dû être un terrible traumatisme. Pourtant, il avait réussi à éliminer un tueur en série, alors qu'il était lui-même salement amoché, et il avait pris de gros risques pour secourir son collègue, ignorant que ce dernier avait déjà succombé à ses blessures.

Dante Sinclair était un héros, c'était un fait indéniable, mais à en juger par son profil psychologique, il avait du mal à admettre la mort de son ami et manifestait des tendances autodestructrices.

La culpabilité du survivant.

Elle n'était pas psychologue et, en toute honnêteté, elle ne comprenait pas grand-chose aux troubles psycho-comportementaux. Ce syndrome ne lui semblait pas dépourvu de fondement, même s'il lui semblait un peu tiré par les cheveux.

La culpabilité du survivant est une affection mentale qui se produit lorsqu'une personne considère qu'il n'aurait pas dû survivre à un événement traumatisant, alors que d'autres en sont morts.

Si Sarah n'avait pas traversé une expérience douloureuse l'année précédente, elle aurait sans doute affirmé que la culpabilité du survivant était irrationnelle. Plus maintenant. Les réactions mentales étaient peut-être illogiques, mais elles existaient et pouvaient détruire ceux qui en souffraient.

Elle quitta la salle d'examen et gagna son petit bureau, où elle retira sa blouse. Elle enfila un jean et une chemisette mauve, chaussa ses sandales, attrapa son sac et emprunta le couloir sur la pointe des pieds, peu désireuse de retomber sur Elsie. Kristin effectuait un bilan sanguin de routine et elle n'en aurait pas pour longtemps.

Dire qu'elle devait se faufiler dans son propre cabinet comme une voleuse !

En sortant du bâtiment, Sarah huma l'air salin avec bonheur et se sentit aussitôt ragaillardie. Amesport était une ville à taille humaine qui présentait l'avantage de combler ses attentes tout en conservant un charme un rien désuet. Son cabinet se trouvait au centre-ville et le quartier bouillonnait d'activité, comme chaque après-midi durant la période touristique. Ses cheveux blonds mi-longs avaient tendance à frisoter de manière incontrôlable avec l'humidité, mais elle n'en avait cure. Elle n'allait certainement pas retourner dans son bureau chercher une barrette, et puis elle avait fini par s'habituer à l'influence du climat capricieux du Maine sur sa crinière. Elle regagna son 4x4, regrettant de ne pas avoir le temps de s'attarder sur la grand-place. Elle mourait d'envie de déguster un café *latte* chez Brew Magic, la brasserie du coin, et elle aurait adoré flâner le long de Main Street. Elle allait généralement travailler à pied, mais puisqu'elle devait se rendre dans la presqu'île ce jour-là, elle avait décidé de prendre sa voiture.

Elle roulait au pas en raison de la foule des touristes et des estivants, l'esprit occupé par son nouveau malade. La raison pour laquelle elle avait hérité de Dante Sinclair était évidente. Elle n'était pas aussi débordée que les autres médecins, vu qu'elle consultait uniquement dans le secteur privé et n'exerçait à Amesport que depuis un an. Si l'un de ses patients devait être admis à l'hôpital local, elle le dirigeait vers un confrère. Elle avait donc tout loisir de rendre visite à Dante Sinclair à son domicile, comme l'exigeait son état de santé. En outre, elle était curieuse de rencontrer un membre de l'illustre famille dont on lui rebattait les oreilles. Grady Sinclair était la coqueluche des habitants, depuis qu'il usait de son pouvoir et de sa fortune pour améliorer les conditions de vie de ses concitoyens. Nul n'ignorait que c'était grâce à sa générosité que le centre de jeunesse local avait pu célébrer la fête de Noël. Et maintenant qu'il en avait épousé la directrice, il faisait figure de héros.

Dire que Grady Sinclair avait autrefois la réputation d'être un ours, un misanthrope ! Difficile à croire. Son épouse était devenue la patiente et la meilleure amie de Sarah. Emily préférait en effet avoir affaire à une femme pour ses visites de routine. Sarah aimait bien Grady qui, tout milliardaire qu'il était, issu d'une riche famille très influente de Boston depuis des générations, était un homme simple et jovial.

Quant à son frère, c'était vraiment curieux qu'un milliardaire soit flic. Un inspecteur chargé des homicides à Los Angeles, qui plus est !

Le cerveau de Sarah raisonnait et analysait les données comme un véritable ordinateur, et pourtant elle était incapable d'élucider cette énigme. Elle avait beau avoir un QI supérieur à la moyenne, le comportement de Dante Sinclair lui paraissait tout simplement… incohérent.

C'était un patient comme un autre. Elle n'avait pas à se soucier de ses choix de carrière, si surprenants soient-ils.

Elle quitta la ville en se demandant pourquoi Dante Sinclair l'obsédait à ce point.

Peut-être parce qu'elle avait passé le week-end à écouter l'avalanche de messages émanant de sa famille, de ses connaissances et de ses amis.

Sitôt après l'enterrement du coéquipier de Dante, le téléphone de Sarah n'avait cessé de sonner, obligeant son assistante à filtrer les appels *via* la messagerie. Les frères et la sœur de Dante Sinclair avaient probablement informé ses collègues de Los Angeles de sa destination, ainsi que du médecin désigné pour le suivi de sa convalescence. Sarah avait reçu d'innombrables appels ; tout le monde, de sa famille jusqu'à ses partenaires de poker, la suppliait d'aider Dante à reprendre du poil de la bête. Certains lui avaient offert leur aide. Los Angeles ne manquait sûrement pas de flics ;

pourtant Sarah avait rarement vu des manifestations d'intérêt aussi vives que pour Dante Sinclair. Plusieurs personnes étaient même allées jusqu'à lui proposer de l'argent, oubliant que l'inspecteur ayant été blessé en service, les soins médicaux étaient intégralement pris en charge. En tout cas, il était clair que, hormis ses proches, nul ne se doutait que sa famille était l'une des plus riches et influentes de la planète. L'inquiétude exprimée par ses interlocuteurs semblait authentique, de sorte que Sarah en était venue à penser que Dante Sinclair devait être quelqu'un d'exceptionnel avant le drame qui l'avait frappé.

Elle franchit la grille automatique qui protégeait le domaine des Sinclair. L'immense parc qui s'étendait à perte de vue faisait partie intégrante de la propriété ; c'était proprement stupéfiant. Sarah rêvait de s'y promener, sans en avoir jamais eu l'occasion. Emily habitait non loin de là avec son époux Grady mais, pour des raisons d'emploi du temps, les deux amies jugeaient plus pratique de se retrouver en ville.

Un coup de tonnerre surprit Sarah. Elle remarqua alors les gros nuages sombres amoncelés à l'horizon, tandis qu'elle obliquait sur la droite. Elle s'engagea dans la voie privée menant à la maison et fut ébahie : le chemin privatif s'ouvrait sur une allée qui aurait pu abriter toute une flotte de véhicules.

L'immense demeure était dans le style de Cape Cod, à l'image du pavillon qu'elle-même occupait à la périphérie de la ville. Mais ce manoir n'avait rien d'un bungalow douillet. Il était si vaste qu'il aurait pu contenir au moins dix fois sa petite maison à elle.

— C'est dingue d'avoir un palais pareil et de ne jamais y mettre les pieds, marmonna-t-elle entre ses dents.

Des gouttes de pluie de plus en plus drues s'écrasaient sur le pare-brise ; elle n'y voyait plus rien. Elle saisit son sac, ouvrit la portière et fonça vers le porche. Elle frappa à la porte, puis sonna avec un frisson d'appréhension. Autant elle était détendue avec ses patients dans son cabinet, autant elle était mal à l'aise en société. C'était sûrement dû au fait qu'elle avait sauté plusieurs classes. La plupart de ses camarades d'école la considéraient comme une surdouée – ce qui était d'ailleurs le cas – et ils étaient souvent trop âgés pour se lier d'amitié avec elle, vu qu'ils n'avaient pas grand-chose en commun. En fait, elle n'avait jamais eu de véritables amis avant de débarquer à Amesport. D'autant qu'elle ne se gênait pas pour exprimer le fond de sa pensée. Ses commentaires devaient être d'un ennui mortel pour tout le monde, sauf si l'on souhaitait aller au fond des choses, scientifiquement parlant. Elle avait une mémoire d'éléphant et était capable de retenir la moindre notion, même apprise depuis des lustres. Elle mémorisait n'importe quelle information, tel un disque dur disposant d'un espace de stockage illimité.

Pour ce qui était de bavarder à tort et à travers, Sarah était à bonne école à Amesport, même si elle avait encore quelques scrupules à échanger avec des personnes qu'elle connaissait à peine.

Dante Sinclair était un patient comme un autre, se répéta-t-elle, *à la différence près qu'elle l'examinerait à son domicile. Un malade était un malade, quel que soit le lieu de la consultation. Ils discuteraient de sa santé et du moyen d'accélérer son rétablissement, un point c'est tout. Il était blessé et ne s'attendait probablement pas à une conversation de salon.*

Le porche était muni d'un auvent, mais la tempête était si violente qu'elle était déjà trempée. Transie de froid, elle se frotta les bras en attendant avec impatience qu'on lui ouvre.

Dante Sinclair devait être là. Elle était arrivée à l'heure convenue pour sa première visite de contrôle et, dans l'état où il se trouvait, elle ne l'imaginait pas baguenauder Dieu seul savait où. Elle saisit le loquet ornementé, le tira et s'aperçut que la porte n'était pas verrouillée. Elle poussa le battant et se retrouva dans un imposant vestibule.

On ne s'introduisait pas chez les gens sans y être invité !

Tant pis. Elle aurait sans doute dû s'abstenir, mais peut-être s'était-il blessé et avait-il besoin d'aide ?

— Monsieur Sinclair ! appela-t-elle d'une voix mal assurée qui résonna dans l'espace béant.

Elle recommença plus fort et plus distinctement, ôta ses sandales trempées qu'elle déposa près de la porte, et s'aventura à l'intérieur sur la pointe des pieds. Au bout de quelques minutes, de plus en plus inquiète après avoir inspecté la maison de fond en comble, elle n'avait toujours pas trouvé son patient.

Sarah était sur le point de renoncer et s'apprêtait à appeler Grady Sinclair, le frère aîné de Dante, quand elle perçut un bruit du côté de la cuisine. Elle s'y précipita et se retrouva devant une porte close qu'elle ouvrit, pensant qu'il s'agissait d'un placard. En réalité, elle menait au sous-sol. Sarah dévala l'escalier et s'immobilisa sur la dernière marche. Elle distingua une imposante silhouette qui soulevait des énormes haltères au-dessus de sa tête.

L'homme ne l'avait pas entendue, car il portait sur les oreilles des écouteurs qui diffusaient de la musique *metal* si fort que Sarah pouvait l'entendre depuis l'escalier.

Elle reconnut Dante Sinclair à la cicatrice qu'il avait au visage et à la profonde meurtrissure qui balafrait son torse nu et musclé. Il était vêtu en tout et pour tout d'un pantalon de jogging taille basse. Son regard s'attarda malgré elle sur la fine toison sombre qui partait de son nombril et disparaissait sous la ceinture.

Elle scruta son visage, observant la sueur qui dégoulinait sur son front, ses joues et sa poitrine, ses cheveux taillés en brosse humides de transpiration, ses traits déformés par la douleur, sûrement pas à cause de l'exercice physique. Avec un corps aussi vigoureux et athlétique, il lui en aurait fallu davantage pour dépasser ses limites. Elle avait vu des patients, affaiblis par des blessures aussi graves, gémir de douleur à cause d'un simple faux mouvement, ou juste en respirant. Les côtes fêlées étaient très douloureuses, et les efforts qu'il déployait tout bonnement insensés.

À quoi jouait-il donc ?

Elle s'approcha, attrapa à deux mains l'un des haltères qu'elle laissa choir sur le sol. Sans lui laisser le temps de réagir, elle s'empara du second, qui retomba avec fracas, et reconnut le bruit qu'elle avait entendu de là-haut. De toute évidence, il avait laissé échapper la barre.

Il arracha ses écouteurs qu'il balança sur une chaise voisine avant de se tourner vers elle, l'air furibond.

— Qui êtes-vous ? beugla-t-il.

C'était au tour de Sarah de monter sur ses grands chevaux. Les mains sur les hanches, elle soutint hardiment son regard. Malgré son mètre soixante-douze, elle dut renverser la tête pour le toiser. Il mesurait un mètre quatre-vingt-dix au bas mot. Elle n'en revenait pas de voir Dante Sinclair sur pied, et surtout déployer de tels efforts dans l'état où il était.

— Vous cherchez à aggraver vos blessures, dites ? Vous êtes maso ou complètement ignorant ? Vous devez vous reposer pendant votre convalescence aussi longtemps que ce sera douloureux.

Elle se sentait en droit de lui parler sur ce ton. Apparemment, le diagnostic de son comportement autodestructeur était fondé. Pourquoi se détruisait-il ainsi ? Il avait eu de la chance, vu le nombre de balles dont il avait écopé. Alors pour quelle raison cherchait-il à aggraver son cas ?

Fascinée, elle scruta son visage aux narines dilatées, au regard orageux, hostile. Il n'avait pas l'air de souffrir – pas physiquement, en tout cas. Il semblait prêt à lui sauter à la gorge, ou à étrangler quiconque se serait avisé de lui mettre des bâtons dans les roues.

Était-ce bien là le patient qu'elle devait assister sous la pression de son entourage ?

Elle avait du mal à associer l'homme campé devant elle et celui que tout le monde désirait tant voir guérir. Il avait les joues mangées par une barbe de plusieurs jours et il semblait n'avoir envie que d'une chose : qu'on lui fiche la paix.

— Maso *et* ignorant ? répéta-t-elle plus fort, curieuse de voir sa réaction.

— Vous vous êtes introduite chez moi par effraction. J'ai dit à Grady que je n'avais pas besoin d'une baby-sitter. Allez-vous-en !

Sarah croisa les bras sur sa poitrine.

— Ce n'est pas votre frère qui m'envoie. Et je ne suis pas entrée par effraction non plus. La porte n'était pas verrouillée.

— Je me moque de savoir qui vous a dit de venir. Fichez le camp, point barre.

— Certainement pas. Et d'abord, je ne suis pas une baby-sitter. Je suis là pour m'occuper de vous.

— Ah bon… alors, à poil et à quatre pattes ! Ça fait un bail que je ne me suis pas envoyé en l'air, et c'est tout ce dont j'ai besoin en ce moment.

Il ne parlait pas sérieusement. Il cherchait à la provoquer pour l'inciter à déguerpir.

Sarah ne s'offusqua pas. Elle avait l'habitude des propos lestes de certains patients masculins, sauf qu'ils avaient généralement dans les quatre-vingts ans et souffraient de démence sénile.

— Je vous déconseille le sexe pendant encore plusieurs semaines au minimum. Vous pouvez faire un peu d'exercice, mais sans exagérer. Avez-vous besoin d'aide pour monter l'escalier ?

Elle vit son expression se muer en perplexité. C'était déjà un bon début qui lui fournissait un précieux indice. Sa colère était une façade. Il avait perdu son collègue et il avait failli y passer à son tour. Il aurait voulu mourir à la place de son collègue et il avait l'intention de se mortifier pour avoir sauvé sa peau, comme si tout était sa faute. Elle avait pour mission de l'aider à franchir cette étape de reconstruction sans trop de dégâts. Il en avait assez bavé comme ça. Son indignation se mua aussitôt en compassion. Elle était furieuse de le voir agir aussi stupidement, mais elle en comprenait la raison.

— Non, merci, je n'ai besoin de personne, rétorqua-t-il d'un ton bourru en claudiquant vers l'escalier.

Elle le suivit, se repaissant du spectacle de son dos, de ses fesses incroyablement musclées qui auraient excité n'importe quelle fille normalement constituée. Elle s'en voulait de le reluquer alors qu'il gravissait péniblement les marches. Il tituba à plusieurs reprises, mais il s'en tira sans trop de mal.

Une fois arrivé à la cuisine, il repartit à l'assaut.

— Filez, maintenant. Je ne veux voir personne ici.

Il voulait s'isoler pour lécher ses plaies, bien sûr. Hors de question. Elle avait une tâche à accomplir et, en premier lieu, elle devait ausculter son patient.

— Allez vite prendre une douche. Vous avez transpiré et vos plaies risquent de s'infecter.

— Auriez-vous l'intention de me donner un coup de main ?

— Certainement pas. Puisque vous avez réussi à monter l'escalier tout seul, je présume que vous êtes capable de vous doucher.

Il tendit le bras pour jouer avec l'une de ses mèches humides.

— Vous êtes trempée. Alors autant vous rendre utile et venir m'aider.

Elle écarta sa main d'un geste vif.

— Il pleut à verse, au cas où vous ne l'auriez pas remarqué. C'est pour cette raison que je suis entrée sans autorisation. La porte n'était pas fermée à clé, je vous l'ai dit. Maintenant, je veux bien faire un effort si c'est absolument nécessaire. J'en profiterai pour vous examiner en même temps.

Au fond, pourquoi pas ? Il tenait à peine debout et elle voulait examiner sa blessure à la cuisse.

Elle était médecin, pour l'amour du ciel ! Ce n'était quand même pas la première fois qu'elle voyait un homme nu !

Peut-être, mais jamais aussi bien bâti que Dante Sinclair. Quoi qu'il en soit, elle saurait rester professionnelle. Cette histoire de soins à domicile la perturbait. Son cabinet était tellement plus sûr. Les frontières y étaient claires et nettes, alors qu'ici, elle ne se sentait pas à sa place. Avec la fortune des Sinclair, elle s'était attendue à le voir secondé par un personnel nombreux. Il avait sans doute catégoriquement refusé.

Dante lui lança un regard sceptique.

— M'examiner ? Mais qui diable vous a envoyée ici ?

Elle respira un bon coup avant de répondre.

— Le Dr. Blair de Los Angeles. Il m'a demandé de m'occuper de vous. J'ai été mandatée pour être votre médecin traitant ici, à Amesport. Le cabinet du Dr. Blair m'a transmis votre dossier. Nous nous sommes d'ailleurs entretenus au téléphone à votre sujet.

— Vous me faites marcher, hein ? Avez-vous seulement l'âge légal pour consommer de l'alcool ? Le Dr. Blair m'a averti qu'il m'adresserait à un confrère à Amesport. J'aurai besoin d'un certificat médical de reprise du travail. Non que j'aime particulièrement les médecins, mais ma direction l'exige.

— Je m'appelle Sarah Baxter, inspecteur Sinclair. Dr. Sarah Baxter. J'ai vingt-sept ans et je suis vraiment votre médecin.

Il la jaugeait de son regard noisette. Elle se raidit. Sans maquillage (effacé par la pluie), les cheveux trempés, elle faisait très jeune et elle n'avait certainement pas l'air d'un médecin.

Dante esquissa un sourire.

— Ça alors ! J'aurais juré que vous étiez une baby-sitter.

Sur ces mots, il tourna les talons et boitilla vers la porte de la cuisine, laissant Sarah mater son sublime fessier. Elle se demanda s'il avait cru un seul mot de ce qu'elle lui avait dit.

— Je suis médecin interniste, pas pédiatre, martela-t-elle dans son dos. En tout cas, m'occuper de vous et de votre santé relève du baby-sitting, en effet, grinça-t-elle entre ses dents en lui emboîtant le pas.

Chapitre 3

Assis à la table de la cuisine, Dante observait avec fascination la gracieuse jeune femme blonde qui se déplaçait avec des mouvements fluides et efficaces. Il n'avait pas osé lui demander son aide pour se doucher. Il n'aurait pas hésité si elle le lui avait proposé. Il n'avait pas baisé depuis une éternité et il était en manque. Au lieu de quoi, il l'avait priée de l'attendre dans sa chambre, puis il l'avait laissée l'ausculter sans rechigner, son sexe soigneusement dissimulé sous une serviette. Il réprima un sourire en se demandant si elle avait remarqué la protubérance qui gonflait l'éponge, surtout lorsqu'elle avait palpé sa blessure à la cuisse. Il se grisait de son parfum, une fragrance vanillée, fraîche comme la pluie. Une fois secs, ses cheveux blonds aux opulentes boucles arboraient une teinte plus claire, observa-t-il, sous le charme.

Seul bémol, elle était du genre autoritaire. Elle avait pris possession de la cuisine sans lui demander son avis, déclarant qu'elle allait préparer quelque chose à grignoter quand elle avait découvert qu'il n'avait rien avalé de la journée.

— Vous êtes vraiment médecin ? insista-t-il. Vingt-sept ans, c'est très jeune !

Même en admettant qu'elle vienne de finir ses études, c'était matériellement impossible.

— Mais oui. Je suis entrée à la fac à douze ans. À seize ans, j'ai décroché deux licences, l'une en biologie et l'autre en musique. J'ai terminé médecine à vingt et un ans et mon internat à vingt-quatre. J'ai exercé une année en médecine interne à Chicago avant d'arriver ici, il y a quelques mois. J'ai eu vingt-sept ans la semaine dernière.

— Un petit génie, commenta Dante en la regardant confectionner deux sandwichs.

Elle haussa les épaules.

— Je déteste cette expression. Disons que j'ai suivi un parcours accéléré.

Un parcours accéléré, tu parles ! C'était un prodige, cette fille.

Il s'en était aperçu dès qu'elle avait ouvert la bouche, mais pour l'instant, ce n'était pas vraiment son brillant cerveau qui le captivait. Il ne pouvait détacher les yeux de ses jolies fesses galbées, ses jambes interminables qu'il imaginait enserrant sa taille tandis qu'il s'enfoncerait dans sa moiteur. Belle et surdouée serait une description plus appropriée de Sarah Baxter, mais il s'était bien gardé de le lui déclarer. Il avait commis l'erreur d'évoquer ses yeux admirables, surtout les iris qui tiraient sur le violet. Et il avait eu droit à un exposé exhaustif sur leur couleur, plutôt bleu foncé, et sur le fait que les yeux violets n'existaient pas selon l'échelle de Martin-quelque-chose, sauf dans les cas d'albinisme. Certaines teintes de vêtements, voire l'intensité de l'éclairage pouvaient en modifier la nuance, avait-elle précisé. Il ne se rappelait plus les détails ; il s'était noyé dans ses prunelles incroyables tandis qu'elle discourait, tout en se figurant leur éclat sous le feu du désir. Son intelligence était loin de lui déplaire. Au contraire, elle l'excitait. Sarah était différente des femmes qu'il avait l'habitude de fréquenter. Rien ne semblait l'étonner, ni l'irriter – sauf quand il s'était couvert de ridicule au sous-sol, tout à l'heure. Il décida de ne plus la taquiner et se mit à la bombarder de questions.

— Vous avez un QI de génie, si je comprends bien ?

— J'avais cent soixante-dix la dernière fois que j'ai passé le test, concéda-t-elle de mauvaise grâce. Ça fait un bail !

— Niveau Einstein, quoi !

Elle déposa un sandwich au jambon devant lui et lui fit signe de commencer.

— Einstein n'a jamais subi de test d'évaluation, je vous signale. On estime qu'il aurait dû se situer *grosso modo* entre cent soixante et cent quatre-vingts. En réalité, on n'en sait rien.

— Bon, alors niveau Einstein, confirma-t-il, amusé.

Les informations jaillissaient de ses lèvres à jet continu. Était-elle capable d'avoir une conversation normale ? Il mordit dans son sandwich, surpris d'avoir faim pour la première fois depuis le drame. Il déchanta quand, quelques minutes plus tard, elle lui apporta un verre de jus d'orange et deux antalgiques.

— Inutile, je les ai déjà pris, mentit-il.

Autant lui faire croire qu'il les avait avalés. Il ne supporterait pas un nouveau sermon à propos de ces fichues pilules.

Elle posa les cachets et le verre à côté de son assiette, puis alla chercher le second sandwich et un verre de lait avant de s'installer en face de lui.

— Ce n'est pas vrai.

Il se rembrunit. Elle avait raison, bien sûr. Curieux, il se débrouillait habituellement assez bien pour tromper son monde. Il avait développé ce talent dans sa profession.

— Comment le savez-vous ?

Elle lui lança un regard aigu, comme pour signifier qu'elle n'était pas dupe, mordit dans son sandwich et prit son temps avant de répondre.

— Raisonnement fondé sur des preuves, inspecteur Sinclair. Vous devriez comprendre cela mieux que n'importe qui. On vous a prescrit soixante cachets, or le flacon est intact. J'en ai tiré la conclusion logique. Vous n'en avez pris aucun.

Elle avait compté les cachets un à un ! Quel médecin se serait donné cette peine ? Finalement sa brillante intelligence n'était pas une sinécure !

Sarah avala une gorgée de lait avant de poursuivre.

— Votre souffle est court et superficiel. Votre médecin vous a certainement expliqué qu'il était important de respirer à fond et de tousser pour éviter un risque de pneumonie à cause de vos côtes cassées. Vous devez prendre les antalgiques qu'on vous a prescrits pour calmer la douleur provoquée par la respiration et la toux. Quant à vos autres blessures, elles cicatrisent normalement.

— J'aime mieux avoir mal, reconnut-il d'un air bougon.

— Pour quelle raison ?

Il planta son regard dans le sien. Elle ne semblait pas vouloir le juger, ni chercher à le réconforter, contrairement au psy de la police. Elle avait l'air simplement... curieux. On aurait dit que son esprit rationnel était confondu par l'incohérence de son comportement.

Comment lui expliquer ce qu'il ressentait alors qu'il ne le comprenait pas lui-même ? Une chose était sûre : il aurait dû mourir à la place de Patrick. Que possédait-il en réalité ? L'affection de ses frères et de sa sœur, certainement, mais cela ne pesait pas lourd en comparaison de l'existence que Patrick menait avec Karen et Ben. Ils formaient une famille unie. Patrick était père. À présent, son fils était orphelin et sa femme, veuve.

Dante fuyait toute relation durable. Certes, il avait eu des liaisons, surtout avec des femmes qui, comme lui, préféraient les aventures sans lendemain. Sa profession l'accaparait vingt-quatre heures sur vingt-quatre, sept jours sur sept. Il privilégiait sa carrière, et cela lui convenait très bien.

— Patrick est mort, fit-il. Et moi, je suis vivant. Il avait une femme et un fils qui l'adoraient.

— Vous avez perdu votre partenaire et votre meilleur ami, je sais, mais je ne vois pas le rapport avec le fait qu'il faut vous soigner. Que vous preniez ou non vos médicaments, cela changerait quoi ?

— J'aurais dû recevoir la balle à sa place. Je n'aurais pas laissé un orphelin et une veuve derrière moi. Patrick tenait à un tas de choses dans l'existence. Je savais à quoi je m'exposais en acceptant ce poste, et j'assumais l'éventualité de mourir n'importe quand en traquant des criminels.

— Croyez-vous que Patrick l'ignorait ?

Dante se remémora les paroles de Karen. *Il est mort en faisant exactement ce qu'il aimait. Il adorait son boulot et il t'appréciait beaucoup. Ce n'est pas de ta faute. Nous étions tous les deux conscients des risques. Je les avais acceptés en l'épousant.*

— Il le savait en théorie, mais il ne pensait pas que cela lui arriverait pour de bon.

— Les gens ne conçoivent pas les métiers dangereux de la même façon. Bien sûr qu'il le savait, mais il refusait d'y réfléchir. Et à en juger par les messages de vos proches qui s'inquiètent pour vous, vous auriez laissé derrière vous une foule de gens désespérés. Prenez vos cachets, inspecteur Sinclair. Et estimez-vous heureux d'avoir autant d'amis qui tiennent à vous.

Elle lui lança un regard appuyé avant de se lever pour porter son assiette vide dans l'évier.

Frustré, il balaya la table d'un revers de main, visant le flacon de pilules qu'il manqua. À la place, il envoya valser le verre de jus de fruit qui se brisa sur le carrelage à côté de l'évier, à quelques centimètres de la jeune femme. Elle recula d'instinct et posa son pied nu sur un éclat de verre. Déséquilibrée, elle chancela, tandis qu'un autre fragment entaillait la plante de son pied gauche.

— Aïe ! lâcha-t-elle impulsivement.

Elle s'immobilisa, inspecta le sol jonché d'un magma poisseux de débris et de jus d'orange, elle recula avec précaution, s'empara d'un rouleau d'essuie-tout et se rassit sur sa chaise.

— C'était délibéré ? lança-t-elle en le fusillant du regard. Si c'est le cas, vous n'êtes pas très doué.

Horrifié, il contempla les empreintes sanglantes sur le sol. Il faillit lui signaler qu'il était tireur d'élite, l'un des meilleurs, et qu'il ne ratait jamais sa cible. Il contourna la table aussi vite qu'il le put et s'accroupit en serrant les mâchoires pour supporter la douleur.

— Pardonnez-moi ! Je n'avais pas l'intention de vous blesser. C'était un accident.

Il la regarda ôter les minuscules bouts de verre incrustés dans ses pieds et les déposer avec précaution sur une serviette en papier posée sur la table. Après quoi, elle entreprit d'étancher le sang qui ruisselait de son pied droit, visiblement le plus atteint des deux.

— Que puis-je faire pour vous aider ? Voulez-vous que je vous conduise à l'hôpital ?

— Sûrement pas ! C'est superficiel. Je peux me débrouiller toute seule. J'aurais besoin des bandages dont je me suis servie pour refaire vos pansements, s'il vous plaît.

Penaud, Dante sortit de la cuisine comme s'il avait le diable à ses trousses et rapporta les boîtes de pansements aussi vite qu'il le put.

— Une simple égratignure, marmonna-t-elle, ses boucles blondes auréolant son visage, tandis qu'elle baissait la tête pour examiner ses blessures.

Elle appliqua adroitement une bande de gaze sur la plaie avant de s'attaquer à son pied droit ensanglanté.

Quel imbécile ! Il se reprocha sa conduite inqualifiable qui avait failli tourner au drame. Il était inexcusable.

— Il faudrait peut-être des points de suture ? suggéra-t-il en reprenant ses esprits. (Il n'était peut-être pas médecin, mais il avait suivi une formation aux premiers secours.)

— Non, il suffit de bien nettoyer et désinfecter.

Sarah banda son pied après avoir appliqué plusieurs couches de gaze sur la plaie.

Il la regarda se lever, puis se mettre à frotter le sol maculé de sang en ramassant les plus gros éclats de verre.

— Laissez ça ! grommela-t-il.

Il se redressa et la souleva par la taille pour l'écarter du danger. Ce simple geste réveilla une douleur lancinante dans sa poitrine. Il la reposa en ahanant, sans toutefois lâcher prise.

— Je suis vraiment désolé, Sarah. Je n'avais pas l'intention de vous faire mal. Je voulais juste envoyer promener ces foutus cachets. Le verre, c'était un accident.

Il s'empêtrait comme un idiot, s'obstinant à lui répéter qu'il ne l'avait pas fait exprès.

Elle se dégagea.

— Je vous crois, concéda-t-elle, à moitié convaincue.

Il la suivit pendant qu'elle se rendait au salon pour récupérer son sac, puis enfilait ses sandales qu'elle avait laissées près de la porte. Elle l'ouvrit et se tourna vers lui.

— Écoutez, inspecteur Sinclair, vous avez perdu votre partenaire, je le comprends et j'en suis désolée. Mais pensez un peu à Patrick. Croyez-vous qu'il aurait aimé vous voir dans cet état ? Si c'était vous qui aviez perdu la vie, auriez-vous souhaité qu'il se comporte ainsi ? Votre attitude ne sert strictement à rien.

— Je n'avais pas l'intention de vous faire mal, répéta-t-il, inquiet de voir son pansement maculé de sang. Je suis vraiment désolé.

Elle le fixa d'un air buté.

— Alors avalez ces maudits cachets, et qu'on n'en parle plus !

Là-dessus, elle sortit et referma la porte derrière elle sans ajouter un mot.

Il resta immobile devant le battant, sidéré. Quand il se décida à l'ouvrir, il eut à peine le temps de voir la jeune femme monter en voiture et démarrer.

Quelle tête de mule, cette fille ! songea-t-il, contrarié, bourrelé de remords.

Patrick aurait-il approuvé sa réaction ? Certainement pas ! Il l'aurait aidé à ravaler sa colère et à éviter ce comportement autodestructeur. Au tout début de leur collaboration, il ne cessait de lui reprocher de ne pas savoir maîtriser ses émotions, jusqu'à ce que Dante finisse par comprendre. Le temps passant, il avait appris à dominer sa colère, sachant qu'un acte inconsidéré aurait pu compromettre une enquête.

De retour à la cuisine, il entreprit de nettoyer le carrelage à fond. Quand il eut terminé, il était sur les rotules, hors d'haleine.

Votre souffle est court et superficiel.

Le diagnostic de Sarah Baxter le hantait. Il se mit à respirer profondément en toussant. Une douleur atroce, pareille à un coup de poignard, lui vrilla la poitrine, et il eut à peine le temps de se rattraper au placard pour ne pas tomber. Il voyait des étoiles.

Quel âne ! Pour se faire mal, pas la peine de se fatiguer à soulever de la fonte comme un malade, il suffisait de respirer à fond ou de tousser. Il souffrait le martyre. Il n'avait aucune idée de ce qui lui était passé par la tête. En fait, il avait agi sans réfléchir. Peut-être espérait-il être anesthésié par la douleur pour s'empêcher de penser et de revivre l'affreuse scène.

Croyez-vous qu'il aurait aimé vous voir dans cet état ?

Les paroles de Sarah le poursuivaient. Il sortit une bière du frigo, la décapsula et s'installa à la table de la cuisine. Patrick et lui avaient été inséparables ces cinq dernières années. Ils passaient parfois ensemble douze à quinze heures d'affilée lorsqu'ils travaillaient sur une affaire épineuse. Ils n'avaient aucun secret l'un pour l'autre et se chamaillaient souvent. Dante savait que Patrick aurait désapprouvé sa réaction.

— Un coup de pied aux fesses, oui, marmonna-t-il en avalant une gorgée de bière avant de reposer la bouteille sur la table.

Il se frotta le visage en évitant la cicatrice qui lui balafrait la joue. Ce n'était pas pour Patrick qu'il agissait ainsi, mais pour lui-même. Son partenaire aurait voulu qu'il veille sur son fils et son épouse. Certes, il avait réglé le problème financier, mais il ne s'était pas donné la peine d'appeler Karen et Ben depuis sa sortie de l'hôpital. Les revoir n'aurait pas manqué de lui rappeler qu'il était vivant, contrairement à son coéquipier et ami. Par chance, Karen et Ben avaient une grande famille en Californie, mais cela ne changeait rien à l'histoire. Patrick tenait à sa femme et à son fils comme à la prunelle de ses yeux, et il aurait compté sur Dante pour leur assurer un bien-être physique et moral.

Karen et Ben ne lui reprochaient rien. Au contraire, ils étaient même venus lui rendre visite à l'hôpital. Il était un idiot fini. Il avait pris ses distances parce qu'il se sentait coupable. Lui... lui... lui... toujours lui, jamais les autres.

Il se mit péniblement debout et ramassa les cachets sur la table avec une grimace.

— Ce n'est pas un peu fini, l'auto-apitoiement, murmura-t-il, répétant la rengaine que Patrick lui servait quand il avait besoin d'être secoué.

Il s'était conduit comme un imbécile en apprenant la mort de son collègue à son réveil, après l'opération. Il avait tenu à distance sa propre famille, qui avait accouru à son chevet en apprenant qu'il était blessé ; Evan avait même traversé la planète d'un bout à l'autre. Il ne s'était même pas soucié de prendre des nouvelles de Karen et de Ben depuis sa sortie de l'hôpital. Et pour couronner le tout, il s'était débrouillé pour maltraiter Sarah Baxter, qui ne demandait qu'à l'aider et à faire son travail.

Tout ça parce qu'il s'attendrissait sur son sort. Sarah avait raison. Ce n'était pas la meilleure façon d'honorer la mémoire de son coéquipier.

Il devait se ressaisir. C'était exactement ce que Patrick aurait désiré. Il était resté prostré après la mort de son meilleur ami. Il avait enfoui ses émotions au plus profond de lui-même, espérant que la douleur physique suffirait à atténuer la culpabilité d'être en vie. Il s'était enfoncé dans le déni de la réalité. Curieusement, maintenant qu'il était capable de regarder la douleur en face, la souffrance physique se réveillait d'elle-même.

Il saisit la bouteille de bière sur la table et la vida dans l'évier. *Plus une goutte d'alcool jusqu'à sa guérison.* Il attrapa un verre dans le placard et le remplit au robinet.

Bon sang ! Le seul fait de lever le bras était douloureux. Ses blessures le brûlaient, surtout celle qu'il avait à la poitrine, sans parler de ses côtes cassées.

Avalez ces maudits cachets !

Il esquissa un sourire. Sarah Baxter était l'une des femmes les plus directes et singulières qu'il ait jamais connues. Elle lui plaisait. Elle représentait un mystère. Le flic en lui refit aussitôt surface – ainsi qu'une autre partie de son anatomie qu'il était incapable de contrôler dès qu'il pensait à elle.

Il regrettait terriblement de l'avoir blessée. Il était policier, et son devoir était de veiller sur elle. Il avait failli à sa mission. C'était de sa faute si elle souffrait ; il était impardonnable. Il la désirait, à quoi bon le nier ? Ses pulsions s'étaient réveillées au premier regard. C'était significatif, sachant qu'il n'était pas au meilleur de sa forme pour penser à ces choses-là. Et pourtant... Cette fille l'obsédait. Il y avait chez elle quelque chose qui le fascinait au-delà du seul physique. Son esprit semblait embrasser la réalité pour trouver une réponse logique à tout. En même temps, elle irradiait l'innocence et la compassion. Un curieux mélange.

Il renversa la tête et avala les comprimés. Puis il vida son verre et le déposa dans l'évier.

Une idée germait dans son esprit. Il se hâta de quitter la cuisine pour passer plusieurs coups de fil. Le premier et le plus long était destiné à Karen et à Ben.

Chapitre 4

Sarah acheva son pansement avec une grimace. De retour chez elle, elle avait vérifié qu'elle avait bien retiré tous les débris de verre. Ses blessures étaient pour la plupart superficielles. Elle les avait désinfectées avec une solution antiseptique, puis elle avait appliqué une pommade antibiotique avant de bander son pied droit. Bien que peu profonde, la coupure avait abondamment saigné. Elle aurait un peu mal en marchant pendant quelques jours, mais bon, elle survivrait.

Elle se leva du canapé où elle s'était installée et entreprit de ranger sa trousse de premiers secours. Coco, sa petite chienne, ne la quittait pas d'une semelle. Elle avait appartenu à un patient âgé, aujourd'hui décédé, et Sarah n'avait pas résisté à l'envie de la garder. Elle n'avait encore jamais cédé à une impulsion subite, mais elle ne l'avait pas regretté. Coco avait six mois lorsque Sarah l'avait adoptée ; elle était intelligente, facile à dresser, et c'était une façon de combler la solitude dont elle souffrait depuis toujours. Avoir un chien n'était peut-être pas très raisonnable, mais savoir qu'elle ne trouverait pas la maison vide en rentrant le soir lui mettait du baume au cœur. Coco la suivait partout, et les gamins du centre de jeunesse d'Amesport l'adoraient.

Grady Sinclair avait offert au CJA toute une panoplie d'instruments de musique. Sarah y enseignait bénévolement les rudiments du piano. Et même si elle trouvait qu'initier les jeunes à la musique sur un demi-queue était une idée pour le moins farfelue, elle appréciait le son riche et puissant du Steinway. Elle donnait son cours une fois par semaine et se rendait régulièrement au CJA pour le plaisir de travailler sur ce merveilleux instrument. Sa maison était trop exiguë pour accueillir un piano, mais elle ne désespérait pas d'avoir plus d'espace un jour et d'en posséder un. Pour l'heure, fréquenter le centre visait deux objectifs : enrichir sa vie sociale et faire ses gammes.

Merci, Grady !

Beatrice et Elsie ne manquaient pas une occasion de répéter combien les choses avaient changé depuis que Grady Sinclair avait épousé Emily. Grâce à leur richissime concitoyen, un simple lieu de rencontre où se déroulaient les événements locaux – et qui avait bien du mal à joindre les deux bouts – s'était métamorphosé en un *country club* accessible à tous. Emily s'était démenée pour développer les animations pour enfants, et en faire l'un des pôles d'attraction de la ville. À présent, le CJA proposait toute une palette d'activités à la population d'Amesport et des environs. On s'y réunissait pour des concerts, des bals, les parties de bingo hebdomadaires des seniors...

Sarah renouvela l'eau du chien et versa une ration de croquettes dans sa gamelle. Elle sourit en pensant à l'amour et au dévouement que Grady témoignait à Emily. Ces deux-là étaient éperdument épris et très heureux. Emily avait beau prétendre que son époux la gâtait honteusement, elle le lui rendait au centuple, Sarah le savait. Son amie avait un cœur grand comme ça et, même s'ils paraissaient mal assortis, ils étaient faits l'un pour l'autre. Le milliardaire bourru et la blonde pétillante formaient la paire.

Elle aurait bien voulu les imiter. Quel effet cela ferait-il d'être aimée comme Grady chérissait Emily ? N'ayant aucune expérience en la matière, elle ignorait si elle se sentirait étouffée ou comblée. Elle était accoutumée à vivre seule depuis si longtemps...

Sarah se plaisait à Amesport, où elle s'était fait des amis pour la première fois de sa vie. Elle avait appris à discuter de sujets futiles, mais importants aux yeux de la communauté, au lieu de s'évertuer à décortiquer des questions scientifiques de haute volée. Curieusement, elle avait découvert qu'échanger avec des gens normaux était à la fois fascinant et satisfaisant. Parler d'émotions se révélait parfois plus gratifiant que débattre de grandes théories scientifiques. En tout cas, c'était certainement plus instructif, vu qu'elle ignorait à peu près tout des états psychiques, hormis la solitude et le chagrin, son lot quotidien en tant que médecin. Pour l'heure, son manque d'expérience était terriblement frustrant, car elle ne savait comment analyser ses sentiments envers le séduisant inspecteur Sinclair.

Elle s'était figurée que Dante Sinclair aurait des points communs avec son frère Grady, mais après leur brève et tumultueuse rencontre, elle s'était aperçue qu'il n'en était rien. Leur ressemblance se limitait aux cheveux foncés, à certains traits du visage et à une silhouette athlétique. Mais alors que Grady était un crack en informatique, introverti et généreux, Dante était un ours mal léché du genre agressif. Certes, il avait connu l'enfer, mais il émanait de lui une sorte de pugnacité inhérente à sa personnalité. Peut-être n'était-il pas aussi revêche en temps ordinaire, mais il devait être têtu et inflexible, même lorsqu'il n'était pas sous pression, elle l'aurait parié.

Il s'occupait d'homicides dans le district qui présentait le taux de criminalité le plus élevé de Los Angeles. Peut-être était-ce son opiniâtreté qui le maintenait en vie ?

Cela semblait logique. Une fois adultes, les chemins des deux frères avaient bifurqué dans des directions opposées. Pas étonnant qu'ils aient une personnalité et une vision du monde si différentes.

Dante n'avait pas eu l'intention de lui faire mal ; elle n'avait aucune raison de ne pas le croire. Ses magnifiques yeux noisette trahissaient la consternation lorsqu'elle avait pris congé. Dante Sinclair en voulait à la terre entière à cause de la disparition de son coéquipier et ami. Elle s'était trouvée là par pur hasard au moment où il avait craqué.

Elle soupira, songeant qu'elle aurait dû se débrouiller pour lui venir en aide. Il était son patient, le beau-frère d'Emily et le frère de Grady. Par bonheur, il pouvait compter sur sa famille pour le soutenir émotionnellement, mieux qu'elle-même n'en était capable.

Elle prit un long bain, veillant à ne pas mouiller son pied bandé, puis se plongea dans un livre recommandé par Emily. Depuis peu, elle s'était prise d'une véritable passion pour les romans à l'eau de rose, séduite par ces récits sensuels et riches en émotions. Elle dévorait les histoires d'amour et de désir avec une fascination qu'elle n'avait jamais éprouvée auparavant. Certes, c'était de la fiction, mais elle ne pouvait s'empêcher de se demander s'il était possible de ressentir des sentiments aussi profonds pour un homme dans la vie réelle. Et *quid* du sexe ? Ses expériences passées étant pratiquement inexistantes, elle n'avait aucun repère, mais pour une raison inconnue, elle ne pouvait se retenir de dévorer ces livres plus incroyables les uns que les autres. En tant que médecin, elle n'ignorait pas que certains aspects des relations sexuelles n'étaient pas dénués de plaisir – sans doute plus pour l'homme que pour la femme en raison de leurs différences anatomiques. Les femmes pouvaient quand même s'envoyer en l'air avec un partenaire expérimenté, du moins le supposait-elle.

Elle était sortie autrefois avec un étudiant en médecine, espérant qu'il serait à la hauteur, mais elle avait vite déchanté. Elle n'était probablement pas portée sur la chose, voilà tout.

La sonnette résonna au moment où elle s'apprêtait à réchauffer son dîner au micro-ondes. Elle replaça le plat allégé au congélateur au cas où il s'agirait d'une urgence, s'essuya les mains sur son pantalon et alla répondre, suivie de Coco.

Bouche bée, elle découvrit Dante Sinclair qui, un grand sac blanc à la main, lui souriait sur le pas de la porte. Vêtu d'un jean et d'un T-shirt de couleur foncée, il avait toujours l'air aussi imposant et ombrageux.

— Des sandwichs au homard, lança-t-il en agitant le sachet. Un cadeau de réconciliation.

Une fine bruine tombait en ce début de soirée. Dante était trempé, de même que le sac de victuailles. Sarah s'en empara et le pressa d'entrer.

Dante Sinclair venait à peine de quitter l'hôpital ! Il avait besoin de récupérer et de rester au chaud chez lui. Que fabriquait-il dehors par un temps pareil ? Cela dépassait l'entendement.

— Vous aviez interdiction de sortir ! Vous êtes dingue ou quoi ?

Il haussa les épaules, franchit le seuil et referma la porte.

— On m'a déjà affublé de qualificatifs bien pires que ça. Écoutez, je voulais juste vérifier que vous alliez bien. Les cachets sont efficaces, mais ils me mettent dans un état second. Vous ne devriez pas rester debout, reprit-il, l'air sévère.

— Je vais très bien, rétorqua Sarah. Ne cherchez pas à noyer le poisson, inspecteur Sinclair. C'est vous qui devriez vous reposer. Les cachets vous font cet effet-là parce que vous auriez dû vous allonger immédiatement après les avoir pris.

— Je m'inquiétais pour vous.

Elle lui jeta un regard soupçonneux, soulagée de savoir qu'il avait fini par se soigner, tout en se demandant s'il était dans son état normal.

— Je crois que vous êtes un peu sonné, inspecteur Sinclair. C'est un effet secondaire de votre traitement. C'est assez courant.

Elle l'invita à s'asseoir, le temps d'emporter le sac à la cuisine. L'appartement était si petit qu'elle pouvait le garder à l'œil pendant qu'elle déposait son chargement sur le plan de travail.

— J'adore les sandwichs au homard, ajouta-t-elle. Comment l'avez-vous su ?

— Appelez-moi Dante. Quant à votre question, ce n'était pas très compliqué. J'ai appelé Grady et Emily.

Il la rejoignit à la cuisine, se percha sur un tabouret, les coudes sur le comptoir, et la fixa avec intensité.

Coco vint se coucher à ses pieds en trottinant.

— On dirait que vous lui plaisez, commenta Sarah.

Il commençait à lui plaire beaucoup à elle aussi, songea-t-elle interdite, d'autant qu'il s'était donné du mal pour dénicher le cadeau idéal et se faire pardonner. Malgré tout, ce type était un peu trop excessif à son goût, même sous l'influence des sédatifs.

— Ne me dites pas que vous avez pris la voiture pour venir jusqu'ici, reprit-elle, alarmée.

— Non, rassurez-vous. Mon frère Jared vient d'arriver. Il m'a emmené chercher les sandwichs avant de me déposer chez vous.

Seigneur ! Encore un Sinclair célibataire à Amesport !

— Ne dites surtout pas à Elsie et Beatrice qu'il y a un autre Sinclair en ville !

Elle disposa deux petits pains dans une assiette qu'elle tendit à Dante avec une serviette.

Il secoua la tête.

— C'est pour vous.

Elle leva les yeux au ciel.

— Je ne vais pas engloutir les six toute seule ! Allons, ne vous faites pas prier.

— Au fait, qui sont Elsie et Beatrice ? s'enquit-il en s'emparant d'un sandwich.

Elle le dévisagea avec curiosité. Il avait l'air plus détendu, moins farouche. Et comme il ne vivait pas ici en permanence, il n'avait naturellement jamais rencontré le duo de choc.

— Les marieuses locales. De vieilles dames charmantes, dans les quatre-vingts ans, vous voyez le tableau. Elles sont redoutables quand elles s'ingénient à trouver votre moitié. Curieux que la venue de votre frère leur ait échappé, alors qu'elles étaient parfaitement au courant de votre arrivée.

Elle le regarda mordre dans son sandwich, la mine réjouie. Elle avait dû avoir la même expression extatique la première fois qu'elle avait goûté à ces petits pains chauds beurrés de chaque côté et fourrés au délicieux homard du Maine, avec de la mayonnaise, quelques gouttes de citron et des épices. C'était tout simplement divin.

Elle alla chercher deux sodas dans le frigo et lui en offrit un.

— Vous ne connaissiez pas ? On les trouve partout en ville.

Il avala une gorgée de sa boisson avant de répondre.

— J'ai séjourné ici deux fois seulement, moins de quarante-huit heures. C'est absolument délicieux. Si j'avais su, j'aurais essayé depuis longtemps.

— Pourquoi n'êtes-vous venu que si peu de temps ? questionna-t-elle entre deux bouchées. Les Sinclair sont propriétaires de la presqu'île depuis des années, non ?

— Une idée de Jared après que Grady a décidé de s'y installer définitivement. Il a décidé de construire, étant donné que le terrain nous appartient. Personne n'y ayant trouvé à redire, il a mis son projet à exécution. Je suis venu pour les fiançailles d'Emily et de Grady, puis pour leur mariage. Je n'ai pas eu le temps de m'attarder, ni la première ni la seconde fois. Vous êtes vraiment obligée de rester debout ? Rappelez-vous que vous êtes blessée.

— Je suis médecin, au cas où vous l'auriez oublié. J'ai l'habitude de manger sur le pouce. Rassurez-vous, je n'ai pas mal aux pieds. Ils ne sont pas trop amochés.

Quand il eut refusé un troisième sandwich, elle ramassa les assiettes, les rinça et les rangea dans le lave-vaisselle.

— Avez-vous dessiné les plans de la maison vous-même ? demanda-t-elle, le dos tourné.

— Oh non ! Et elle est bien trop grande pour moi. Je m'y perds. J'ai un studio à Los Angeles, et je n'ai guère besoin de plus. J'ai expliqué à Jared que je voulais une salle de sport et quelques autres bricoles. Il s'est chargé du reste.

Dante observa Coco, sagement couchée à ses pieds.

— C'est censé être un chien, ça ?

Sarah termina son soda avant de jeter la canette dans le bac de recyclage sous l'évier. Elle se rendit au salon et se percha sur le bras du canapé, les bras croisés.

— Coco est une chienne chipoo.

Dante pivota sur son tabouret, un sourire aux lèvres.

— Chipoo ? C'est quoi exactement ? On dirait une serpillère à franges avec des yeux. Remarquez, elle n'aboie pas comme un roquet hargneux, c'est déjà ça.

Sarah lui jeta un regard assassin, offusquée par la description perfide de son animal de compagnie bien-aimé. Coco était une petite chienne adorable, qui ressemblait à un caniche marron foncé à poils longs. Rien à voir avec une serpillère.

— Un chipoo est un croisement entre un chihuahua et un caniche, au cas où vous l'ignoreriez, expliqua-t-elle sèchement. Elle est très sage et bien dressée. Elle attend qu'on lui donne la permission de faire des câlins. À propos, pourquoi avez-vous laissé votre frère construire votre maison ? Ça n'a aucun sens.

Dante haussa les épaules.

— Est-ce que tout doit avoir un sens pour vous ? Il voulait que nous ayons chacun une maison ici, et moi ça m'était égal. Je n'avais pas une minute pour m'en occuper. Et puisqu'il avait l'air d'y tenir, je ne m'y suis pas opposé.

Elle n'insista pas. Les frères Sinclair avaient de l'argent à ne savoir qu'en faire. Apparemment, posséder une maison hors de prix sur la côte et ne jamais y mettre les pieds semblait tout à fait normal pour Dante Sinclair, alors qu'elle-même trouvait l'idée aberrante.

Elle tapota ses genoux pour inviter Coco à y grimper. Le petit animal ne se fit pas prier et se lova confortablement dans le giron de sa maîtresse.

— Si vous aviez eu une mère comme la mienne, vous prendriez toujours des décisions sensées, déclara-t-elle en caressant l'épaisse fourrure de Coco.

— Il en a de la chance, ce chien ! murmura Dante dans sa barbe. Votre mère était une esclavagiste, ou quoi ? Vous étiez une enfant prodige. Que voulait-elle de plus ?

Sarah soupira, sans cesser de flatter la tête de Coco.

— Ma mère est professeur de mathématiques à Chicago et membre de Mensa, vous savez, le club où les grands esprits de la planète se rencontrent, en plus d'un tas d'autres distinctions honorifiques. Le monde universitaire représente tout pour elle. Elle transformerait des tigres en chatons, si vous voyez ce que je veux dire. Elle n'a pas sauté de joie quand j'ai quitté Chicago pour m'installer en tant que généraliste dans une petite ville de province. Elle était très déçue.

— Et votre père ?

— Il est décédé peu après ma naissance. C'était un scientifique de génie. Un ingénieur en aérospatiale. Et vous ? Pourquoi êtes-vous flic ? Vous êtes milliardaire. Ce n'est pas logique.

La question l'avait intriguée avant même de faire la connaissance de Dante Sinclair.

— J'ai toujours voulu entrer dans la police. Mon père était un ivrogne invétéré. Par chance, il est mort avant que je passe mon bac, et j'ai donc pu entreprendre la carrière que je souhaitais. Je suis d'abord entré à l'université en espérant ainsi sauter les échelons. J'avais les homicides en vue, et je savais qu'il me faudrait passer d'abord quelques années à patrouiller dans la rue. J'ai atteint mon objectif à vingt-six ans.

— Et ça vous plaît ?

Il haussa les épaules.

— Oui. C'est une vocation en quelque sorte, un peu comme la médecine. On est sur la brèche sept jours sur sept, vingt-quatre heures sur vingt-quatre. Les meurtres dans mon district ne se produisent pas forcément en plein jour, vous voyez ?

Sarah voyait très bien.

— Je n'ai jamais voulu faire autre chose que médecine, confessa-t-elle.

Elle avait caressé ce rêve toute sa vie, même à l'âge où la plupart des adolescentes commençaient à penser aux garçons.

— Vous n'avez pas eu d'enfance à proprement parler, n'est-ce pas ? poursuivit Dante, comme s'il lisait dans ses pensées.

— Je ne me rappelle pas avoir été enfant, en effet. Quand les autres filles rêvaient d'être majorettes, moi, j'étais en première année de biologie. J'ai toujours été… différente. Amesport est le premier endroit où je me sens vraiment chez moi. Je suis une inadaptée sociale, mais cela ne fait aucune différence. Ici, personne ne me rejette. Il y a un tel brassage que je ne fais pas tache, il faut croire.

— Vous n'êtes pas différente. Vous êtes spéciale. Surdouée. Il n'y a rien d'anormal à cela.

Elle croisa le regard qu'il fixait sur elle, à la fois passionné et possessif. Elle se sentait mal à l'aise, comme si on la scrutait au microscope. Elle détourna la tête, posa Coco sur le sol et se leva.

— Quand on est seul, on est seul, vu ? Quelle qu'en soit la raison. Vous devez vous reposer. Je vais vous raccompagner.

Il l'attrapa par la taille et l'attira contre lui. Elle en oublia de respirer. Il était toujours assis sur le tabouret, de sorte qu'elle se retrouva dans ses bras, calée entre ses cuisses écartées, les yeux rivés aux siens. Elle décela dans son regard tempétueux toute la violence qu'il s'efforçait de contenir. De près, c'était encore plus impressionnant.

— Vous n'avez pas de petit ami ?

Elle secoua la tête. Elle le fixait, comme hypnotisée, prisonnière de l'étau de ses bras, perdant pied dans son regard noisette où elle se noyait. À dire vrai, elle n'avait pas vraiment envie de se libérer. Même blessé, il émanait de lui une force, une autorité qui la subjuguait.

— Avez-vous déjà fait l'amour ? questionna-t-il abruptement.

Inutile de faire l'innocente.

— Une fois. À la fac. C'était une tentative embarrassante et douloureuse. Je sortais avec un étudiant en médecine et je ne voulais pas passer à côté de quelque chose. Il m'a larguée le lendemain. Ni lui ni moi n'avons vraiment apprécié, je suppose. Je ne devais pas être un bon coup. Il s'agit de l'accouplement de l'espèce humaine, rien de plus. Je ne vois pas pourquoi on en fait tout un plat.

Elle disait la vérité. Elle avait effectivement essayé, par curiosité, mais elle n'y avait trouvé aucun intérêt.

— C'est une plaisanterie ? Comment vous, un médecin, pouvez-vous être aussi naïve ?

Il la dévisageait, comme s'il cherchait à découvrir un indice sur son visage. Elle sentit son cœur s'emballer dans sa poitrine. La cicatrice qu'il avait à la joue le rendait encore plus séduisant et dangereux, si cela était possible.

— Je ne suis pas naïve, ni vierge. Je n'aime pas les rapports sexuels, c'est tout. Je ne trouve pas ça très agréable.

Il enfouit les doigts dans ses cheveux, et ses mains dérivèrent vers le petit carré de peau si sensible de sa nuque.

— Je pense avoir trouvé un sujet où vous êtes totalement ignare. Il s'agit de ce phénomène appelé « alchimie sexuelle » dont vous ne trouverez aucune mention dans les manuels.

Certaines personnes semblaient éprouver une attirance physique, mais pas elle. D'un point de vue strictement médical, elle comprenait pourquoi les rapports sexuels offraient une forme de plaisir ; pourtant, ce n'était pas son cas. Et elle n'avait jamais été tentée de renouveler l'expérience.

— L'anatomie humaine n'a pas de secret pour moi, objecta-t-elle. L'alchimie sexuelle, comme vous dites, ne repose sur aucune base scientifique. L'attirance physique réside dans la capacité de chacun à évaluer le potentiel de reproduction de ses futurs partenaires.

Elle s'humecta nerveusement les lèvres. Il lui fallait garder la tête froide. En même temps, elle rêvait de se perdre dans la chaleur qui émanait du corps viril de Dante. La pointe de ses seins durcit douloureusement, et elle faillit gémir de bonheur quand il glissa les mains sous son T-shirt et entreprit de dessiner de petits cercles sur sa peau nue, traçant un sillon de feu du bout de ses doigts.

— Quand je vous regarde, je pense à tout sauf au potentiel de reproduction, répliqua-t-il d'une voix pleine de sensualité. Je brûle d'enfouir ma queue en vous pour accéder au paradis.

Elle ouvrit la bouche, puis se ravisa, ne sachant trop quoi répondre. Son corps répondait au sien comme s'il était doué d'une vie propre, rien à voir avec le potentiel génétique d'un futur partenaire. C'était du désir... à l'état pur.

— L'alchimie sexuelle n'existe pas, protesta-t-elle, alors que tout son être proclamait le contraire.

La main toujours posée sur sa nuque, il lui renversa la tête d'un geste empreint à la fois de douceur et de fermeté, comme pour lui montrer qui était le maître. Il l'attira à lui, ses lèvres tout contre les siennes.

— Une bonne baise, c'est tellement jouissif, vous n'avez pas idée. Embrassez-moi.

Les yeux clos, le souffle coupé, elle aspirait à écraser sa bouche contre la sienne.

— Dante, non. Il ne faut pas. Vous êtes blessé et vous souffrez encore.

Elle tenta de s'écarter, mais il resserra son étreinte. Elle n'avait pas la force de lutter. Elle était prise au piège, captive ; en même temps, elle avait envie de s'abandonner. Une vague de chaleur se propagea entre ses cuisses, et elle sentit l'haleine tiède de Dante effleurer ses lèvres, comme s'il attendait qu'elle prenne l'initiative.

— Embrassez-moi, répéta-t-il d'un ton pressant.

— Je suis votre médecin. Je ne peux pas, je ne veux pas vous faire mal.

Désir ou alchimie sexuelle, peu importait. C'était une sensation inconnue, qui la laissait totalement impuissante, sans défense.

Il approcha sa bouche de la sienne avec un gémissement étouffé.

— Votre serment d'Hippocrate, vous pouvez vous asseoir dessus. C'est ça dont j'ai besoin, pas d'un médecin.

Sarah essaya de rassembler ses esprits. Il était blessé et il fallait le ménager. Elle se cramponna avec force au dossier de la chaise, tandis qu'il prenait ses lèvres d'assaut. À ce contact, elle devint incapable d'aligner deux pensées cohérentes et elle s'abandonna en gémissant aux délicieux frissons qui s'emparèrent d'elle quand sa langue possessive força la barrière de ses dents. Le monde bascula sur son axe, l'emportant dans un tourbillon de volupté. Il lui empoigna les fesses et la plaqua contre son sexe palpitant. Une intense chaleur l'envahit et elle sentit une boule de feu se répandre dans ses veines. D'instinct, elle colla ses hanches contre les siennes, pestant intérieurement contre le jean qui la séparait de sa formidable érection.

Elle lui rendit son baiser, se perdit dans le velours de sa bouche, se tortilla pour se plaquer plus étroitement contre lui lorsqu'il entreprit de lui mordiller les lèvres, les agaçant, les câlinant du bout de la langue.

— J'ai envie de vous, Sarah, chuchota-t-il d'une voix profonde, un peu éraillée. Je veux être celui qui éteindra l'incendie que j'allumerai en vous. Une bonne partie de jambes en l'air, c'est fabuleux, vous verrez.

Oui, oui, oui, oh oui !

C'était à croire que son corps se liquéfiait tout entier. Elle brûlait d'être possédée par ce mâle qui exsudait la puissance et la virilité ; aucun homme au monde ne l'avait attirée à ce point. Jamais. C'était à la fois effrayant et terriblement excitant.

— Désolé d'interrompre ce charmant petit intermède, Dante, railla une voix masculine, un rien traînante, mais c'est l'heure de rentrer à la maison.

Sarah rougit et se dégagea brusquement, comme piquée par un scorpion. Elle fit volte-face vers l'homme époustouflant qui venait de se matérialiser devant elle. Jared, le frère de Dante.

— Vous auriez pu frapper, murmura-t-elle, gênée.

— Je l'ai fait, plusieurs fois même. Mais vous étiez sans doute trop occupés tous les deux pour entendre. Et comme la porte n'était pas verrouillée, je me suis permis d'entrer.

Oh, Seigneur ! Sarah aurait voulu disparaître sous terre. Comment avait-elle pu se laisser subjuguer au point de perdre la tête et ses moyens ? Et par un patient, qui plus est ! Les blessures de Dante Sinclair auraient cloué n'importe qui au lit, malgré les antalgiques. Et pourtant, elle aurait volontiers poussé l'exercice plus loin, jusqu'au bout.

— Désolée, dit-elle, mortifiée. Il devrait être au lit, en effet.

Jared haussa un sourcil amusé.

— Seul, se hâta-t-elle de préciser. Et en train de dormir.

— Ne vous excusez pas, intervint Dante, agacé. Il a osé pénétrer chez vous sans autorisation.

Jared ricana.

— Tu ne m'as pas entendu frapper ? C'est pourtant toi le flic.

— Bien sûr que j'ai entendu. J'espérais que tu comprendrais que la discrétion s'imposait. Apparemment, je me suis trompé.

Sarah observa les deux hommes, l'un grognon, l'autre enjoué. Elle n'avait jamais rencontré Jared Sinclair, mais il dégageait une séduction, un magnétisme aussi troublants que ceux de ses frères. Dante et Jared avaient un air de famille indiscutable, mais là où Dante était du genre brut de décoffrage, l'autre était... plus raffiné. Ses cheveux auburn plutôt que brun foncé étaient plus longs que ceux de son frère, et leur coupe semblait tout droit sortie des mains expertes d'un bon coiffeur, malgré quelques mèches folles. Il avait de merveilleux yeux vert jade, bordés de cils si épais qu'ils auraient suscité l'envie de n'importe quelle femme. Il faisait une tête de moins que son frère, dont il avait la stature athlétique. Il portait un pantalon décontracté, une chemise de soie et des chaussures en cuir hors de prix.

— Pouvez-vous accompagner Dante chez lui, monsieur Sinclair ? dit-elle. Donnez-lui ses médicaments et interdiction de sortir pendant une semaine. Il faut vraiment qu'il se repose pour se rétablir. Il doit rester tranquille s'il ressent la moindre douleur, conclut-elle, honteuse de s'être laissée aller au point d'en oublier ses obligations professionnelles.

— Appelez-moi Jared, je vous en prie, dit-il avec un sourire espiègle. Et pardonnez-moi de m'être introduit chez vous. J'attendais dans la voiture, mais l'heure dont nous étions convenus était largement dépassée. Il m'avait dit qu'il ne resterait pas longtemps. Je commençais à m'inquiéter.

— Je comprends. J'aurais dû le reconduire dès qu'il s'est montré ici. Pouvez-vous l'obliger à rester tranquille quelques jours ? Il guérira plus vite.

— Non, oui, répondirent en chœur les deux frères, Jared par l'affirmative et Dante par la négative.

Sarah ne put s'empêcher de sourire.

Jared ouvrit la porte et sortit.

— Allons-y princesse, dit-il sur un ton badin. C'est sans doute la seule occasion que j'ai de te houspiller, alors j'en profite.

— Dans tes rêves, petit frère.

Dante souligna le mot « petit » en le fusillant du regard. Il s'apprêta à le suivre, s'interrompit et se retourna vers Sarah.

Elle sentit son pouls s'affoler tandis qu'il lui chuchotait à l'oreille :

— Suite au prochain numéro. Et ne vous en faites pas pour ce qu'il s'est passé. Je n'ai pas eu mal, au contraire.

— Cela n'aurait jamais dû se produire. Vous oubliez que je suis votre médecin.

Il déposa un léger baiser sur son front avant de s'éloigner.

— C'est arrivé et ça arrivera encore. Vous pouvez compter là-dessus. Et pensez à ménager vos pieds ! jeta-t-il par-dessus son épaule en se dirigeant vers la voiture garée devant le porche.

Sarah ferma la porte et s'adossa au battant le temps de se reprendre. Elle passa le reste de la soirée à chercher une explication logique au malheureux épisode qui venait de se dérouler avec Dante Sinclair. En désespoir de cause, elle décida de se documenter sur les dernières avancées en matière d'alchimie sexuelle.

Chapitre 5

Une semaine plus tard, les nerfs à vif, Dante ne tenait plus en place. Il était enfermé chez lui sous la surveillance de son frère Jared, fidèle à sa parole, et de Grady qui venait parfois prendre la relève. Il ne voyait Sarah que lors de ses brèves visites, et il sentait bien qu'elle était mal à l'aise. Son attitude professionnelle et pragmatique avait le don de le mettre hors de lui. Il avait envie de la femme volcanique et passionnée dont la vraie nature ne demandait qu'à se révéler.

L'alchimie sexuelle n'existait pas ? Vraiment ? Ils étaient déjà tous les deux consumés de désir sans pratiquement se toucher.

Il n'en pouvait plus d'attendre le moment où il pourrait enfin donner à son adorable petit génie quelques cours accélérés en matière de plaisir charnel. Il avait hâte de rattraper le temps perdu à l'hôpital. L'inactivité le rendait fou. Bien sûr, il était heureux de la présence de Jared et Grady à ses côtés ; ils avaient eu très peu l'occasion de se voir, ces dernières années. Mais ne pas pouvoir mettre le nez dehors lui tapait sur le système. Son métier, qui accaparait tout son temps et son énergie, s'avérait incompatible avec une existence oisive.

Faire l'amour à Sarah devenait une véritable obsession qui s'exacerbait de jour en jour. Physiquement, il allait mieux et il avait même cessé de prendre ses médicaments, devenus inutiles. Tousser, en revanche, était toujours douloureux, mais il reprenait des forces à vue d'œil, et il lui tardait de sortir prendre l'air.

À quoi bon se leurrer ? Il n'avait qu'une envie : enfouir son sexe dans la chatte accueillante de sa ravissante doctoresse et lui enseigner le goût du plaisir.

— La semaine est passée, je n'ai plus besoin d'une baby-sitter, déclara-t-il à Jared qui pianotait sur son ordinateur, assis au bureau de son frère. Et je peux me rendre seul comme un grand chez le médecin en cas de besoin. Tu fais quoi, là ?

— Je bosse sur une nouvelle idée.

Jared était promoteur immobilier et architecte. Il avait collaboré à la création du lotissement de la presqu'île, dont il avait dessiné les plans, à l'exception de ceux de la résidence de Grady. Au fil des années, il ne s'investissait plus autant, sauf dans des projets personnels de plus en plus rares. Il acquérait, construisait et vendait de l'immobilier commercial pour faire de l'argent, même s'il n'en avait pas réellement besoin.

Dante se leva du fauteuil où il risquait de prendre racine.

— Je vais en ville, annonça-t-il. Tu peux rentrer chez toi, ou rester ici pour terminer ce que tu as en cours, comme tu veux. En tout cas, Grady et toi n'aurez plus besoin de me surveiller.

Jared le considéra, un peu froissé.

— Écoute, je sais que tu es à bout, mais tu nous as fichu une sacrée frousse. Sinon, nous ne serions pas ici.

Dante en était conscient, seulement il avait du mal à exprimer ses sentiments. Ses frères l'exaspéraient parfois, mais aucun ne s'était défilé quand il avait eu besoin d'eux. Il fourra les mains dans les poches de son jean, histoire de se donner une contenance.

— Je n'en peux plus de rester là à me tourner les pouces. Je vais beaucoup mieux. J'ai juste envie de faire un tour dehors.

Et de baiser ! Et pas avec n'importe qui.

Jared le fixa en soupirant.

— Je rentre chez moi. Tu m'appelles en cas de besoin ?

— D'accord, merci.

Dante avait besoin de s'isoler pour réfléchir. Ses frères ne l'avaient pas quitté durant la semaine écoulée. Ce n'était pas désagréable, bien sûr, mais il n'avait pas besoin de nounous… ni d'anges gardiens. Il savait que Jared prévoyait de prolonger son séjour en ville jusqu'au retour de son frère à Los Angeles.

Jared se leva et éteignit son ordinateur.

— Il y a une soirée bingo au centre de jeunesse. Je compte y faire un saut.

Dante éclata de rire.

— Depuis quand es-tu fan de bingo ?

— Je ne le suis pas, et je te signale que c'est réservé aux seniors. Il paraît que Sarah va jouer au piano avant la séance. À en croire Grady, elle est sensationnelle. J'ai très envie de voir ça.

Dante ôta les mains de ses poches et considéra son frère d'un œil soupçonneux.

Jared était un beau parti, brillant et immensément riche. Il avait la réputation de collectionner les conquêtes. Dante s'en moquait, mais pas question qu'il inflige le même traitement à Sarah.

— Elle t'intéresse ?

— Non, j'ai juste envie de l'écouter jouer. C'est un médecin local et une amie d'Emily. Elle est inaccessible pour moi, comme pour toi, mon vieux. Pas question de la séduire. D'autant que tu vas bientôt rentrer à Los Angeles. Ne t'avise pas de la faire souffrir. C'est une fille bien.

— Je n'ai pas l'intention de la séduire, répliqua Dante, soulagé d'apprendre que son frère n'avait pas de vues sur Sarah. Elle me plaît, si tu veux le savoir. Je n'arrête pas de penser à elle.

Il se garda de lui parler de ses fantasmes érotiques et du fait qu'il crevait d'envie de lui faire l'amour.

— Grady t'arrachera les yeux si jamais tu t'avises de la toucher et de causer du tort à Emily. Tu sais comment il est avec sa femme. Il sort les griffes si on s'en prend à elle.

Dante savait à quel point Grady se montrait protecteur vis-à-vis de son épouse, mais rien ne l'empêcherait de faire des avances à Sarah. Elle l'attirait, il la voulait, mais il n'y avait pas que le sexe. C'était autre chose...

— On pourrait juste être amis et sortir ensemble, avança-t-il, l'air faussement détaché. De toute façon, j'en ai encore pour plusieurs semaines avant d'être complètement rétabli.

C'était une piètre excuse et un parfait mensonge. Mais il n'allait tout de même pas révéler ses véritables intentions à son frère.

Jared pouffa.

— Arrête ton cinéma, Dante ! J'ai vu la façon dont tu la regardes. Comme si tu la déshabillais des yeux. Et c'est pareil pour elle.

Dante s'en trouva regonflé à bloc. À vrai dire, il n'avait pas capté le moindre appel du pied de Sarah au cours de la semaine écoulée ; elle s'était comportée envers lui avec sa rigueur et son pragmatisme habituels. Après avoir entrevu sa vraie nature passionnée, cela le rendait dingue. Il aurait volontiers écrabouillé le type qui l'avait initiée au plaisir. D'un autre côté, il se félicitait qu'elle n'ait connu que lui et que cela n'ait guère été concluant ; il n'avait pas l'intention de lutter pour réprimer ses instincts primaires. Il aurait voulu la faire gémir de volupté, l'entraîner vers l'extase jusqu'à ce qu'elle explose de plaisir en criant son nom, comme s'il était unique au monde.

La cicatrice sur sa joue se résorbait, mais ne disparaîtrait jamais complètement, et le reste de son anatomie n'avait rien de particulièrement excitant non plus en ce moment. Pourtant, il n'était pas le seul à ressentir le courant qui passait entre Sarah et lui, ce qui ne l'empêcha pas de poser la question à son frère.

— Tu crois vraiment qu'elle en pince pour moi ?

Jared secoua la tête.

— Tu es pitoyable, tu sais. Tu lui plais, ça crève les yeux. N'empêche que pas touche, compris ?

Mais Dante ne l'écoutait plus. *Il lui plaisait...* Il devait arriver au CJA avant que Sarah ne commence à jouer.

— Je file, lança-t-il. À plus.

— Dante !

Il se retourna, agacé.

— Quoi encore ?

— Tes clés de voiture !

Dante attrapa au vol le trousseau que lui lançait son frère.

— Merci, dit-il, ravi de le récupérer.

Ses frères lui avaient subtilisé ses clés, un habile stratagème pour le coincer à la maison.

Une fois dehors, il respira l'air marin avec délices. Il possédait une petite plage privée derrière chez lui, et il adorait le bruit des vagues sur la plage. Ouvrir la fenêtre le soir était devenu une habitude. Il se laissait bercer par le ressac pour s'endormir. Curieusement, depuis sa rencontre électrique avec Sarah, Patrick ne venait plus hanter ses cauchemars.

Il grimpa dans son pick-up, heureux de retourner à la normalité. Evan lui avait expédié son véhicule à Amesport, ce que Dante n'avait pas jugé utile à l'époque. Le cas échéant, il aurait loué une voiture avant de repartir à Los Angeles. Tenir le volant entre ses mains, humer l'odeur des sièges en cuir lui procura une sensation de bien-être, comme s'il retrouvait son équilibre.

Il sourit en écoutant le puissant moteur vrombir avant de revenir à la vie, et il remercia intérieurement son frère aîné. Âgé de trente-trois ans, Evan s'occupait de l'intendance, en quelque sorte. Il devinait toujours ce dont ses frères et sa sœur avaient besoin. Grady venait d'avoir trente-deux ans, Dante trente et un, et Jared allait sur ses trente ans. Hope, leur jeune sœur, venait de fêter ses vingt-sept ans et avait récemment épousé Jason Sutherland, un ami d'enfance de Grady, ou plutôt de la famille (il était leur voisin à Boston.) Il avait failli se faire massacrer par les frères Sinclair après le coup de force qu'il avait tenté pour épouser Hope. Heureusement, tout s'était bien terminé et depuis, Jason s'occupait des portefeuilles de Dante et de Grady, qu'il s'ingéniait à faire fructifier. À vrai dire, Dante se moquait de son compte en banque. Il vivait de son salaire de policier et piochait rarement dans l'héritage laissé par son père. Le jour où il avait retiré de l'argent pour Karen et Ben, il avait consulté son solde pour la première fois depuis des années. Il n'en était pas revenu. Il était déjà plein aux as lorsqu'il avait confié la gestion de sa fortune à Jason, des années plus tôt, mais à présent, il était devenu honteusement riche.

La somme qu'il avait remise à Karen et Ben avait à peine écorné sa fortune. Cet argent était destiné à mettre à l'abri la femme et le fils de son coéquipier défunt, mais le coup de fil qu'il leur passait quotidiennement comptait davantage pour eux, il le savait. Ces échanges le réconfortaient lui aussi. Parler de Patrick, se remémorer les bons moments passés avec son ami les aidait tous les trois à faire leur deuil. Ils n'avaient peut-être pas encore surmonté cette perte, mais chaque jour apportait une amélioration.

Dante accéléra, puis bifurqua à gauche avant de franchir la grille de la presqu'île. Il s'était déjà rendu au CJA lors de ses précédents séjours. Impatient à l'idée de revoir Sarah, il appuya sur le champignon.

~

Emily Sinclair s'installa sur la banquette du piano à côté de son amie.

— Comment se passent les leçons ?

Sarah était ravie de la voir. Elle venait de terminer une initiation destinée aux enfants du primaire (elle leur enseignait les bases afin de les éveiller à la musique), et même si elle aimait transmettre son art, elle n'était pas fâchée d'avoir enfin une conversation d'adulte.

— Bien dans l'ensemble. La classe a démarré avec dix élèves et elle se termine avec trois, mais ils sont très motivés. Je crois qu'ils vont finir par prendre des cours, c'est déjà ça de gagné.

— Génial ! C'est vraiment formidable que tu donnes de ton temps aux enfants.

Sarah effleura le clavier.

— C'est ma modeste contribution pour vous remercier de mettre ce magnifique piano à ma disposition.

— Il sert à ça. Je suis si contente que tu en fasses bon usage.

Dire que Grady avait acheté un piano à queue sans même savoir si quelqu'un à Amesport était capable d'en jouer ! Ce n'était vraiment pas raisonnable. La ville comptait quelques rares bons musiciens, et la plupart possédaient leur propre instrument.

Emily baissa la voix.

— Jared a raconté à Grady qu'il t'a vue embrasser Dante. C'est vrai ?

Impossible d'avoir un semblant de vie privée dans cette ville. Le téléphone arabe fonctionnait à pleins tubes, et tout le monde devait déjà être au courant qu'elle avait profité de la faiblesse d'un homme malade, diminué et affaibli par les médicaments.

Sarah observa la blonde pétulante assise à ses côtés, priant pour que la rumeur ne circule pas hors du cercle intime des Sinclair. Qu'est-ce qu'il lui avait pris, ce soir-là ? rumina-t-elle, rongée par la culpabilité.

— Personne n'est au courant, ne t'inquiète pas, reprit Emily. Mon mari et mes beaux-frères sont des tombes, mais Grady se demande si Dante ne se serait pas montré un peu trop entreprenant. Il craint qu'il ne veuille juste s'amuser avec toi. C'est vrai que tu as eu un petit accident chez lui ? Grady m'a chargée de te présenter ses excuses. Voilà plusieurs jours que je voulais te voir, mais j'étais débordée cette semaine. Comme toi, d'ailleurs.

Sarah soupira, hésitant à avouer à son amie qu'elle avait abusé de la situation, alors que son beau-frère était sous l'effet des médicaments.

— Disons que la première rencontre ne s'est pas très bien passée, expliqua-t-elle. Il se comportait comme un idiot avec des pulsions autodestructrices. Il a cassé un verre sans le faire exprès. Je me suis blessée, rien de grave, mais je l'ai envoyé sur les roses. Il s'est présenté chez moi quelques jours plus tard avec des sandwichs au homard et des excuses. Il planait un peu à cause des médicaments. Il m'a embrassée. Voilà, tu sais tout, Emily. Il n'était pas dans son état normal à cause de son traitement. Autrement, je suis sûre qu'il n'aurait rien tenté. Depuis, nous gardons nos distances et tout va bien.

Enfin presque. Elle crevait d'envie de lui sauter dessus à la première occasion.

Dante avait allumé une flamme qu'elle avait le plus grand mal à éteindre.

Emily esquissa une moue sceptique.

— Je ne pense pas que deux ou trois cachets suffisent à expliquer son attitude. Il doit y avoir une alchimie sexuelle entre vous.

Toujours les grands mots ! Désir ? Attirance ? Alchimie sexuelle ? Et si c'était vrai ? À quoi bon se mentir ?

— Pour ma part, il y a un peu de ça, admit-elle à contrecœur. Mais il ne faut pas que cela se reproduise. C'est mon patient, et ce qui est arrivé n'était pas très pro.

Le rire enjoué d'Emily retentit dans la salle.

— J'ai rencontré Grady dans un cadre professionnel, figure-toi. Une collecte de fonds. Je n'ai pas pu m'empêcher de l'embrasser, même si au départ, j'étais venue pour le boulot. Il y a des attirances qu'on ne peut pas contrôler. Je te connais. Si tu as perdu la tête, c'est parce que tu le trouves canon, hein ?

Canon ? Le mot était faible. Dante était comme une flamme incandescente, un feu ardent.

— J'ai perdu la tête, c'est vrai.

Pour rien au monde, elle n'aurait reconnu qu'elle trouvait Dante Sinclair beaucoup plus que canon. Il l'attirait irrésistiblement, au point qu'elle était incapable d'aligner deux pensées rationnelles, obsédée qu'elle était par le souvenir de ses caresses.

Pendant quelques instants, elle s'était sentie complètement en phase avec lui, comme s'il avait réussi à briser l'isolement dans lequel elle se complaisait. Ce genre d'expérience avait un pouvoir aphrodisiaque.

Emily observa les chaises qui se remplissaient à vue d'œil et se leva.

— Bon, j'y vais. Les joueurs de bingo ne vont plus tarder. Tu serais libre pour un café, cette semaine ?

Sarah adorait les sorties avec Emily, mais elle pressentait que, la prochaine fois, elle ne serait pas à la fête. Son amie était redoutable quand elle se mettait en tête de vous tirer les vers du nez.

— Au Brew Magic, vendredi après le boulot ? suggéra-t-elle.

— Entendu, et je veux tout savoir, conclut Emily avec un clin d'œil avant de quitter la salle pour se rendre là où l'appelaient ses responsabilités administratives en tant que directrice du centre.

Il n'y avait rien à savoir.

C'était une erreur ridicule qui n'aurait jamais dû survenir. Tout était de sa faute. Elle aurait dû rembarrer Dante sur-le-champ, seulement voilà, elle ne l'avait pas fait. Ce n'était pas juste à cause des sandwichs au homard, ni de ses excuses, mais de sa personne. Quelque chose chez lui la fascinait, et elle aurait voulu le disséquer sous tous les angles pour comprendre le fonctionnement de son cerveau. Cela lui aurait peut-être fourni un indice sur l'attraction qu'il exerçait sur elle.

Refoulant ces réflexions incongrues, elle se mit au piano. Elle n'avait pas besoin de partition. Elle pouvait interpréter pratiquement n'importe quel morceau par cœur, ayant mémorisé le répertoire qu'elle avait joué des centaines de fois. Elle avait étudié la musique dès son plus jeune âge et donné d'innombrables récitals. Se produire avant la partie de bingo hebdomadaire devant un auditoire d'amateurs attentifs et enthousiastes était devenu un rituel auquel elle se pliait volontiers. Cela avait commencé quelques mois auparavant un peu par hasard, alors qu'elle pianotait pour le plaisir après le cours des enfants. Les joueurs arrivés en avance étaient entrés l'écouter avant de se rendre au gymnase où se déroulaient les parties de bingo. À partir de là, le pli était pris.

Elle débuta par *Le Prélude* de Rachmaninoff en sol mineur. C'était l'une de ses œuvres préférées, où le compositeur laissait une large part de spontanéité à l'interprète. Attentive à la ligne mélodique de la main gauche, elle s'abîma dans la musique. Ses doigts habiles voltigeaient sur les touches, tandis qu'elle mettait ses tripes sur le clavier. C'était sa soupape, la seule activité où elle s'autorisait à abandonner la raison pour... ressentir, tout simplement. Elle laissa libre cours aux sentiments qui l'avaient habitée au cours de la semaine : tristesse, joie, perplexité, déception, culpabilité et douleur, chaque émotion s'entremêlant dans les notes. Elle termina sous des applaudissements nourris et poursuivit avec *La Campanella* de Liszt, une mélodie pleine d'allant qui parvenait toujours à l'apaiser. Elle plaqua les derniers accords de la *coda* finale avec panache. En se levant pour saluer, elle fut surprise de découvrir Dante et Jared Sinclair dans la salle.

Les deux frères ne passaient pas inaperçus, leurs cheveux sombres contrastant avec les têtes poivre et sel de l'assistance, essentiellement féminine. Elle croisa le regard dur, avide de Dante – on aurait dit un prédateur ayant repéré sa proie. Elle n'aurait su dire combien de temps elle resta figée, les yeux soudés aux siens. Elle émergea de sa torpeur au moment où quelqu'un la pria de jouer une mélodie de son choix.

Elle se prêta au jeu pendant un bon quart d'heure, enchaînant les airs les uns après les autres, concentrée sur le bois étincelant de l'instrument.

Elle sentait le regard de Dante braqué sur elle ; la tension entre eux était presque palpable. Ses doigts tremblaient à la fin du dernier morceau, et elle fut soulagée de voir le public quitter la salle après l'avoir chaudement remerciée et complimentée.

Jared Sinclair s'approcha de l'estrade.

— Je n'ai jamais entendu pareille interprétation de Rachmaninoff, déclara-t-il. C'était vraiment sublime et expressif. J'ai passé un excellent moment, grâce à vous.

Il avait l'air sincère. Elle ne connaissait rien de plus satisfaisant au monde que de procurer du plaisir avec la musique. Elle sourit, oubliant qu'il avait trahi son petit secret.

— Merci. Vous aimez le classique ?

— Oui, beaucoup. J'ai eu l'occasion d'écouter quelques-uns des meilleurs pianistes de la planète. Vous avez un talent exceptionnel. Vous auriez pu devenir concertiste.

Sarah repoussa la banquette et se leva. Elle ne s'imaginait pas jouer en se pliant à des horaires contraignants. Il aurait été dommage de gâcher son plaisir.

— Ça finirait par me lasser si c'était mon gagne-pain.

— En tout cas, merci d'avoir partagé votre passion avec nous, conclut Jared avec enthousiasme.

— Je vous en prie !

Il lui sourit avant de s'éloigner.

Sarah descendit de l'estrade, ramassant au passage son sac posé sur le sol. Elle tourna la tête et remarqua que Dante Sinclair n'avait pas bougé de sa place, figé comme une statue.

— Je dois fermer la salle.

Il bondit sur ses pieds.

— Il faut qu'on parle.

Le cœur de Sarah chavira, et elle comprit qu'il ne lui laissait aucune échappatoire et qu'elle n'avait pas intérêt à le contrarier.

Chapitre 6

Elle est à moi !

Dante était sur les nerfs, tendu comme un arc. Il ne savait pas ce qui le retenait de conduire Sarah quelque part et de lui faire l'amour jusqu'à la rendre folle. Ce soir-là, elle portait un short à fines rayures bleues et jaunes avec un T-shirt de la même nuance de bleu. En fait de short, c'était plutôt un bermuda qui lui arrivait aux genoux. Le vêtement n'avait rien de provocant, mais sur elle, il était sexy en diable. Ses sandales légères exhibaient des orteils laqués de rose, innocent spectacle qui le faisait bander comme un âne. L'écouter jouer au piano, c'était comme sonder son âme. Sous ses dehors rationnels, logiques, réfléchis, Sarah était une jeune femme passionnée, pleine de feu et d'enthousiasme ; il le soupçonnait, mais il n'avait pas mesuré à quel point elle était écorchée vive. Il l'avait intensément observée, tandis qu'elle mettait son cœur à nu dans la musique. Sa frustration à elle était au moins égale à la sienne, il le pressentait. Et cette intuition ne l'avait pas quitté, même après le concert. Tout comme lui, elle était envahie par une sensation de manque et d'insatisfaction. Soudain, l'air autour d'eux parut se charger d'électricité. Son sexe était si dur qu'il en était douloureux, ses mains le démangeaient, tant il avait la furieuse envie de la toucher, de la faire sienne. Il avait failli perdre la tête en la voyant sourire à Jared. Pas question de laisser un autre l'approcher, alors qu'elle était sans défense. Derrière cette façade, elle cachait une sensibilité à fleur de peau. Était-il donc le seul à s'en apercevoir ?

Il lui prit la main et l'entraîna hors de la salle.

— On va faire un tour ? suggéra-t-il, même s'il crevait d'envie de l'emmener chez lui et de la baiser jusqu'à l'épuisement.

— Une minute. Je dois d'abord fermer la salle et récupérer Coco.

Il rongea son frein pendant qu'elle verrouillait la porte et la suivit tandis qu'elle déposait la clé dans une boîte, près de l'entrée. Puis elle fit un crochet par le gymnase où se déroulait la partie de bingo. « Elle doit être avec Randi », murmura-t-elle après avoir jeté un bref coup d'œil. Elle se dirigea ensuite vers une autre pièce dont elle entrebâilla la porte avant d'ouvrir le battant en grand. Dante distingua une silhouette menue aux cheveux noirs entourée de deux enfants. Randy, ou plutôt Randi, était une femme, constata-t-il.

— Salut ! lança Sarah. Je viens récupérer Coco.

Randi se leva et posa sur le sol la petite chienne qui se prélassait sur ses genoux.

— C'est un amour. Elle ne me dérange pas du tout. Je te la piquerais bien si je pouvais. Non, je plaisante. Les enfants l'adorent, eux aussi, et il a fallu batailler pour qu'ils fassent leurs devoirs. Qui est-ce ? ajouta-t-elle à mi-voix en se penchant vers Sarah.

Celle-ci s'empressa de faire les présentations.

— Dante Sinclair, voici Miranda Tyler, une amie d'Emily. Elle est enseignante ici, à Amesport.

Dante sourit à la jolie brune.

— Nous nous sommes déjà rencontrés. Vous étiez demoiselle d'honneur au mariage de mon frère, je me rappelle. Ravi de vous revoir.

— Moi de même, fit Randi en serrant la main qu'il lui tendait. J'ai appris la triste nouvelle pour votre coéquipier. J'ai été désolée d'apprendre que vous avez été blessé et je suis heureuse de voir que vous allez mieux.

Dante ne connaissait pas très bien Randi, mais pour autant qu'il pouvait en juger, il la trouvait fort sympathique.

— Merci, répondit-il, ému de l'entendre évoquer la mort de son ami.

Sarah pêcha une laisse au fond de son sac et l'attacha au collier de Coco.

— On se retrouve avec Emily au Brew Magic vendredi après le travail, si ça te dit.

Le visage de Randi s'illumina.

— Et comment ! J'ai un train de retard, on dirait, continua-t-elle en dévisageant Sarah et Dante tour à tour. J'ignorais que vous étiez... euh... ensemble.

Sarah s'empourpra.

— Non, non..., bredouilla-t-elle. Nous ne sommes pas... on ne... c'est mon patient.

Dante adressa un clin d'œil à Randi.

— En fait, si. Je viens de changer de médecin, du coup, le problème ne se pose plus.

(Lassé de voir que Sarah s'acharnait à nier leur attirance réciproque, il en était venu à prendre cette décision radicale.)

— Il y a du désaccord dans l'air, on dirait, glissa Randi avec malice.

— Pour le moment, mais je ne perds pas espoir de réussir à la convaincre.

Sur ces paroles catégoriques, il attrapa la main de Sarah, la guida hors de la pièce et referma sans bruit la porte derrière eux.

Elle tenta de retirer sa main, mais il l'en empêcha.

— Qu'est-ce qu'il vous a pris de mentir ! explosa-t-elle, tandis qu'ils se dirigeaient vers la sortie. Bien sûr que je suis votre médecin. Nos rapports doivent se cantonner au plan professionnel.

— C'est l'un des sujets que nous devons aborder. Nous allons régler cette question une bonne fois, Sarah.

— Il n'y a rien à régler. J'ai confiance en Randi, mais si vous n'êtes pas un peu plus discret, tout le monde va penser que nous sortons ensemble.

Dante se dirigea vers le front de mer. En admettant qu'il y ait encore quelques promeneurs (dans l'intervalle, la nuit était tombée), l'endroit serait malgré tout un peu plus intime.

— Je ne peux pas continuer à prétendre que vous êtes seulement mon médecin, alors que l'envie me démange de vous arracher vos vêtements et de vous faire l'amour jusqu'à demain matin.

— Ce qui s'est passé l'autre jour était une erreur. Vous étiez sous l'emprise des médicaments. J'ai eu tort de réagir comme je l'ai fait. J'aurais été mieux inspirée de vous reconduire chez vous. Vous êtes mon patient et je n'aurais pas dû profiter de la situation. Je suis navrée.

Dante fit halte sous l'un des réverbères qui illuminaient la promenade et la dévisagea avec attention. Elle n'avait pas l'air de plaisanter. Au contraire, elle semblait rongée par le remords et les regrets.

Elle ne jouait pas la comédie. Comment pouvait-elle être aussi candide ?

Il en était tout émoustillé.

— Pensez-vous vraiment m'avoir agressé ? déclara-t-il, amusé. Et croyez-vous, en plus, que je n'avais pas conscience de mes actes ?

Elle le foudroya du regard.

— Ce n'est pas drôle. Je n'ai peut-être pas essayé de vous séduire délibérément, mais je n'ai rien tenté pour y mettre un terme et, pire, je vous ai encouragé.

Dante était obnubilé par une seule idée : la faire grimper aux rideaux, et vite ! En fait, il ne se rappelait pas avoir été confronté à ce genre de situation. En tout cas, personne ne lui avait jamais produit cet effet.

— C'est ce qui arrive quand un homme et une femme ont envie l'un de l'autre au point d'en être obsédés.

— Ce n'est pas ma façon de voir.

Elle ne s'en doutait peut-être pas, mais elle représentait une véritable énigme, un défi qu'il était prêt à relever. Et il était tout disposé à lui prouver qu'elle se fourvoyait complètement.

— Vous souhaitiez la même chose. Reconnaissez-le.

Il avait besoin de l'entendre prononcer ces mots. Son instinct de possession se réveillait. La douleur sourde dans ses tripes, soupçonnait-il, s'estomperait quand elle lui aurait avoué qu'elle le désirait autant qu'il la désirait et qu'elle était lasse de combattre ses sentiments pour lui.

Elle détourna la tête, son regard se porta vers la mer et se perdit vers l'horizon.

— Peu importe ce que je souhaite. D'une part, vous étiez groggy et, d'autre part, je suis votre médecin.

Il faillit éclater de rire, mais se retint. Elle était visiblement ébranlée, et quoi qu'il pense de ses opinions, c'étaient les siennes et il devait les respecter. Dire qu'elle se sentait coupable de ce qui était arrivé ! Comment pouvait-elle s'imaginer lui avoir forcé la main ? Si seulement c'était vrai ! C'était son fantasme le plus fou.

Il résolut de lui expliquer qu'il n'était pas sous l'emprise des médicaments ce soir-là. Absolument pas.

— L'effet s'était dissipé et je ne les ai repris qu'une fois rentré chez moi. Je me sentais mal en point, vous vous rappelez ? Je voulais dire par là que je ne me voyais pas prendre le volant, c'est tout.

Sur ces mots, il la guida vers la plage éclairée par la lune et détacha Coco qui se mit à gambader sur le sable.

— Elle n'ira pas bien loin.

— Sans doute pas, acquiesça distraitement Sarah.

Il n'était pas d'humeur à gamberger. Il avait envie de cette femme et il était décidé à passer à l'action. Il était résolument pragmatique, incapable de résister à la fascination qu'elle exerçait sur lui et, au fond, il n'en avait pas la moindre intention. Tout ce qu'il voulait, c'était s'envoyer en l'air et, en même temps, l'expédier dans les étoiles.

Il lui reprit la main qu'il plaqua d'autorité sur son érection, visible à travers la toile de son jean.

— Je suis dans cet état depuis que je vous connais. J'ai la trique dès que vous êtes dans les parages. Rien à voir avec les médicaments, comme vous pouvez le constater. Quoi qu'il en soit, je ne peux pas en faire abstraction et, de toute façon, je ne cherche plus à comprendre.

Il réprima un grognement quand elle entreprit de le caresser d'une main hésitante, et il sentit son sexe frétiller aussitôt sous ses doigts. Comment pouvait-elle le rendre fou aussi vite, même tout habillé ?

— C'est incompréhensible, en effet, renchérit-elle sans cesser son manège affolant. On se connaît à peine. Je ne sais rien de vos goûts, vos couleurs, votre musique, vos livres ou vos plats préférés... Vous êtes l'un des hommes les plus riches au monde, et moi, un modeste médecin qui a fréquenté la fac grâce à des bourses et des prêts étudiant. Mon père avait beau être un scientifique génial, il n'a jamais été très doué avec l'argent et, à sa mort, il n'a pas laissé grand-chose à ma mère. Vous et moi n'avons pratiquement rien en commun, comme vous voyez.

Il décelait le doute, l'incertitude dans sa voix. En dépit de son esprit brillant, Sarah était ingénue et innocente. Elle s'évertuait à analyser ce qu'elle éprouvait et ne parvenait pas à comprendre leur attirance réciproque. En réalité, il n'y avait aucune logique. C'était comme ça. Ils n'y pouvaient rien. Il se sentait étrangement possessif envers elle, un sentiment inédit pour lui, un inspecteur spécialisé en homicides qui baisait quand bon lui semblait et évitait de s'engager à cause de son métier. Il ne s'attachait pas. Jamais. Or là, après un seul baiser... Ce n'était pas normal. La situation le dépassait. Sauf qu'il ne pouvait pas réfréner ses instincts. Et le mélange de force et de vulnérabilité qui affleurait derrière le masque de professionnalisme de cette jeune femme exacerbait son désir.

Il l'attira à lui et l'enveloppa dans ses bras. Le visage enfoui dans ses cheveux, il se grisa de son odeur qui lui tourneboulait les sens. Il lui empoigna les fesses et plaqua ses hanches contre son érection.

— J'adore le bleu, dit-il. Le bleu foncé qui tire sur le violet. J'aime à peu près toutes les musiques, ça dépend de l'humeur du moment. Mon plat préféré ? Les sandwichs au homard. Quant à la lecture, je n'ai jamais le temps de finir un bouquin. Et puis je me fiche pas mal de ma fortune. Ça a toujours été le cas. D'ailleurs, j'ai confié la gestion de mon patrimoine à un ami de la famille. Mon salaire suffit largement à mes besoins, sauf pour satisfaire un caprice passager. Mon boulot m'a toujours accaparé, et par conséquent, je n'ai pas vraiment le loisir de dépenser mon argent. J'habite un studio à Los Angeles et je ne possède pas de jet privé, même si je reconnais que celui de Grady est très chouette. En règle générale, j'oublie que je suis milliardaire et par conséquent, je vis exactement comme vous : pour mon travail.

Elle s'agita et tenta de s'écarter.

— Vos côtes...

— ... se porteraient beaucoup mieux si vous arrêtiez de gigoter, termina-t-il à sa place.

Elle se figea.

— Je vous ai fait mal ?

Bon sang ! De sentir son corps tiède tout contre le sien, sa peau satinée, son odeur... sa queue était dure comme du bois et son cœur cognait à grands coups dans sa poitrine.

— Je donnerais n'importe quoi pour vous avoir nue dans mes bras.

— Vous seriez déçu.

Sûrement pas. Comment pouvait-elle le penser ? Il goûterait chaque centimètre carré de son corps souple et parfumé jusqu'à ce qu'elle le supplie de la posséder. Incapable de se contrôler, il fit remonter ses doigts le long de son dos et saisit son visage entre ses mains. Elle en savait suffisamment à son sujet. Pour plus de détails, elle attendrait.

Ses lèvres capturèrent les siennes, savourant leur douceur. Il enfouit les mains dans la soie de ses cheveux, jubilant à l'idée qu'il finirait par arriver à ses fins d'une manière ou d'une autre.

Elle serait sienne.

Il ne luttait plus contre ses pulsions. Au contraire, il voulait la marquer de son empreinte, la dominer, la protéger. Il lâcha la bride à son désir trop longtemps refoulé, tandis qu'il enroulait sa langue autour de la sienne, l'aspirant, la suçant, la taquinant avec bonheur. Et quand elle noua ses bras autour de sa nuque, sa bouche se fit plus dure, conquérante, impérieuse contre la sienne. Tout au plaisir de la voir ainsi offerte, à sa merci, il faillit perdre la tête.

Il fallait qu'il la touche, sinon il deviendrait fou.

Il laissa une main dans ses cheveux, insinua l'autre entre leurs deux corps et dénoua le cordon de son bermuda.

Juste une caresse. Une seule. L'endroit était isolé et il faisait noir.

Mais quand il glissa les doigts sous sa petite culotte et pressa sa paume sur sa toison, il comprit qu'il était perdu et ne pourrait plus s'arrêter.

Il gémit quand il fouilla sa moiteur avant de trouver son petit bouton.

Il bâillonna de sa bouche la longue plainte qui montait de la gorge de Sarah, prémices de l'orgasme, et il oublia tout. Il rêvait de la faire jouir. Elle en avait envie elle aussi, et il était prêt à la satisfaire.

Il s'arracha à ses lèvres.

— Laisse-toi aller, ma belle, murmura-t-il. Je veux te regarder.

Le besoin de la combler était incoercible, au moins aussi fort que celui de s'enfouir en elle. Il dut faire appel à toute sa volonté pour se contrôler. La plage était déserte au clair de lune, mais n'importe qui pouvait survenir d'une minute à l'autre et assister à leurs ébats.

— Il faut arrêter, haleta-t-elle, je...

Il enroula une mèche de ses cheveux autour de son poing et tira dessus pour lui renverser la tête. Puis il butina la zone sensible de sa nuque, pendant que, de la paume, il câlinait son clitoris, électrisant son sexe humide sous ses caresses.

— Certainement pas. Si tu savais comme tu m'excites !

— Dante, je n'en peux plus...

Il la sentit trembler contre lui.

— Jouis pour moi, ma douce.

Ses petits cris de volupté lui procuraient un plaisir indicible. Il lui mordilla délicatement la nuque, jusqu'à la rendre palpitante de désir. Elle se trémoussait au rythme de sa bouche. Déséquilibrée, elle chancela et se raccrocha à lui. Il supporta stoïquement la douleur qui lui transperça les côtes. Sa frénésie semblait contagieuse, et il accéléra la cadence de ses caresses sur son clitoris.

Elle lui laboura le dos de ses ongles sous l'étoffe de son T-shirt.

— Dante, Dante..., haleta-t-elle.

Il adorait l'entendre prononcer son nom tandis qu'il la propulsait vers l'orgasme, en équilibre au bord du gouffre.

— Jouis pour moi, Sarah, maintenant.

— Oui...

Il écrasa sa bouche sur la sienne pour étouffer ses cris au moment où elle explosait, le corps secoué de spasmes. Pour prolonger son plaisir, il se mit à titiller son bouton avec vigueur jusqu'à ce qu'elle s'écroule contre lui, comme une poupée de chiffon.

Elle était à lui.

Il enroula un bras autour de sa taille pour la soutenir, nicha sa tête contre son épaule et enfouit ses doigts dans ses boucles, euphorique comme après une bonne séance de sexe.

— Voilà ce que nous avons en commun, Sarah, dit-il sans cesser de lui caresser les cheveux.

— Le désir ? Je n'arrive pas à le croire.

Sa remarque le troublait sans qu'il sache trop pourquoi. Il avait déjà éprouvé du désir, mais là, c'était différent.

— Oui. Où est le mal ?

— Ça dépasse tout ce que je pouvais imaginer. C'était... époustouflant.

Dante exultait. Époustouflant ? Bonne nouvelle. Il ne voulait pas qu'elle ait l'illusion d'une passion raisonnable. Lui-même ne pourrait plus jamais se contenter d'une banale aventure sans lendemain, il le savait et voulait qu'elle soit aussi surprise qu'il l'était.

— Je suis désolée. Je me suis complètement effondrée sur toi. Je t'ai fait mal ? C'est encore trop tôt pour te faire supporter mon poids. Pourquoi est-ce que je perds toujours la tête avec toi ?

Il éclata de rire et la serra plus étroitement contre lui.

— Tu ne m'as pas fait mal du tout, et comme tu viens d'avoir un orgasme, tu n'as pas les idées claires. J'aimerais que tu t'abandonnes encore contre moi.

— Très drôle !

Elle se dégagea et ramassa la laisse du chien sur le sable. Coco était couchée non loin de là. Elle l'attacha et fit volte-face.

— On ne doit pas recommencer, Dante.

Tout allait trop vite, mais cela ne lui faisait pas peur. Au contraire, il redoutait davantage d'être privé du tourbillon de sentiments qui l'animait en sa présence. Il était au fond du trou depuis la mort de Patrick. En fait, il avait commencé à souffrir du vide de son existence bien avant le drame.

— Pas question. J'ai l'impression de revivre avec toi.

Il lui prit la main et l'entraîna vers la partie éclairée de la promenade. Ils revinrent lentement sur leurs pas en direction du CJA.

— Je sais que ces dernières semaines ont été difficiles pour toi, Dante. Tu as sans doute besoin de distraction, mais pas avec moi.

— Une distraction ? Tu veux rire ? Si je voulais me distraire, je regarderais un film ou un match de foot. J'irais pêcher ou me taper une bière. Je ne perdrais pas mon temps avec une femme qui me rend complètement dingue.

Il s'arrêta devant son pick-up et lui attrapa le bras pour la retenir.

— Je t'invite à dîner. D'accord ?

Elle le fixait, les yeux brillants de larmes. Il était bouleversé et réellement inquiet, devinant qu'elle refusait d'étaler cet aspect de sa personnalité. Il la coinça avec douceur contre la carrosserie et l'emprisonna entre ses bras. Elle ne s'en irait pas avant d'avoir retrouvé le sourire.

— Qu'y a-t-il, Sarah ? Explique-moi.

— Je me sens revivre avec toi, moi aussi, avoua-t-elle comme s'il s'agissait d'un épouvantable cauchemar. La situation est ingérable. Je ne sais pas quoi faire.

Il sourit.

— Eh bien moi, je sais, et je vais me faire une joie de t'expliquer. Compte sur moi.

Elle fronça les sourcils.

— Je ne parlais pas de ça. Je connais l'anatomie. J'ai la frousse. Je n'ai jamais rien ressenti de tel auparavant, comme si mon corps me devenait étranger. Avec toi, je passe du réfléchir au ressentir sans comprendre comment ni pourquoi. À croire que mon corps prend le contrôle de mon cerveau. C'est la première fois que cela m'arrive.

Elle n'avait probablement jamais tenu ce genre de discours de sa vie, se dit-il. Elle paraissait si perdue, si fragile. Il ferait n'importe quoi pour elle. Il la serra plus fort. Il aurait voulu fusionner avec elle, lui insuffler sa force et son courage afin qu'elle n'ait plus jamais peur.

— Dîne avec moi, d'accord ? On peut aller chez Tony's Fish House. Jared m'a dit qu'on y mangeait bien.

Elle s'adossa à la portière.

— C'est un attrape-touristes hors de prix. Je n'y ai jamais mis les pieds.

— Je pense pouvoir me le permettre. Allons-y. Il faut bien dîner, non ? Et j'ai horreur de manger seul.

Elle lui lança un regard circonspect.

— Je suis ton médecin. On ne doit pas se montrer ensemble en public.

— Tu ne l'es plus, nuance. J'ai appelé le Dr. Samuels. La demande de transfert de mon dossier te parviendra par fax demain matin. Et voilà, finie la relation médecin-patient. Il n'y a plus de problème.

Il savait qu'elle garderait ses distances tant qu'il ne changerait pas de praticien. Il était ravi d'avoir pris cette décision, ayant constaté à quel point la situation la perturbait. Au moins, elle n'userait plus de ce prétexte. L'idée qu'elle aurait pu se servir de lui était ridicule, mais elle avait un sens de l'éthique hors du commun.

— Non, c'est vrai ? s'exclama-t-elle, éberluée.

— Absolument.

— Pourquoi ?

— Parce que sinon, tu aurais continué à me traiter comme un patient. Et c'est la dernière chose dont j'ai envie.

— J'y réfléchirai. Appelle-moi.

Il n'y manquerait pas. Dès le lendemain. Ou peut-être un peu plus tard dans la soirée. Il insisterait jusqu'à ce qu'elle cède. Il voulait explorer à fond ce qu'il se passait entre eux et la convaincre de l'accompagner dans cette aventure.

Il la libéra, croyant qu'elle se dirigerait vers son véhicule. Au lieu de quoi, il s'aperçut qu'elle s'engageait dans Main Street.

Il se dépêcha de la rattraper.

— Tu es garée où ?

— Je n'ai pas pris ma voiture. Je suis venue à pied. J'aime bien marcher.

Il calcula la distance et visualisa les quartiers déserts qu'elle devrait traverser. Il avait des sueurs froides à la seule idée qu'elle arpenterait les rues dans l'obscurité.

— Monte dans ma voiture ! ordonna-t-il. Je te raccompagne. C'est dangereux pour une femme de sortir seule, la nuit.

Elle s'immobilisa et se retourna d'un bloc.

— Tu oublies que nous sommes à Amesport, pas à Los Angeles ou à Chicago.

— Et alors ? Ça ne change rien. On ne sait jamais ce qui peut arriver. Il y a des touristes en ville, pas seulement des gens du cru. Et même si c'était le cas, on trouve des dingues partout.

Elle plissa le front, furieuse.

— J'effectue le trajet à pied depuis un an. Et d'abord, j'ai besoin d'exercice.

Il ouvrit la portière passager. Il ne la laisserait pas faire un pas seule dans le noir.

— Il y a d'autres façons plus agréables de se dépenser. Allez, monte, je te dis !

Elle s'approcha et se campa devant lui.

— C'est quoi, ce ton d'adjudant ? Chasse le naturel…

— Ma douce, tu n'as pas idée du mufle que je suis. Estime-toi heureuse de ne pas être une criminelle.

— J'ai presque envie d'essayer, juste pour voir. Un tyran, ça m'excite. Bon, ça ne veut pas dire que je t'obéirai au doigt et à l'œil, mais l'homme des cavernes, ça me plaît assez, sexuellement parlant. Je pourrais même y prendre goût à la longue.

Il bandait si fort qu'il en avait mal. *Bon sang ! Elle allait le rendre dingue ! Et s'il la prenait au mot, là, tout de suite ?* Il se raisonna, la souleva et la déposa sur le siège passager. Puis il lui prit la laisse des mains et installa Coco sur la banquette arrière.

— Tu ferais mieux de t'habituer, lança-t-il en lui attachant sa ceinture de sécurité. J'ai comme l'impression que je vais adorer retourner à l'âge de pierre.

Il referma la portière avant qu'elle puisse réagir. Un mot de plus sur les avantages de la domination sexuelle, et sa bite exploserait. Sarah, qui ne fonctionnait que par l'observation, venait de prendre conscience de sa sexualité. Elle n'avait même pas essayé de le séduire, mais peu importait. Sa voix légèrement incrédule, sensuelle et raisonnable lui faisait le même effet.

Il contourna la voiture en vitesse et se glissa derrière le volant.

— Il n'est plus question de te promener seule la nuit. Et ce n'est pas ta demi-portion de chien qui va te sauver du danger.

— Compris, inspecteur Sinclair, répondit-elle du tac au tac, un demi-sourire aux lèvres.

Il se demanda si elle plaisantait.

— Je ne vois pas ce qu'il y a de drôle. La sécurité n'est pas une blague. C'est dangereux pour une femme de se retrouver seule à la nuit tombée.

— Je ne dis pas le contraire. C'est juste que personne ne s'est jamais soucié de moi. C'est... bizarre.

— Il est temps que ça change !

Sa mère était uniquement préoccupée par la réussite de sa fille, se rappela-t-il, et en plus, elle était enfant unique. Sarah était si douée que l'on s'imaginait sans doute qu'elle n'attendait l'aide de personne. Grave erreur ! Elle avait besoin d'un ange gardien. Elle voyait le monde en noir et blanc, ne jurait que par la logique et la raison. Les cinglés sur terre, hélas, envisageaient les choses autrement.

Elle serait à lui !

Il jouerait volontiers le rôle d'ange gardien. Sarah était peut-être plus intelligente que lui, mais il avait les pieds sur terre ; ce qui lui manquait cruellement à elle.

Il démarra et quitta le parking. C'est à peine s'ils échangèrent trois mots pendant le trajet, mais en l'observant du coin de l'œil, il vit qu'elle souriait.

Chapitre 7

Elle venait d'avoir un orgasme fabuleux sur une plage déserte, comme une adolescente énamourée !

Sarah aurait dû se sentir humiliée, mais ce n'était pas le cas. Pour la première fois de sa vie, elle se trouvait parfaitement... normale. Dante lui avait apporté un supplément d'âme dont elle ne soupçonnait pas l'existence. Elle n'avait pas menti en lui confiant qu'il lui donnait le sentiment d'être vivante pour la première fois depuis très longtemps. Lorsqu'il lui avait avoué éprouver la même chose, elle avait eu l'impression que son corps vibrait, en proie à un tumulte d'émotions incontrôlables, comme si une partie d'elle-même émergeait de sa léthargie.

L'univers de Sarah avait toujours tourné autour des études. La musique était le seul domaine qui lui avait procuré un peu de joie, du temps où elle habitait avec sa mère. Le piano l'avait alors aidée à combler sa solitude. Mais personne n'avait jamais cherché à la dorloter avant Dante. Il la considérait comme la huitième merveille du monde et, pour la première fois de sa vie, cela n'avait rien à voir avec son intelligence.

Il la désirait.

Il voyait en elle une femme à part entière qui lui plaisait et qu'il acceptait comme telle. Il n'était nullement intimidé. Au contraire, il ne se privait pas de la houspiller lorsqu'il voulait la protéger, et ses hormones réagissaient au quart de tour en sa présence. Peut-être fallait-il l'imputer à un excès de testostérone ? Quoi qu'il en soit, il la poussait dans ses derniers retranchements et exacerbait sa féminité. Mais il lui avait également laissé entrevoir sa vulnérabilité, ce qui le rendait irrésistiblement attirant.

Brillante déduction, Einstein. Il était si sexy qu'elle perdait tous ses moyens en sa présence.

Le hic était qu'elle n'avait pas la moindre intention de lui résister. Elle voulait qu'il la touche, qu'il comble ses nombreuses lacunes. Son savoir était très limité sur le plan sensuel. Si un tout petit baiser, une légère caresse l'avaient bouleversée à ce point, elle n'osait imaginer se retrouver nue devant lui.

Impossible. Il serait sans doute rebuté de la voir en tenue d'Ève.

— Que se passe-t-il ? s'enquit-il depuis le siège du conducteur, la tirant de ses pensées échevelées.

— Rien, pourquoi ?

— Tu ne souris plus. Dommage.

Avait-elle vraiment souri ? Peut-être. Elle pensait à l'orgasme de folie qu'il lui avait offert. Elle appréciait aussi qu'il désire veiller sur elle. Cela valait tous les sourires du monde…

— Il n'y a rien du tout, répéta-t-elle.

Sauf qu'elle s'imaginait nue devant lui, et que c'était impossible. Quoique... Peut-être dans le noir... ?

— J'aimerais tout savoir de toi. Ce que tu aimes manger. Ta couleur favorite.

Sa façon de provoquer ses confidences lui alla droit au cœur. Aucun homme ne lui avait jamais témoigné la moindre curiosité. Même celui qui avait pris sa virginité s'était servi d'elle, probablement parce qu'il avait besoin de son aide pour potasser ses cours. À moins qu'elle n'ait pas été un bon coup ? Elle n'avait jamais compris pourquoi il l'avait plaquée après leur première fois, mais au fond, cela n'avait aucune importance. La seule chose qu'ils avaient alors en commun était les études de médecine, où elle avait plusieurs longueurs d'avance, même s'il était plus âgé qu'elle. Après cette piètre expérience, elle avait décrété qu'elle ne ratait pas grand-chose. Aujourd'hui, elle venait de comprendre qu'elle avait eu tort. Elle n'avait simplement pas rencontré l'homme capable de lui enseigner le plaisir.

L'insistance de Dante déclencha un flot de confidences qu'elle n'avait jusque-là partagées avec personne.

— Je ne sais pas monter à vélo, ni danser, avoua-t-elle. Petite, je ne jouais pas à la poupée, juste du piano. Je n'avais pas d'amis car ma mère estimait que c'était une perte de temps et que ce n'était pas essentiel pour développer mes capacités. En fait, j'ai été seule toute ma vie parce que je n'étais pas comme les autres. Je me sentais de trop dans un monde d'adultes, et je n'ai aucun souvenir précis de mon enfance. Les échecs étaient la seule distraction qui m'était permise parce que c'est une activité intellectuelle, mais seulement avec des joueurs plus forts que moi, car ma mère tenait à ce que je relève le défi. Ma couleur préférée est le rouge, même si je n'en porte jamais parce que, d'après ma mère, ce n'était pas convenable pour une intellectuelle. Trop vulgaire. J'aime les sandwichs au homard, comme tu le sais, la musique classique et aussi la country. En fait, j'apprécie tous les genres. À la réflexion, je pense que tu as raison : le sexe est bien plus qu'un accouplement pour perpétuer l'espèce.

Dante se gara dans l'allée, il coupa le contact et se tourna vers elle, incrédule.

— Tu ne sais pas monter à vélo ? C'est pas croyable !

Elle haussa les épaules, mal à l'aise.

— Eh bien si, tu vois.

— Tu ne fais rien juste pour le plaisir ?

— En général, non. Mais depuis que j'habite à Amesport, je me suis engagée dans un tas d'activités, beaucoup plus qu'à Chicago. Je marche dès que j'en ai la possibilité, par exemple. C'est une perte de temps, je sais, mais j'apprécie l'exercice et j'adore les petites boutiques sur Main Street. J'ai sympathisé avec quelques personnes et je suis bénévole au club des jeunes. J'adore la bonne littérature et, depuis quelque temps, je me suis mise à dévorer des romans d'amour.

Elle détacha sa ceinture et descendit de voiture. Elle avait eu tort de tout déballer comme ça. Il devait la trouver complètement cinglée. Elle fouilla dans son sac à la recherche de ses clés, puis attrapa Coco qui avait sauté sur le siège qu'elle venait de libérer. Elle posa la chienne par terre et lui ôta sa laisse pour lui permettre d'explorer son environnement familier.

Elle se dirigea vers la porte sans s'apercevoir que Dante la suivait. Il lui prit les clés des mains et la plaqua contre le mur, la mine effarée.

— Quelle sorte de mère prive sa fille de poupée, ne lui apprend pas à faire du vélo ou lui interdit de jouer à des jeux de son âge ? Bon sang ! Et moi qui croyais que j'étais déséquilibré à cause d'un père violent et alcoolique ! Quand même, j'avais tous les jouets que je voulais, y compris des vélos. Et ce qu'il y avait de mieux parce que mon paternel était plein aux as. Dans le cas contraire, cela aurait nui à son image de marque. Tu serais la femme la plus désirable du monde même si tu portais n'importe quoi, ou rien du tout. En tout cas, le rouge est sexy. Tu as une robe de cette couleur ?

Elle hocha la tête. Elle en avait effectivement une, jamais portée. Elle l'avait achetée sur un coup de tête en faisant du shopping un jour en compagnie de Randi et d'Emily.

— Mets-la pour dîner. Et je t'apprendrai à faire du vélo. J'ai repéré des sentiers de randonnée fabuleux dans le coin. Je te laisserai même me mettre une raclée aux échecs. Je me débrouille, mais sûrement pas aussi bien que toi.

Sarah le dévisagea avec circonspection.

— Pourquoi ?

— Parce qu'il est temps que tu apprennes à vivre. Il n'y a pas que le travail dans l'existence, et je sais de quoi je parle. Il faut se ménager des moments de détente. Mes meilleurs souvenirs sont les parties de pêche avec Patrick, ou nos virées en moto. Je n'ai pas réussi à trouver le bon équilibre, mais j'ai l'intention d'y remédier. Patrick me répétait que l'existence est trop courte pour passer à côté de ce qu'elle a à nous offrir. Il avait raison. Maintenant, je ne vis plus seulement pour moi, mais pour lui aussi, et je vais essayer de réaliser tout ce que je m'étais promis de faire. Je crois que ça lui aurait plu.

Sarah avait les larmes aux yeux en surprenant l'expression empreinte de tristesse sur le visage de Dante. Il ne s'était pas remis de la disparition de son ami, mais il semblait être en bonne voie.

Elle lui caressa la joue.

— Je suis de ton avis.

Il sourit.

— Es-tu prête à prendre des risques ? Je suis un professeur très motivé.

Il n'avait pas tort. Son éducation et son mode de vie l'avaient empêchée d'accomplir un tas de choses qu'elle aurait aimé faire, médita-t-elle. Et même si elle avait mûri émotionnellement en quittant les jupes de sa mère, il lui restait un long chemin à parcourir avant de réussir à crever la bulle de solitude dans laquelle elle s'isolait depuis son enfance et son adolescence.

Oui, elle voulait passer davantage de temps avec Dante, explorer toute la palette des émotions ainsi que sa sexualité. Son sens de l'éthique professionnelle l'en aurait empêchée s'il était resté son patient, mais maintenant qu'il avait réglé le problème, elle était libre de s'abandonner à l'indéniable attirance qui existait entre eux.

— Puisque nous n'entretenons plus de relations professionnelles, je crois que ça me plairait. Le Dr. Samuels exerce depuis une vingtaine d'années et il est très compétent, même s'il est loin de m'arriver à la cheville, ajouta-t-elle, incapable de résister à la tentation de s'amuser un peu à ses dépens pour l'avoir larguée avec une telle désinvolture.

— Je préfère consulter un médecin incapable plutôt que de te fournir un prétexte pour ne pas sortir avec moi.

Elle ouvrit la bouche pour répondre, mais il captura ses lèvres dans un baiser ravageur qui lui fit tout oublier. Son étreinte fut brève, presque brutale, impérieuse. Lorsqu'il la relâcha, elle mit quelques secondes à reprendre son souffle, la peau en feu, tous ses sens embrasés.

Il déverrouilla la porte et lui remit les clés.

— Entre avant que je ne te prenne contre le mur.

— Tu n'es pas encore entièrement remis pour te livrer à ce genre d'acrobatie.

— Je n'en jurerais pas, à ta place.

Sitôt passé le seuil, tourneboulée par ce baiser, elle se figea d'effroi. On aurait dit que sa maison avait été dévastée par une bombe. Les jolies lampes et les bibelots avaient volé en éclats. Le sol était jonché de débris de verre, les meubles démolis, les tableaux réduits en miettes.

Sarah manqua défaillir en déchiffrant le message qui s'étalait en rouge sur le mur : *Crève salope !*

— C'est quoi ce bazar ? grommela Dante dans son dos. Surtout, ne touche à rien ! Appelle vite la police, ajouta-t-il en l'attrapant par la taille pour l'entraîner sous le porche.

Elle le regarda foncer vers sa voiture et revenir, arme au poing. En une fraction de seconde, il s'était métamorphosé en tueur au regard glacé. Épouvantée, elle le vit pénétrer dans la maison. Elle attrapa son portable et expliqua les faits à son interlocuteur qui lui annonça qu'une patrouille était en route. Elle raccrocha, ébranlée à l'idée que Dante inspecte les lieux avec un pistolet, à croire que c'était la chose la plus naturelle du monde.

Plantée sur le seuil, elle le vit longer le couloir menant aux chambres et à la salle de bains en veillant à ne rien déranger. Des sirènes hurlaient dans le lointain, mais c'est à peine si elle les entendait ; toute son attention était focalisée sur Dante.

Et si l'intrus était toujours là ? S'il le blessait ? Dante était encore convalescent.

Elle se rappela qu'il était inspecteur, un officier de police aguerri, mais rien n'y fit. Les flics étaient mortels eux aussi. La preuve, il venait de perdre son binôme. Elle retint son souffle, le corps secoué de tremblements, tous ses sens en alerte, attentive au moindre signe l'avertissant que Dante courait un danger. Elle se détendit en l'entendant se déplacer en dépit du vacarme des sirènes qui s'amplifiait.

Il reparut, glissa son arme dans la ceinture de son jean et l'enlaça pour la rassurer.

— Ce salaud est parti. Qui a pu faire une chose pareille ? Et pourquoi ?

Et s'il l'avait retrouvée ?

Elle fit taire la petite voix dans sa tête et s'accrocha à Dante comme à une bouée, essayant de comprendre ce qu'il venait de se passer. Il s'agissait probablement de délinquants, ou peut-être de touristes sans doute sous l'emprise de la drogue ou de l'alcool.

Crève salope !

Quelqu'un qui la connaissait, ou un inconnu qui se serait introduit dans la maison en espérant y trouver une femme ? Ces deux mots étaient sinistrement familiers.

— Dans quel état sont les chambres ? murmura-t-elle.

— Pareil.

Tout ce qu'elle possédait était anéanti.

— Alors il a entièrement saccagé la maison ?

Il la serra plus fort et lui caressa le dos.

— Je suis navré, ma douce. J'aimerais coincer l'ordure qui a fait ça. Bon sang ! Tu imagines si tu avais été là ?

Heureusement que ce vandale avait trouvé la maison vide. L'idée que Dante affronte ce type, alors qu'il n'était pas encore rétabli, la rendait malade.

Un 4x4 stoppa dans l'allée, suivi de plusieurs véhicules de la patrouille. Sarah reconnut le chef de la police, Joe Landon, qui s'avança au pas de course. La soixantaine, Joe était un homme chaleureux que l'on voyait souvent arpenter les rues de la ville, bavarder ou montrer des photos de ses petits-enfants et de sa femme Ruby. Les tempes grisonnantes, il était bien bâti et étonnamment en forme pour son âge.

Dante lui fit un rapide topo de la situation, précisant qu'il avait ratissé les lieux sans succès.

— L'équipe scientifique me suit, déclara Joe. Au fait, je ne crois pas vous connaître, qui êtes-vous ? enchaîna-t-il à l'adresse de Dante. Ah, c'est vous le fameux inspecteur dont tout le monde parle ? reprit-il, avisant la cicatrice qui barrait le visage de son interlocuteur, visible à la lumière du porche.

Dante acquiesça.

— Dante Sinclair, enchanté.

Joe serra la main qu'il lui tendait.

— Commissaire Landon. Tout le monde m'appelle Joe.

La police scientifique arriva. Joe déclara qu'il ne pouvait rien leur dire de précis, sinon que les lieux avaient été mis à sac, puis tout le monde se dirigea vers la maison.

— Vous vous déplacez en personne à chaque appel ? questionna Dante, surpris.

— En général, non, mais mon adjoint a suivi sa femme à Boston. Je le remplace pour le moment. Personne à la police d'Amesport n'est assez compétent pour le job. Vous ne cherchez pas de travail, par hasard ?

— Il doit se remettre d'aplomb avant de reprendre une activité physique, répondit Sarah à sa place.

— Je suis spécialisé dans les homicides, précisa Dante.

— Ici, c'est plus varié. Vous êtes sans doute surqualifié, mais je songe à prendre ma retraite dans un an ou deux. Amesport aura besoin d'un nouveau chef de la police. Si vous changez d'avis, vous savez où me trouver.

Planté sur le seuil de la porte, un bras autour de la taille de Sarah, Dante regardait les policiers s'activer dans la pièce.

— Merci, répondit-il machinalement.

Joe le rejoignit quelques minutes plus tard.

— Désolé pour votre coéquipier. C'est dur de perdre un ami.

Dante haussa les épaules.

— C'est un quartier sensible avec un taux de criminalité élevé et des homicides souvent liés à la drogue ou aux bandes organisées.

— J'ai accompli deux missions au Vietnam et j'ai vu mes potes tomber sous mes yeux les uns après les autres. Il n'y a guère d'homicides chez nous, à Amesport, mais je sais ce que c'est de perdre un collègue en service.

Dante le considéra, abasourdi.

— Comment avez-vous pu survivre après ça ?

— Au jour le jour. J'ai rencontré Ruby, ma future épouse, en rentrant après mon second séjour ; elle a changé ma vie. L'amour d'une femme peut être une sacrée aide. Je n'ai jamais oublié ceux que j'ai perdus là-bas, et j'essaie d'honorer leur souvenir en vivant du mieux possible. Amesport a exercé une influence bénéfique sur moi.

— Vous êtes originaire de la région ?

— Oui, j'y suis né, j'y ai grandi et j'ai retrouvé Ruby à mon retour du Vietnam. Vous avez une idée de qui aurait pu faire ça, docteur ? poursuivit-il sans transition en se tournant vers Sarah. Vu les circonstances, on ne peut pas écarter un lien avec ce qui est arrivé à Chicago.

Sarah frissonna.

— Cela pourrait être n'importe qui. Des camés ou des jeunes voyous, objecta-t-elle.

Joe connaissait son histoire car l'affaire était toujours en cours à Chicago, et le dossier n'était pas clos. Sarah lui en avait exposé les grandes lignes à son arrivée à Amesport.

— À première vue, il y a pas mal de bricoles qui auraient pu être revendues pour se procurer de la drogue, mais ils ont préféré tout casser. Sarah, je sais que la perspective vous effraie, mais il faut envisager toutes les hypothèses. Je dois prévenir mes hommes concernant le suspect. Lorsque nous aurons fini de récolter les indices, vous pourrez vérifier s'il manque quelque chose. Quoi qu'il en soit, on ne peut pas exclure cette possibilité.

— De quoi parlez-vous ? s'interposa Dante. Que s'est-il passé à Chicago ?

— C'est à Sarah de vous le dire, mon vieux. Si elle ne l'a pas encore fait, c'est qu'elle n'y tenait pas.

Sarah frémit et sentit son sang se glacer dans ses veines. Elle ne voulait plus penser à cette histoire. Déménager à Amesport lui avait offert une échappatoire. Elle pensait être en sécurité. Son esprit rationnel reprit le dessus, et elle se prépara à affronter la réalité.

— Vous avez probablement raison, admit-elle.

— Je vais appeler la police de Chicago pour voir s'ils ont du nouveau, et je leur ferai part de ce qu'il s'est passé ici, déclara Joe.

— Je peux rentrer chez moi, maintenant ? questionna Sarah, sachant pertinemment qu'elle ne réussirait jamais à fermer l'œil après ces terribles événements.

— Pas pour le moment. Et je vous conseille de ne pas rester seule en attendant.

— Tu vas t'installer chez moi, décréta Dante d'un ton sans réplique.

— Mais je n'ai pas de vêtements de rechange, rien...

— On se procurera ce dont tu as besoin plus tard. Tu ne peux pas rentrer chez toi pour l'instant. Je ne sais pas pourquoi on s'en est pris à ton domicile, ni ce qu'il s'est passé à Chicago, mais quelqu'un en a visiblement après toi. On dirait qu'il s'est vengé de ne pas t'avoir trouvée à la maison. Et je compte bien que tu me racontes tout en détail, conclut-il avec autorité.

— Ça vous va, docteur ? demanda Joe.

Sarah savait qu'elle ne pourrait pas réintégrer son domicile tant que l'équipe n'aurait pas terminé son enquête et que les dégâts ne seraient pas réparés.

— Pour cette nuit, oui.

Dante lui lança un regard signifiant qu'elle ne perdait rien pour attendre, mais elle décida de s'en préoccuper plus tard, quand elle aurait surmonté le choc provoqué par le saccage de sa maison. Elle était encore si secouée qu'elle se sentait incapable de raisonner. Heureusement, la présence de Dante à ses côtés lui apportait un précieux réconfort.

Joe darda sur Dante un regard perçant.

— Êtes-vous armé, inspecteur Sinclair ?

Dante tira son pistolet de sa ceinture ; il le tendit à Joe qui l'examina avant de le lui restituer.

— À Los Angeles, je ne me déplaçais jamais sans mon arme, mais je n'aurais jamais pensé en avoir besoin ici. Par chance, j'avais mon Beretta dans la voiture. Je ne sortirai plus sans arme désormais.

— Ainsi vous êtes un adepte des Beretta.

— Pour votre information, je possède également un Glock.

— Ce n'est pas un problème, surtout maintenant que vous devez escorter Sarah. Soyez prudents et appelez-moi à la moindre alerte.

Les deux hommes échangèrent leurs coordonnées, puis Dante prit le bras de la jeune femme et la guida vers son pick-up.

— Coco ! s'exclama-t-elle. J'ai failli l'oublier !

En entendant son nom, la petite chienne se précipita vers sa maîtresse. Dante se baissa et l'attrapa de sa main libre.

— Voilà, je l'ai.

Sarah monta dans la voiture et prit l'animal sur ses genoux. Coco se blottit contre elle et enfouit son museau dans le creux de son coude ; à croire qu'elle comprenait sa détresse. Sarah la pressa sur son cœur, comme si la chienne pouvait lui insuffler le courage qui lui manquait.

Chapitre 8

Dante ne décolérait pas en parcourant les archives de la police sur l'affaire Sarah Baxter. Deux ou trois coups de fil avaient suffi pour transférer les informations sur son ordinateur personnel. Il lui était égal de consulter un dossier hors de sa juridiction alors qu'il n'était pas en service. Après tout, il était policier vingt-quatre heures sur vingt-quatre, sept jours sur sept, et qui plus est, il s'agissait d'une question d'ordre privé.

Sarah n'avait pas ouvert la bouche durant le trajet. Arrivée chez lui, elle s'était bornée à lui réclamer un T-shirt pour la nuit, puis elle s'était douchée et installée dans la chambre d'amis sans presque desserrer les dents. Pour la première fois depuis leur rencontre, elle paraissait fragile, angoissée. Il détestait la voir dans cet état, et il se promit de faire n'importe quoi pour lui redonner le sourire.

Il martela du poing la photo du suspect étalée sur son bureau, histoire de se défouler. Il l'aurait volontiers réduit en bouillie. Après ce qu'il avait fait subir à Sarah, c'était exactement ce qu'il méritait.

Son instinct lui soufflait que ce fumier avait quelque chose à voir avec la violation du domicile de Sarah. Tout concordait : la rage meurtrière, le saccage en règle et le message d'une rare violence qu'il avait laissé derrière lui. Le salaud qui avait failli la tuer en voulait toujours à sa vie.

Pas étonnant qu'elle évite les hôpitaux comme la peste.

Au cours de l'une de ses visites à son domicile, quelques jours plus tôt, elle lui avait confié ne soigner que des patients externes. Il ne s'était pas vraiment demandé pourquoi elle ne consultait pas à l'hôpital d'Amesport, ni pour quelle raison elle adressait les malades à un collègue en cas d'hospitalisation. Elle était nouvelle venue dans la région, et il s'était dit qu'elle n'avait peut-être pas encore obtenu une autorisation d'exercice en milieu hospitalier.

Elle refusait de remettre les pieds dans un hôpital !

Il entendit la voix hésitante de Sarah sur le seuil de la porte.

— Dante ?

Il leva les yeux. Elle était là, vêtue d'un de ses T-shirts, trop grand pour elle. Elle paraissait exténuée et apeurée. Il aurait voulu la jucher sur ses genoux, la prendre dans ses bras, l'étreindre avec force, la cajoler et apaiser ses craintes. Il serra les poings pour réprimer l'élan qui le poussait vers elle. Il devait lui donner du temps, la laisser faire le premier pas.

— Je croyais que tu dormais.

Elle secoua la tête.

— Je n'y arrive pas. Puisque tu as décidé de m'aider, je pense que tu as le droit de savoir ce qu'il s'est passé. Je ne veux pas que tu avances à l'aveuglette. Je suis vraiment désolée, mais je refusais d'envisager la possibilité que cet incident ait un rapport avec ce qui est arrivé à Chicago. À la réflexion, c'est probablement le cas. Ces choses-là ne peuvent pas se produire à Amesport.

Elle prenait l'initiative. Elle avait confiance.

Même si elle hésitait encore à s'épancher, elle avait scrupule à lui faire prendre des risques en le laissant dans le noir. Tant mieux. Ainsi, il n'aurait pas à lui tirer les vers du nez. Il préférait de loin qu'elle agisse de son propre chef sans pression d'aucune sorte.

— Je t'écoute.

Elle entra et s'installa dans le fauteuil en cuir devant son bureau. Elle replia les jambes sous elle et prit une profonde inspiration.

— À la fin de ma première année de pratique à Chicago après mes études, j'avais un nouveau patient, un garçon de dix-neuf ans. Il avait eu un accident de la route. Un chauffeur ivre avait percuté la voiture de plein fouet. Sa mère conduisait. Elle est morte sur le coup, mais Trey a survécu. Il souffrait d'une double fracture aux jambes et d'autres blessures, mais il se remettait petit à petit. Il était en première année de médecine. Il était suivi par un orthopédiste, mais j'étais son médecin traitant. J'ai passé beaucoup de temps avec lui. J'avais pris l'habitude de passer le voir à la fin de mes astreintes à l'hôpital pour l'aider à rattraper ses cours. Nous étions devenus amis.

— Dis plutôt qu'il était fou de toi.

— Absolument pas.

— Ma douce, ce n'était peut-être pas ton cas à toi, mais le concernant, je n'ai pas le moindre doute. J'ai eu dix-neuf ans moi aussi, et je sais ce qu'un gamin de cet âge a en tête. Tu es belle, chaleureuse, et tu étais à peine plus vieille que lui.

Sarah haussa les épaules.

— Il n'a jamais eu un geste déplacé. Il me parlait surtout de son rêve de devenir médecin.

Dante était persuadé que le gosse avait dû fantasmer comme un collégien, mais il préféra ne pas insister.

— Et ensuite, que s'est-il passé ?

— Environ trois semaines après l'accident, j'étais venue l'aider à réviser sa biologie. Son père était présent. Entre parenthèses, Trey n'entretenait pas de bonnes relations avec lui à cause de son mauvais caractère, à ce qu'il disait. Il était plus proche de sa mère dont il n'avait toujours pas fait le deuil. Il est mort ce soir-là. Nous avons tout tenté pour le réanimer, mais il était trop tard. L'autopsie a révélé une embolie pulmonaire massive, même si nous avions pris les précautions nécessaires en raison de son état de faiblesse. Par la suite, le cas a été analysé et on a prouvé qu'il n'y avait pas eu d'erreur professionnelle. C'était la faute à pas de chance...

Sa voix se brisa. Son expression torturée faisait peine à voir. Cette épreuve avait dû être traumatisante, compte tenu de l'amitié qui la liait à son jeune patient, sans parler de son inexpérience et de son manque de maturité, à cette époque.

— Son père a rejeté la responsabilité sur toi, c'est ça ?

— À défaut d'un autre bouc émissaire, oui. Sa femme était décédée et l'enfant qu'il croyait hors de danger avait succombé à son tour. J'ai appliqué le protocole à la lettre pour le réanimer. En vain. Il a fallu isoler le père qui avait perdu les pédales. C'est moi qui lui ai annoncé le décès de son fils. Un vrai cauchemar. Il a carrément disjoncté.

— Et deux jours après, il a essayé de te tuer. J'ai lu le rapport de la police.

Sarah s'agita sur son siège.

— John savait que, le soir, j'empruntais l'escalier menant à l'unité de soins intensifs. Il m'a coincée sur le palier entre le deuxième et le troisième étage. Je n'ai aucun souvenir de ce qu'il s'est passé ensuite. Il s'est jeté sur moi et m'a cogné la tête contre le mur. Je me rappelle seulement qu'il criait que je devais mourir parce que j'avais anéanti sa famille. J'ai essayé de résister, mais il m'a plaquée à terre et m'a frappée à coups de couteau. Je m'affaiblissais à mesure que je perdais mon sang. Il n'arrêtait pas de hurler : « Crève, salope ! », exactement le même message qu'il a laissé sur le mur chez moi.

— Vingt coups de couteau ! Bon sang ! C'est un miracle que tu t'en sois tirée.

L'homme avait perdu sa femme et son fils, soit. Mais ce n'était pas une raison pour se venger sur une créature innocente dont le seul crime était d'avoir voulu aider son fils. Dire que ce fumier avait failli la tuer !

— Si une infirmière n'avait pas emprunté l'escalier par hasard, je serais morte, ajouta-t-elle. John a pris la fuite en entendant des pas. Il m'a tailladé une artère au niveau du bras. Je perdais beaucoup de sang. Heureusement que je me trouvais à l'hôpital. L'équipe des urgences m'a sauvé la vie.

Dante croisa son regard et décela une immense tristesse dans ses yeux bleu marine embués de larmes, qu'elle sécha d'un geste impatient.

— Et la police ne l'a jamais attrapé, c'est incroyable !

— Une fois remise, je n'ai jamais pu retourner à l'hôpital. Cette idée me rendait malade.

Incapable de se contenir davantage, Dante se leva, il l'attira contre lui et l'enveloppa de ses bras.

— Qui s'est occupé de toi à ce moment-là ? demanda-t-il d'une voix apaisante en lui caressant le dos.

— Ma mère. J'avais un appartement à Chicago près de l'hôpital, mais je me suis installée chez elle pendant quelque temps après ces événements. C'était difficile pour elle aussi, car elle aurait voulu retrouver la fille indépendante et brillante que j'étais auparavant. J'étais incapable de vaincre ma panique chaque fois que je tentais de réintégrer l'hôpital. J'avais besoin d'un changement. J'ai pensé à des villes de taille moyenne où l'on aurait besoin de quelqu'un comme moi, j'ai prospecté un peu partout et j'ai fini par atterrir ici. J'ai toujours voulu vivre au bord de la mer, et lorsque j'ai découvert qu'il y avait une pénurie de médecins dans la région, je me suis dit que ce serait l'endroit idéal. Ici non plus, je n'arrive pas à travailler à l'hôpital, mais j'ai apprécié Amesport, du moins jusqu'à ce soir. C'était comme une renaissance. Je n'aurais jamais imaginé que John se lancerait à ma poursuite. Je croyais qu'il m'avait attaquée parce qu'il était en état de stress post-traumatique à cause de la colère et du chagrin. En tout cas, si c'est bien lui, cela signifie qu'il a toujours l'intention de me supprimer.

— Évidemment que c'est lui, grommela Dante.

Qui pouvait bien en vouloir à cette femme ? Sarah vivait dans sa bulle où ce salaud s'était introduit de la façon la plus effroyable qui soit. À présent, non seulement elle se sentait plus seule que jamais, mais en plus, elle était morte de peur, alors qu'elle s'ingéniait à faire le bien autour d'elle. S'il ignorait comment la tranquilliser, il saurait en revanche assurer sa sécurité. Il ferait de son mieux pour la protéger. Elle était sous sa responsabilité, se dit-il en l'étreignant avec ardeur, tandis qu'elle s'abandonnait dans ses bras.

— Tu as raison. Je le sens dans mes tripes. Ici, il n'y a personne d'assez dingue ou malveillant pour se déchaîner comme il l'a fait chez moi. Je l'ai compris dès que j'ai lu le message sur le mur. C'est exactement ce qu'il braillait quand il m'a attaquée.

Dante se refusait à imaginer la scène. L'idée qu'un dément ait pu s'acharner sur Sarah à coups de couteau le rendait fou.

— Je ne te quitte plus d'une semelle jusqu'à ce qu'on le retrouve, décida-t-il.

— Mais je dois retourner travailler, j'ai des responsabilités...

— Dans ce cas, je te servirai de garde du corps. Ce type rôde dans les parages, il sait où tu habites et où tu travailles. C'est un petit patelin ici, ne l'oublie pas.

— Oh, mon Dieu, mon cabinet...

— Ne t'inquiète pas. J'ai appelé Joe et il est allé voir. Tout va bien.

— Dante, je refuse que tu t'en mêles. Tu as d'autres chats à fouetter en ce moment.

Il était en convalescence et, pour l'heure, rien n'était plus urgent que d'assurer la sécurité de Sarah. Le reste importait peu. Il ne pouvait imaginer l'éventualité qu'il lui arrive malheur. Si elle était blessée, voire pire, il perdrait probablement le peu de raison qui lui restait.

— J'y suis déjà mêlé jusqu'au cou et ce sera le cas jusqu'à ce que John Thompson se retrouve derrière les barreaux ou sous terre. Tu ne feras rien et tu n'iras nulle part sans moi. Chaque fois que tu mettras le pied dehors, je veux être informé. Je ne suis pas parano, mais tu sais aussi bien que moi qu'il rôde dans le coin et ne mettra pas longtemps à te localiser. Il faut le coincer, Sarah. Tu ne connaîtras la paix que lorsqu'on l'aura arrêté. Je préfère que tu restes en vie même si tu m'en veux à mort plutôt que le contraire.

Elle le repoussa et alla se percher sur l'accoudoir du fauteuil, la mine sombre, les bras croisés sur sa poitrine.

— Tu es en danger toi aussi, et tu n'es même pas encore guéri, riposta-t-elle. Ça ne me plaît pas.

— Tant pis ! Tu as les pieds sur terre d'habitude, non ? De toute façon, tu n'as pas le choix. Je veux te soustraire au danger et faire enfermer ce salaud, un point c'est tout.

Elle était tendue comme un arc, au bord de l'explosion. Et si lasse qu'elle était incapable de réfléchir rationnellement.

— Je peux partir, déménager, recommencer à zéro ailleurs. Tout plutôt que de mettre la vie de quelqu'un en danger.

— Pour combien de temps ? Jusqu'à ce qu'il te rattrape ? C'est comme ça que tu veux vivre... en te cachant à longueur de temps ? Ça ne marchera pas. Regarde mon cas : quitter Los Angeles n'a rien arrangé du tout, et ça ne m'a pas consolé d'avoir perdu Patrick. Je suis content d'être ici, bien sûr, mais ce n'est pas ce qui va régler mon problème. Le lieu n'a aucune importance.

— Je dois faire quelque chose, s'entêta-t-elle.

Il se pencha, posa les mains de chaque côté de ses hanches et la fusilla du regard.

— N'y pense même pas. Je te retrouverai et je te suivrai partout où tu iras.

— C'est une menace ?

— Non, une promesse. Tu as ma parole.

Cette fille était vraiment coriace.

En même temps, elle était sans défense. Il devinait l'enfer qu'elle avait vécu, malgré l'assurance qu'elle s'efforçait d'afficher, mais il voulait la réconforter et faire en sorte qu'elle ne se sente plus comme une bête traquée.

— Je te crois, mais je refuse que tu prennes des risques à cause de moi.

Il secoua la tête, incapable de comprendre cette femme qui se préoccupait davantage de sa sécurité à lui plutôt que de la sienne propre. Oubliait-elle qu'il était flic ?

— Il ne m'arrivera rien, Sarah. C'est mon boulot. J'en ai vu d'autres dans ce métier, je t'assure.

À présent, rien ne lui semblait plus essentiel que de préserver Sarah d'un danger mortel.

Si quelque chose lui arrivait, il ne se le pardonnerait jamais. Elle était sienne et il veillerait sur elle.

— Je dois trouver une solution, tu as raison. Je ne peux pas passer mon existence à fuir. Je serai en danger où que j'aille. Que faire ?

Enfin, elle se montrait raisonnable.

— Tu ne bouges pas. Je ne suis pas en mesure de te courir après dans mon état, sauf si j'y suis absolument obligé.

Elle le dévisagea avec inquiétude.

— Tu as mal ?

— Non, mais ce sera le cas si tu me forces à cavaler derrière ton joli petit cul.

— Tu es complètement cinglé. Je ne t'apprends rien, n'est-ce pas ? Tu es prêt à jouer les gardes du corps avec une parfaite inconnue, ou presque.

Il déposa un léger baiser sur son front.

— J'ai effectivement l'intention de garder ton corps de très près, ma douce. J'ai un tas de projets à ce sujet.

— Je crois que tu n'aimerais pas me voir nue.

Il plissa ses yeux noisette d'un air de défi.

— Bien sûr que si.

— Très bien. On va régler cette question une fois pour toutes.

Elle se leva et s'écarta de quelques pas. Électrisé, il la regarda attraper le bas de son T-shirt qu'elle s'empressa de retirer, comme si elle craignait de changer d'avis. Elle ne portait rien dessous et elle se tint devant lui dans le plus simple appareil.

— Ce n'est pas joli joli, tu vois ? reprit-elle d'une voix mal assurée. Le couteau n'était pas très grand, mais il a laissé des marques profondes. J'en ai la preuve chaque jour devant la glace.

Dante la dévora du regard. Il sentit son sexe se crisper de désir, comme s'il était doté d'une volonté propre. Hormis les cicatrices (c'était prévisible après ce qu'elle avait subi), son corps était l'incarnation de la beauté féminine dans toute sa perfection, depuis ses seins voluptueux à la pointe délicatement rosée jusqu'à ses longues jambes fuselées. Il essaya de ne pas penser à ses cuisses harponnant sa taille pendant qu'il la pistonnerait jusqu'au bout de la nuit. Sa toison dorée était de la même nuance que ses cheveux ; il aurait voulu y plonger, la toucher, la goûter, s'enivrer de son parfum.

Elle était sienne.

Les mots fusèrent dans son esprit, au point qu'il dut se faire violence pour ne pas l'entraîner séance tenante dans son lit et prendre ce qu'il savait lui appartenir. Mais elle avait été assez éprouvée. Pour l'heure, elle avait besoin de réconfort, et il comptait bien le lui apporter.

— Remets ton T-shirt. Tu dois te reposer et dormir un peu.

Elle devait couvrir ce corps adorable avant qu'il ne fasse quelque chose qu'il regretterait. Entre-temps, chaque centimètre carré de sa peau resterait gravé dans sa mémoire.

Il s'efforça de contrôler sa respiration et de reprendre son sang-froid. Pas question de lui sauter dessus comme un sauvage. Il voulait la voir frissonner de passion, le supplier de lui faire l'amour. Il tenait à ce qu'elle se donne à lui parce qu'elle brûlait de désir. Or cette nuit ne s'y prêtait guère, et il ne voulait pas s'en repentir par la suite. Il eut le plus grand mal à refouler ses instincts devant elle, nue, dans son bureau. *Cool, mon vieux !* Ce n'était pas de sexe dont elle avait besoin, mais d'un ami, et il jouerait ce rôle qu'il le veuille ou non.

— Tu ne pourras pas dire que je ne t'aurai pas averti, murmura-t-elle en se rhabillant.

Il la regarda tourner les talons et se précipiter hors de la pièce, puis il entendit le bruit de ses pas décroître sur la moquette tandis qu'elle regagnait sa chambre. Il finit par comprendre.

Pensait-elle qu'il refusait de la voir nue à cause de ses cicatrices ?

Il siffla entre ses dents et fourragea nerveusement dans ses cheveux, décontenancé. Ne sentait-elle pas la tension sexuelle entre eux ? L'envie qu'il avait d'elle était si forte qu'il en eut le souffle coupé.

J'en ai la preuve tous les jours devant la glace.

Il repensa à leur discussion au sujet de l'alchimie sexuelle entre un homme et une femme et se demanda si elle croyait vraiment à ces balivernes sur la propagation de l'espèce et le partenaire idéal – lequel aurait, bien sûr, fait abstraction de ses cicatrices et de ses autres défauts. À ses yeux à elle, ses stigmates à peine visibles faisaient partie d'elle-même et symbolisaient l'enfer dont elle était revenue. Pour lui, elle était la perfection faite femme, et il l'acceptait telle qu'elle était.

Il éteignit son ordinateur et ramassa son pistolet posé sur le bureau. Après quoi, il vérifia les verrous, enclencha l'alarme et se rendit dans sa chambre. Il déposa le Glock sur la table de chevet et ôta ses vêtements, qu'il jeta pêle-mêle sur le sol.

Il s'était trompé. C'était d'un amant dont Sarah avait besoin, pas juste d'un ami (même s'il jouerait toujours ce rôle pour elle, le cas échéant.) Un homme qui vénérerait chaque parcelle de son corps et la ferait grimper aux rideaux. Et cet homme, ce serait lui. Elle n'allait pas tarder à comprendre que le désir physique était bien plus profondément enraciné que la science.

Il devait reconnaître que ce qui se passait entre eux dépassait l'entendement. En fait, il n'avait jamais eu besoin d'une femme comme il avait besoin d'elle. Et pour une fois, il allait écouter son instinct.

Il longea le couloir et entrouvrit la porte de la chambre d'amis du bout du pied. La lumière du dehors inonda le lit. Sarah était blottie au milieu du matelas dans une posture presque fœtale. Sans hésiter, il la souleva et la jucha sur son épaule sans prêter attention à ses côtes endolories.

— Dante ! Qu'est-ce que tu fabriques ? Lâche-moi tout de suite ! Tu vas te faire mal, voyons !

Il retourna dans sa chambre avec son précieux fardeau, caressant ses fesses nues avant de lui assener une claque magistrale.

— Reste tranquille. Tu n'es plus mon médecin, mais une femme que je meurs d'envie de posséder. Dorénavant, je te traiterai comme telle.

Il ravala un sourire quand elle se tut soudain et cessa de se débattre. Arrivé dans sa chambre, il constata que le T-shirt s'était entortillé autour de ses seins. Il réprima un gémissement en sentant sa poitrine nue se presser contre son torse et son abdomen, tandis qu'elle posait les pieds sur le sol.

Elle rejeta ses cheveux en arrière et fixa avec effarement son sexe au garde-à-vous.

— Tu es vraiment tombé sur la tête.

Il prit une paire de menottes dans le tiroir de la table de nuit, puis il attrapa son T-shirt et le lui retira prestement. Sans lui laisser le temps de réagir, il referma les menottes autour de ses poignets, suffisamment lâches pour lui permettre un minimum de mouvements, mais pas assez pour qu'elle puisse en extraire les mains. Il préférait être le dominant au lit, et la lueur qu'il décela dans ses yeux le conforta dans l'idée qu'elle appréciait ce traitement. Il n'avait jamais ressenti ce désir de possession quasi animal envers quiconque, et il craignait de dépasser les bornes.

— Sarah Baxter, vous êtes en état d'arrestation.

— Pour quelle raison ?

— Pour avoir déserté la scène du crime. Et vous êtes aussi coupable d'avoir caché ces seins magnifiques.

— Mais tu m'as dit que...

Il secoua la tête.

— Peu importe ce que j'ai dit. C'est quand même un délit. Et pour aggraver ton cas, tu as pris la fuite.

Elle n'avait pas peur ; au contraire, elle frissonnait d'excitation. Avides, ses yeux violets le suppliaient de ne surtout pas arrêter ce jeu délicieux.

— Quelle est ma punition ?

Il la souleva et la jeta sans ménagement sur le lit. Puis il ouvrit l'une des menottes, l'attacha à la tête de lit, la referma et posa la clé sur la table de nuit.

— T'apprendre la vérité de la plus agréable des façons. Crois-tu vraiment que j'ai prêté attention à tes cicatrices ?

Elle lui jeta un regard indécis en hochant la tête.

Le sexe frémissant d'impatience, il s'agenouilla et vint se placer entre ses cuisses, peau contre peau. La voir enchaînée à son lit réveillait l'instinct primitif qui sommeillait en lui, et il avait bien l'intention d'en profiter. Désorientée, le corps en feu, les sens en émoi, elle frotta ses tétons durcis contre son torse nu.

Il repoussa une de ses mèches derrière son oreille et lui caressa la joue du doigt.

— Je les ai remarquées uniquement parce que j'aimerais retrouver le salaud qui t'a agressée et le réduire en bouillie. Tu as un corps parfait. Et si tu me disais que tu ne t'es pas aperçue que je bande comme un fou quand je te serre dans mes bras ou quand je te regarde nue, je ne te croirai pas.

— Bien sûr que je l'ai remarqué. C'était... déroutant.

Il lut dans ses yeux l'incertitude, une faim égale à la sienne et comprit qu'il s'était lui-même enfermé dans un piège. Voyant son propre désir reflété dans son regard, n'y tenant plus, il se pencha et l'embrassa.

CHAPITRE 9

Sarah n'avait jamais vu un spécimen mâle aussi magnifique. Dante dégageait une impression de force sauvage, indomptable, il la dominait de tout son poids et elle se sentait totalement impuissante sous lui. Elle s'offrit au regard possessif, chargé de passion qu'il fixait sur elle et qui embrasait sa peau.

Elle avait tellement envie de lui qu'elle avait du mal à respirer. Cramponnée aux barreaux du lit, elle s'abandonna à son étreinte, tandis qu'il s'emparait de sa bouche avec avidité. Aucun homme ne l'avait jamais désirée de la sorte ; elle était captivée, enivrée par ce corps ferme et dur plaqué contre le sien qui la retenait prisonnière. Il l'embrassa avec une intensité presque désespérée, exacerbant son désir. Sa langue se mêla à la sienne dans une joute sensuelle, attisant l'incendie qui la dévorait.

Elle n'avait pas menti en lui avouant que ce jeu de rôle sexuel où il jouait les flics autoritaires l'excitait au plus haut point. Dans ses bras, elle découvrait des horizons insoupçonnés… Et elle adorait ça.

Elle avait été anéantie quand il lui avait ordonné de se rhabiller ; elle avait pris sa réaction pour de la répulsion à la vue de ses cicatrices. Elle s'était complètement fourvoyée à son sujet, car loin de la rejeter, il cherchait au contraire à la prémunir contre lui-même. Elle avait beau être intelligente et douée, elle n'en était pas moins une femme, et il la traitait comme telle. Désirable, qui plus est. Elle qui se flattait d'être indépendante et autonome, voilà que son corps, ce traître, criait le contraire dès qu'il s'approchait d'elle. Elle avait envie d'inverser la tendance, qu'il lui murmure des mots crus à l'oreille et incarne le mâle dominant. À l'évidence, elle avait un faible pour les flics, celui-ci en particulier. Plus il jouait les tyrans, plus elle le désirait. Mais hors de la chambre à coucher, elle se rebifferait contre son autorité. En attendant, elle avait bien l'intention de savourer chaque seconde.

— Fais attention, tu n'es pas encore guéri, plaida-t-elle dans un sursaut de lucidité, quand il détacha ses lèvres des siennes.

Il fit courir sa langue sur la balafre qu'elle avait au creux de l'épaule, puis descendit en direction de son nombril où il s'attarda longuement avant de s'aventurer plus bas.

— Je veux goûter chaque centimètre de ta peau et enfouir ma bouche entre tes cuisses, ma belle.

Ses cicatrices étaient partout, plus nombreuses sur l'abdomen et le buste. Elle frissonna de plaisir tandis que sa bouche explorait son ventre, laissant une traînée de feu partout où elle errait. Elle réprima un gémissement alors qu'il refermait les mains sur ses seins, dont il se mit à caresser les pointes sensibles du pouce. Elle se cambra, soulevant les hanches à sa rencontre, tandis qu'il se penchait pour cueillir un mamelon entre ses lèvres. Plus... elle en voulait plus...

Le besoin de le toucher l'envahit alors qu'il happait l'autre sein. Elle était partagée entre des sensations presque insupportables, à mi-chemin entre la douleur et le plaisir. Haletante, elle s'agrippa aux barreaux du lit, pendant que la bouche de Dante descendait le long de son ventre, sa langue traçant de lents cercles sur chaque cicatrice.

— S'il te plaît..., gémit-elle, l'esprit en déroute, les sens en ébullition, ne sachant plus où elle en était.

— Je vais te faire jouir avec ma langue, Sarah. Tu veux bien ?

Ce qu'elle voulait ? Elle voulait... elle voulait désespérément quelque chose. Mais quoi ?

— Je n'ai jamais... Oh, mon Dieu... oui... oui...

Sa voix se mua en un gémissement inaudible pendant qu'il lui écartait les genoux et plaquait sa bouche sur sa fente humide. La sensation de sa langue fouillant ses replis les plus secrets était exquise. C'était exactement ce qu'elle désirait.

Elle souleva frénétiquement les hanches, suppliant pour en avoir encore plus, pour qu'il la conduise jusqu'à l'extase. Ses lèvres sur son clitoris déclenchèrent une décharge électrique à travers tout son corps, chaque coup de langue stimulant un minuscule faisceau de terminaisons nerveuses dont elle ignorait l'existence.

— Dante, je t'en prie...

Il exerçait sur elle une domination totale. Il savait exactement ce qu'il faisait : il essayait de la rendre folle de désir, et il y réussissait très bien.

Elle se cambra contre sa bouche pour l'inciter à aller plus vite, plus fort, mais il prenait son temps, explorant avec satisfaction sa chatte écartelée, lapant sans répit la source de son plaisir. Il enfonça sa langue en elle, puis la retira avant de la planter au plus profond de sa féminité.

Éperdue, Sarah tira sur les menottes au-dessus de sa tête ; elle aurait voulu s'agripper à ses cheveux, attirer son visage à elle et se frotter contre sa bouche jusqu'à l'oubli.

Il introduisit un doigt dans sa chair et l'y enfonça, puis il trouva le petit bourgeon qu'il se mit à rouler sous sa langue habile.

— Je n'en peux plus, geignit-elle.

Il insinua un autre doigt dans sa fente, en explora les parois, avant de se concentrer sur son clitoris qu'il se mit à mordiller avec délectation. Elle se convulsait sur le lit pendant qu'il s'affairait entre ses jambes, l'élargissant comme si son sexe allait et venait en elle. Ses doigts continuèrent leur danse savante encore plus loin, son pouce effleurant une zone sensible à chaque assaut, lui arrachant un râle de bonheur.

— Tu es si étroite ! s'extasia-t-il.

Sa langue exerça sur son clitoris une forte succion qui, combinée au rythme effréné de ses doigts, la propulsa au bord de l'abîme.

Elle se sentit voler en éclats, tandis qu'une onde de plaisir enflait dans son ventre, la traversait de part en part et se propageait jusque dans son sexe. Elle se cambra et bascula dans la jouissance, le corps secoué de tremblements. Son vagin se contracta autour des doigts de Dante, et elle explosa dans un orgasme dévastateur avec un râle de volupté.

Elle s'effondra, pantelante, alors qu'il s'abreuvait avec délices aux lèvres intimes de son sexe ; à croire que c'était un nectar divin. Il rampa sur elle pour l'embrasser. Grisée, elle goûta sa propre saveur mêlée à la sienne sur sa langue.

Elle ouvrit les yeux et surprit son regard avide, mais à son front emperlé de sueur, à sa respiration hachée, elle comprit qu'il était à la torture.

— Détache-moi !

— Je veux te faire l'amour, mais je n'ai pas de préservatif, marmonna-t-il, frustré.

Elle s'abstint de lui signaler qu'elle prenait la pilule pour régulariser son cycle et qu'elle avait étudié son dossier médical. Tous deux étaient en parfaite santé. Elle rêvait qu'il la possède, mais il n'était pas d'attaque pour se livrer à ce genre d'activité.

— Détache-moi, répéta-t-elle. Je suis complètement ankylosée.

Elle bluffait. Mais elle savait que Dante ne lui ferait jamais de mal.

Elle avait raison. Il roula sur lui-même, attrapa la clé posée sur la table et lui retira les menottes si vite que ses bras retombèrent sans force sur le lit, le long de son corps.

— Désolé, dit-il en la frictionnant pour activer la circulation.

Elle se sentait un peu coupable d'avoir menti, mais c'était pour la bonne cause. Dante présumait de ses forces et outrepassait ses limites. Lorsqu'il l'avait juchée sur son épaule, par exemple, comme si elle ne pesait pas plus qu'une plume, ce qui n'était évidemment pas le cas. Il était excessif dans tout ce qu'il entreprenait, et elle refusait de lui infliger cette épreuve pour satisfaire son plaisir égoïste.

Elle l'observa tandis qu'il rangeait les menottes et la clé dans le tiroir. Il se retourna et l'attira contre lui, la respiration apaisée. Elle suivit d'un doigt tremblant les contusions qu'il avait sur la poitrine et l'abdomen.

— Tu as mal ?

Il sourit, et elle se perdit dans ses yeux pailletés d'or.

— Je ne le regrette pas et de toute façon, ça va mieux.

— Parce que tu es au repos. Enfin, pas tout à fait, rectifia-t-elle en fixant sa prodigieuse érection.

Il était raide, énorme. Fascinée, elle l'encercla entre ses doigts et caressa le gland velouté du pouce. Du bout du doigt, elle préleva la larme qui perlait à l'extrémité et la porta à sa bouche.

Dante ne la quittait pas des yeux ; on aurait dit deux flammes liquides.

Elle n'avait jamais sucé un homme de sa vie, mais il lui prit soudain l'irrésistible envie d'essayer.

— Je rêve de te goûter, Dante. Voyons si je suis capable de te faire jouir.

— Si jamais tu enroules tes jolies lèvres autour de ma bite, je ne réponds plus de rien.

Elle était décidée à lui rendre le plaisir dont il l'avait si généreusement gratifiée. Il lui donnait tellement et elle, si peu. Elle voulait lui offrir quelque chose d'elle-même. Sans hésiter, elle s'empara de son gland avec fougue, se pencha et fit courir sa langue sur l'extrémité turgescente. Elle fit lentement coulisser la main autour de sa verge, resserra les lèvres autour et se mit à le cajoler du bout de la langue en imprimant de légères torsions circulaires.

Il l'agrippa par les cheveux pour accompagner ses mouvements.

— Guide-moi, murmura-t-elle.

— Je n'ai pas grand-chose à t'apprendre, ma douce...

Elle savoura son odeur musquée, le goût salé de sa peau, l'avalant jusqu'à la garde à chaque aspiration. Ses grognements de plaisir lui faisaient courir des frissons dans tout le corps.

— C'est trop bon, Sarah. Le tableau que tu m'offres à genoux avec ma bite dans ta bouche... je n'ai jamais rien vu de plus sexy.

Elle releva la tête. Calé sur les oreillers, il la regardait s'activer sans pudeur. Leurs yeux se cherchèrent, se soudèrent. Le regard de pure extase qu'il lui jeta déclencha une vague de chaleur dans son ventre et elle l'engloutit voracement, accélérant les succions de ses lèvres serrées autour de sa chair gonflée.

Il crispa les doigts dans ses boucles et retomba sur l'oreiller, rompant le contact visuel. Elle saisit ses testicules et les frictionna doucement au creux de sa paume, tandis que sa langue virevoltait autour de sa hampe à chaque va-et-vient. Il réprima un gémissement et lui empoigna les cheveux pour accélérer la cadence.

Elle comprit qu'il était aussi excitant de lui donner du plaisir que d'en recevoir, et elle se mit à le sucer de plus belle.

— Je ne me contrôle plus, Sarah.

Jouis pour moi, Dante.

Elle redoubla d'efforts, désireuse de le satisfaire, de le remercier pour l'orgasme éblouissant qu'il lui avait procuré ; elle voulait lui rendre la pareille, impatiente de recueillir tout ce qu'il lui donnerait.

Il explosa dans un râle, la main dans ses cheveux, essayant de s'arracher à ses lèvres. Elle ignora l'avertissement, impatiente de goûter sa semence. Sa bite pulsait furieusement dans sa bouche, tandis qu'il se déversait au fond de sa gorge. Elle laissa le liquide gicler sur sa langue et l'avala avec un soupir de bonheur. Puis elle fit de nouveau courir sa langue le long de son sexe pour ne pas en perdre une goutte. Il avait un goût viril, décadent, obscène et sublime à la fois.

Il se redressa, l'attira contre lui et l'embrassa.

Avec un soupir de contentement, elle appuya sa joue au creux de son épaule, évitant son torse endolori.

— Voilà, maintenant nous sommes à égalité !

— Et moi, j'éprouve le besoin viscéral de te posséder. Je ne pense qu'à te baiser, si tu veux le savoir, même quand tu n'es pas là.

Elle rougit.

— Merci. Avec toi, je me sens femme jusqu'au bout des ongles. Je n'avais jamais ressenti cela avant.

Une déesse sexuelle, en fait. Curieux, pour quelqu'un de totalement dépourvu d'émotion.

Il lui décocha un sourire avide.

— Il semble que tu en sois une, pourtant. Et je t'ai examinée de près.

Elle lui assena une bourrade sur le bras.

— Ce n'est pas ce que je voulais dire.

— Ah non ?

Aucun homme ne l'avait jamais attirée, à l'exception de Dante, et elle était sidérée par les réactions qu'il déclenchait en elle.

— Je me suis toujours considérée comme une forte en thème, quasi asexuée.

D'un mouvement vif, il pivota sur lui-même et l'emprisonna sous lui.

— Je te garantis que tu n'es pas asexuée du tout, tu es très réactive au contraire. Et la plus belle femme que je connaisse. J'ignore pourquoi tu as mis si longtemps à explorer ta sexualité. En tout cas, moi, je suis insatiable et terriblement égoïste. Je te veux pour moi seul.

Elle n'avait pas la moindre intention de batifoler avec un autre.

Depuis sa première expérience malheureuse, elle n'avait jamais rencontré un partenaire capable de réveiller sa libido. Et en raison de ses cicatrices, elle avait exclu cette éventualité. Cet homme l'inspirait, pas de doute, mais pour l'instant, il n'était pas vraiment en état.

— Je ne veux plus de bêtises jusqu'à ce que tu sois sur pied, compris ? Si j'ai attendu jusque-là, je peux bien patienter encore un peu. Tu dois te remettre complètement, conclut-elle, sachant que, s'il la touchait encore, elle succomberait de nouveau.

Elle avait un besoin vital de lui, c'était une véritable addiction.

— Je te répète que tu n'es plus mon médecin traitant !

— Peut-être, mais c'est quand même mon métier, et ton comportement de ce soir pourrait compromettre ta guérison.

Il la gratifia d'un sourire féroce qui la fit fondre.

— Ma douce, je te garantis que je me porte comme un charme.

Elle ne devait pas céder. Elle avait conscience qu'il souffrait. Cela se voyait comme le nez au milieu de la figure. Il essayait de l'embobiner pour le lui faire oublier.

— C'est faux.

Il bascula sur le dos en grommelant.

— Tu veux me tuer, c'est ça ?

Elle réprima un rire. La faim qu'il avait d'elle l'enthousiasmait au moins autant qu'elle l'inquiétait.

— Je te rappelle que tu as vécu sans moi pendant trente et un ans.

— Oui, pour mon malheur !

Elle se mordit les lèvres pour ne pas ricaner. Il ressemblait à un enfant boudeur. Ce type avait la tête dure. Au lieu de se ménager pour se rétablir au plus vite, il s'ingéniait à lui faire croire que ses blessures étaient imaginaires.

— J'ai très envie de toi, moi aussi. Mais je refuse de m'inquiéter pour ta santé toutes les deux minutes. Il faut qu'on s'arrête. Je pourrais aller chercher quelques affaires chez moi ? poursuivit-elle pour quitter ce terrain glissant.

— Non, impossible. Il a lacéré tes vêtements aussi. Je suis désolé.

Elle frissonna.

— Il m'en veut à ce point ?

— On va le coincer, Sarah, je t'assure.

Elle le croyait. Personne n'était plus zélé que Dante pour rétablir la justice, en excellent inspecteur qu'il était. Avec la détermination sans faille qui l'animait, il ferait n'importe quoi pour arrêter John Thompson, elle en était certaine.

— Pour moi, la mort de Trey a été une tragédie, expliqua-t-elle. J'étais alors un médecin débutant. On ne nous avait pas appris à perdre un patient à la fac. C'était comme faire le deuil d'un ami. John n'a pas accepté la disparition de sa femme et de son fils unique, et il a pété un câble. J'ignore s'il souffrait de troubles psychotiques auparavant, ou si les événements en ont été la cause.

Dante l'étreignit.

— On a souvent un instinct meurtrier inné. Ce type avait besoin d'un prétexte pour passer à l'acte. Tu n'y es pour rien.

— J'espérais qu'il tournerait la page et parviendrait à faire son deuil, étant donné qu'il avait un casier vierge. Peut-être que, inconsciemment, j'avais peur qu'il s'en prenne à moi un jour. Mais je n'ai jamais cru que cela se réaliserait. J'étais sûre d'en avoir fini avec lui.

Elle souhaitait tourner la page, oublier le passé. Mais il l'avait rattrapée sous la forme d'une vengeance.

— Tu le pourras quand on l'aura retrouvé, je te le promets. Tu seras définitivement délivrée de tes angoisses. À en juger par la brutalité dont il a fait preuve chez toi, on dirait que sa colère s'est déchaînée depuis l'an dernier.

Elle se blottit contre lui.

— Il faut croire que oui.

— Il rôde quelque part. Joe est compétent, et je suis sûr qu'il en a fait sa priorité absolue.

— C'est un type bien, très dévoué à sa famille et à son boulot.

Il lui attrapa la main et posa leurs doigts enlacés sur sa hanche.

— As-tu encore des crises de panique ?

— Non, sauf à proximité d'un hôpital. J'ai essayé une thérapie de désensibilisation, mais ça n'a pas marché. J'ai toujours des palpitations et des vertiges.

Elle s'en voulait d'être incapable de surmonter sa faiblesse.

Il lui pressa brièvement les doigts.

— Apparemment, cela ne t'empêche pas de pratiquer la médecine. Tu es une femme forte et courageuse, ma puce.

Elle ne se sentait ni forte ni courageuse. Elle survivait tant bien que mal, voilà tout.

— Je suis spécialisée en médecine interne. Ne pas pouvoir admettre un patient à l'hôpital ni le suivre est complètement aberrant.

— Je comprends. C'est comme si j'avais la phobie des armes. Je serais fichu. Malgré tout, tu t'en sors très bien, je trouve. Tu parles souvent à ta mère ? reprit-il sans transition. Elle s'est occupée de toi pendant ta convalescence ?

Il était important que quelqu'un l'ait accompagnée et soutenue.

— Elle a essayé. Tu ne la connais pas. Elle est obsédée par l'éducation. Lorsque j'étais blessée et fragilisée, elle n'a pas vraiment compris. Je pense qu'elle s'attendait à ce que je redevienne moi-même. Mais je ne pouvais que la décevoir. Elle voulait me trouver un mari parfait, brillant, afin d'avoir une progéniture à la hauteur. Elle y croit encore. On ne se parle pas souvent. Elle est toujours débordée. Quand elle m'appelle, c'est presque toujours pour me signaler qu'elle m'a déniché le partenaire idéal.

Dante éteignit la lampe. La pièce était plongée dans la pénombre, éclairée seulement par le clair de lune qui filtrait à travers les fenêtres.

— Tu es consciente que ton éducation n'a rien de normal ?

— Oui. Je ne pense pas avoir compris ce que normal voulait dire quand j'étais plus jeune. Mon univers tournait autour de ma mère, et je n'étais pas ce qu'on pourrait appeler une enfant ordinaire.

Elle réprima un bâillement. Elle commençait à se détendre.

— Il faut dormir, dit-il.

Il préférait peut-être être seul, songea-t-elle tout en espérant le contraire. Elle n'avait pas envie de le quitter tout de suite.

— Veux-tu que je retourne dans ma chambre ?

Il lâcha sa main, se tourna sur le flanc et l'entoura de ses bras, le ventre calé contre son dos.

— Certainement pas. Je ne fermerais pas l'œil de la nuit, même en sachant que tu es juste à côté. Tu restes ici, avec moi.

Elle accepta, le cœur en fête.

— Je me sentirais mieux ici, c'est vrai. Je suis encore un peu secouée après ce qui est arrivé.

— Et pour cause ! Je te veux dans mon lit, point final.

C'était exactement ce qu'elle souhaitait. La sécurité de ses bras. Elle sombra aussitôt dans le sommeil.

Chapitre 10

Interloquée, Sarah fixa les vêtements qui jonchaient le lit dans la chambre d'amis de Dante.

— Je n'ai jamais possédé une garde-robe pareille de ma vie ! s'exclama-t-elle. Qu'est-ce qui a bien pu lui traverser l'esprit ?

Emily Sinclair ramassa un cintre tombé par terre et ôta l'étiquette d'un jean avant de l'accrocher dans la penderie.

— Pas mal, hein ? Remarque, ce n'était pas trop difficile, j'avais carte blanche question budget.

Randi plia quelques articles de lingerie à la finesse arachnéenne et les enferma dans le tiroir de la commode.

— J'aimerais bien un frère Sinclair moi aussi, plaisanta-t-elle.

— Tu peux toujours tenter ta chance avec Jared, suggéra Emily en prélevant un autre vêtement sur le tas. Il finira peut-être par se caser.

Randi fronça le nez.

— Pas mon genre.

Sarah, qui s'activait à ranger les chaussures, s'avisa avec consternation qu'elles provenaient des meilleurs créateurs. Elle avait beau être médecin, elle jonglait avec un budget très serré, car le remboursement de son prêt étudiant était une priorité absolue.

Emily et Randi avaient débarqué en compagnie d'une bande de gamins chargés de boîtes et de sacs. Le rendez-vous au Brew Magic ayant été annulé, ses deux amies avaient décidé de la rejoindre chez Dante, munies de la nouvelle garde-robe que son beau-frère avait chargé Emily d'acquérir, et de trois cafés *latte* de chez Brew Magic. Sarah aurait bien voulu les retrouver au pub, mais Dante avait catégoriquement refusé. John était toujours en cavale, et mieux valait être prudent.

— Pourrais-tu au moins me dire de combien tu disposais pour ces achats ? insista Sarah.

Dante l'avait accompagnée faire quelques emplettes dans un magasin à petits prix le lendemain de l'incident – l'un des rares lieux publics où il lui avait permis de se rendre. À peine avait-elle eu le temps de se procurer des produits de base et deux ou trois tenues qu'il l'avait entraînée vers la sortie en précisant qu'Emily se chargerait du reste. Mais là, c'était grotesque. On aurait dit que son amie avait dévalisé toutes les boutiques de la ville.

— Certainement pas, répondit Emily avec un sourire espiègle. Dante n'avait aucune idée sur la question, et il m'a remis la même chose que mon mari en pareille circonstance. Je me demande d'ailleurs si ces deux-là ne se sont pas concertés à l'avance.

Sarah n'ignorait pas que Grady Sinclair avait le cœur sur la main. Si sa femme en manifestait le désir, il lui offrait une nouvelle paire de chaussures sans lésiner sur le prix. Sarah commençait à se demander si son amie n'était pas un peu éméchée, ou intoxiquée au café *latte*, allez savoir ! Combien sa nouvelle garde-robe pouvait-elle coûter ? Prise de vertige, les jambes flageolantes, elle se laissa tomber sur une chaise près de la commode.

— C'était cher ? Je ne pourrai jamais le rembourser.

— Mais de quoi parles-tu ? Il n'est pas question de rembourser quoi que ce soit. Dante m'a défendu de te révéler le montant. C'est un cadeau et ça lui fait plaisir de te l'offrir. Il est plein aux as, tu sais. Pour lui, c'est une goutte d'eau.

— Mon Dieu, ne me dis pas que tu as tout dépensé ?

— Bien sûr que non.

Sarah lâcha un soupir de soulagement.

— Elle a acheté les cafés avec le reste, précisa joyeusement Randi. C'est Dante qui régale.

Sarah avait des palpitations à l'idée qu'on puisse dépenser autant d'argent pour des bouts de tissu. Cela dépassait son entendement.

— Tu as claqué une fortune en fringues ? s'exclama-t-elle, éberluée.

Emily se campa devant elle, les poings sur les hanches, un grand sourire aux lèvres.

— Ça en valait la peine, non ? Allez, Sarah, arrête de stresser, détends-toi. Dante et ses frères sont très riches. Personnellement, je ne suis pas un panier percé, loin de là, je n'ai pas vécu dans ce genre de contexte moi non plus, mais j'ai fini par m'y habituer. Et puis après ce qui t'est arrivé, tu mérites bien qu'on te dorlote un peu. Dante a insisté pour que je ne regarde pas à la dépense, et c'est exactement ce que j'ai fait. Il a également exigé que je choisisse une jolie robe rouge. Je n'ai pas bien compris pourquoi, mais du coup, je t'ai choisi un tas de tenues de cette teinte. Je suis sûre que tu vas adorer et qu'elles t'iront à ravir.

— C'est ma couleur préférée. J'ai l'impression de devenir folle ! Je parie que vous n'avez même pas remarqué le piano.

Les deux autres secouèrent la tête.

— Dante a décidé d'apprendre à jouer, du coup il a commandé un piano à queue, un des plus chers du marché. Il l'a placé dans un coin du salon. Et bien sûr, il est à mon entière disposition vu qu'en réalité, il n'a jamais eu l'intention de s'y mettre, c'était juste un prétexte. En réalité, il l'a acheté pour moi.

— C'est trop mignon ! roucoula Randi.

Sarah partageait cette opinion, mais elle ne l'aurait avoué pour rien au monde.

— Oui, mais beaucoup trop cher ! C'est complètement dingue ! Qu'en fera-t-il quand je serai rentrée chez moi ? Il essaie de compenser l'enfance que je n'ai pas eue, je sais, mais il faut que ça cesse. Je ne pourrai jamais le dédommager, conclut-elle, désemparée, en désignant le monceau d'habits et d'accessoires.

La gentillesse de Dante la touchait, mais en femme indépendante, elle n'avait pas l'habitude de recevoir des cadeaux et elle détestait se sentir redevable. Qu'il soit richissime ne changeait rien. Sa nouvelle garde-robe lui donnait le tournis. Combien d'argent avait-il dilapidé pour elle, et dans combien d'années réussirait-elle à s'acquitter de sa dette ?

Emily se faufila à travers les vêtements éparpillés sur le sol et s'accroupit à côté de son amie.

— Il ne s'attend pas à ce que tu le rembourses, voyons. Les frères Sinclair ont été élevés dans l'opulence et le luxe. Dante n'est pas du genre à jeter l'argent par les fenêtres, parce qu'il sacrifie sa vie à son travail ; n'empêche qu'il est aussi riche que ses frères. L'altruisme est dans leur ADN. Mon mari ne fait pas exception. Tu ne dois pas en vouloir à Dante, Sarah. Il essaie de réparer ce qu'il considère être une erreur. Tous les Sinclair sont bâtis sur le même modèle, y compris Jared. C'est l'un de leurs merveilleux traits de caractère à tous. Ils sont protecteurs et généreux envers ceux qu'ils aiment.

— Oui, mais c'est étouffant. Personne ne s'est jamais comporté de cette façon envers moi.

— Je comprends. Grady m'avait offert une nouvelle voiture alors qu'il me connaissait à peine. J'étais furieuse quand il a remplacé ma vieille caisse sans me demander mon avis.

— Et comment as-tu réagi ? s'enquit Sarah avec curiosité.

— J'ai fini par céder parce qu'il me faisait ce cadeau par amour et s'inquiétait de l'état de mon véhicule. Il sait être très... persuasif.

— Autoritaire, tu veux dire.

Emily hocha la tête.

— Parfois, oui. Mais je sais que ça vient du cœur, parce qu'il veut que je sois heureuse et en sécurité. Et je ne me gêne pas pour le lui dire quand il dépasse les bornes.

— Tu ne crois pas que Dante pousse le bouchon un peu trop loin ? Il n'est pas mon mari, ni même mon petit ami.

Il lui avait juste offert deux ou trois orgasmes spectaculaires.

— Il en pince pour toi, ça crève les yeux. Les Sinclair peuvent être terriblement possessifs avec la femme de leur vie.

— Je ne suis pas la femme de sa vie. Et puis il va bientôt repartir.

Emily se releva et se dirigea vers l'armoire.

— On verra. La façon dont il te regarde et son attitude envers toi en disent long, si tu veux mon avis.

Sarah termina de ranger les chaussures.

— Tu crois que je devrais accepter ? Je ne sais pas. J'aurais l'impression de l'utiliser. Dante en a déjà fait tellement pour moi. Il m'héberge chez lui à ses risques et périls, tu imagines !

Randi agita un bout de tissu chatoyant.

— Il en aura pour son argent si tu portes cette petite chose-là, tu peux me croire.

Sarah attrapa la nuisette qu'elle lui tendait. Le haut marbré rouge et noir à fines bretelles était très ajusté, avec un effet push-up pour galber les seins. Le bas en soie et dentelle écarlate s'arrêtait au ras des fesses. Elle caressa le tissu aérien du bout des doigts.

— Nous ne faisons pas… *ça.*

Effectivement, ils s'abstenaient. Après l'avoir menottée à son lit et propulsée au septième ciel, Dante ne l'avait plus touchée, sinon pour la bercer dans son lit, la nuit, ou l'embrasser tendrement. Elle lui avait défendu de se mettre en danger, et il obtempérait.

— Qu'est-ce que tu attends ? rétorqua Randi. Dante est canon, et il est fou de toi.

— Il n'est pas encore remis de ses blessures.

Emily lui décocha une œillade complice.

— Dans ce cas, il suffit de patienter le temps qu'il guérisse. Tu en pinces pour lui, avoue.

Sarah n'eut aucun mal à l'admettre.

— C'est vrai.

— Tu as eu une enfance difficile. Ensuite, un fou furieux a failli te trucider dans l'exercice de ta profession, et puis tu ne fais jamais rien pour le plaisir ou parce que tu en as envie. Alors maintenant vas-y, fonce ! Je ne pense pas qu'il opposera une résistance acharnée. L'attirance, ça ne se raisonne pas, je sais de quoi je parle.

Sarah ne pouvait qu'abonder dans son sens, même si l'attraction qu'elle éprouvait pour Dante était totalement illogique.

— Il est merveilleux, mais nous appartenons à deux mondes diamétralement opposés.

— Est-ce vraiment important si tu tiens à lui ?

Sarah se posait la même question. Plus elle apprenait à connaître Dante, moins ce sujet lui semblait fondamental. Mais les doutes qui l'assaillaient revenaient en force quand il faisait des folies – comme dépenser une fortune en vêtements, par exemple.

— Il accepte que je le batte aux échecs, plaisanta-t-elle.

Dante était beau joueur, en effet, et il savait mettre son ego en veilleuse. Il n'essayait jamais de la laisser gagner et elle l'avait mis échec et mat à plusieurs reprises. Cela l'avait fait réfléchir et l'incitait à s'améliorer, avait-il déclaré. Il n'était pas vexé le moins du monde de se faire dominer intellectuellement par une femme. Et pour cela, elle ne l'en aimait que davantage. Il prenait bien sûr sa revanche aux jeux vidéo, auxquels elle ne comprenait rien et dont il venait de lui inculquer les rudiments. Il plastronnait après chaque partie gagnée, ce qui la confortait dans l'idée qu'elle aussi devrait progresser pour relever le défi.

Curieux. Peut-être avait-il mis le doigt sur quelque chose.

Décidément, Dante ne cessait de l'étonner. Pour un mâle chargé en testostérone tel que lui, il ne semblait pas avoir besoin de prouver sa virilité à tout bout de champ. Et chaque fois qu'elle le dépassait, il en tirait une grande fierté plutôt que du dépit.

— Un homme qui a assez de jugeote pour ne pas se vexer si sa moitié excelle dans un domaine où il ne connaît rien, ça ne court pas les rues, affirma Randi.

— Oui, il y a un tas de choses que j'apprécie chez lui.

Dante la fascinait ; à quoi bon se raconter des histoires ?

— Alors arrête de faire des chichis et essaye-moi ça, intervint Emily en lui lançant une poignée de vêtements que Sarah rattrapa au vol. L'argent n'est pas un problème et il se mettra en quatre pour te faire plaisir, enfonce-toi ça dans le crâne une bonne fois.

Emily avait raison, se dit Sarah. Elle devait cesser de réfléchir à la nature des sentiments qu'elle éprouvait pour Dante. C'était un type bien et, au fond, c'était tout ce qui importait. Néanmoins, l'énigme qu'il représentait l'intriguait et elle devait se fier à son intuition féminine, dont elle n'avait encore jamais subodoré l'existence. L'offenser était la dernière chose qu'elle désirait ; or il risquait de mal le prendre si elle refusait son cadeau.

Résignée, elle finit par enfiler un joli ensemble couleur corail.

Assis au salon autour d'un verre en compagnie de Grady et Jared, Dante avait du mal à canaliser sa frustration. Toutes ses pensées allaient vers Sarah, mais il s'était forcé à lui lâcher du lest avec ses amies. Il savait qu'elle deviendrait folle à force de rester cloîtrée et qu'elle avait été très contrariée qu'il lui interdise de se rendre au Brew Magic. Il n'avait pas l'intention de lui pourrir la vie, mais en même temps, il n'était pas question de lui faire courir le moindre danger.

— Joe et moi avons fait chou blanc, déclara-t-il. À croire que ce salopard s'est évaporé dans la nature.

— Il finira bien par reparaître un de ces jours, commenta Jared en avalant une rasade de bière avant de reposer la bouteille sur la table.

John Thompson ne s'évaporerait pas dans la nature, Jared avait raison. Cette bête enragée n'allait pas fuir éternellement. Il referait surface un jour ou l'autre. La question était de savoir quand et où.

— Et Sarah, elle s'en sort comment ? demanda Grady.

— Elle ne supporte pas d'être enfermée. Sinon, elle assure super bien.

Sarah était terrorisée, il le savait, même si elle s'efforçait d'être à la hauteur et de respecter les consignes de sécurité. En femme intelligente, elle avait analysé la question sous tous les angles et était parvenue à la conclusion qu'elle devrait prendre son mal en patience jusqu'à ce que son agresseur soit appréhendé et mis sous les verrous.

— Tu la baises ? s'enquit abruptement Grady.

Dante fusilla son frère du regard.

— Ce ne sont pas tes oignons.

— Justement si. Sarah est une amie et je ne veux pas la voir souffrir.

Ses frères n'avaient pas l'air de comprendre qu'il se faisait un sang d'encre à l'idée qu'il puisse arriver quelque chose à la jeune doctoresse.

— Et moi alors ? Tu m'oublies ?

— Tu cherches à la protéger et tu es sans doute le mieux placé pour le faire, seulement Sarah est... quelqu'un de spécial.

— Tu crois que je ne le sais pas ? Elle a mené une existence incompréhensible pour la plupart des gens. Elle a eu une enfance difficile ; elle était comme un chien savant livré en pâture à la communauté scientifique. Personne ne s'est aperçu que c'est une personne gentille et chaleureuse, animée des mêmes désirs que n'importe quelle autre femme. On s'arrête sur sa façon de parler ou de raisonner. Et comme ce qu'elle dit leur passe souvent au-dessus de la tête, les gens prennent leurs distances et la rejettent sans essayer de comprendre qui elle est vraiment. Elle a des amis et je sais qu'Emily et Randi tiennent à elle, mais tout cela est nouveau pour elle. Elle a réussi à faire son trou ici et elle est heureuse. C'est peut-être un génie, seulement elle est restée naïve et innocente à bien des égards. Elle ignore les petits riens, les choses les plus banales. Elle n'a jamais eu l'occasion d'apprendre. Au fond, elle a cruellement besoin de tendresse et d'affection. Et Dieu sait si elle le mérite.

— Bon, tu la baises, affirma Grady avec un sourire. Et tu es mordu, ça se voit.

— Évidemment. Sinon, je me ficherais pas mal de sa sécurité. Physiquement, je n'ai pas encore récupéré tous mes moyens. Ma priorité est de guérir pour pouvoir veiller sur elle du mieux possible. J'ai envie d'elle comme je n'ai jamais désiré aucune femme. Je suis tellement possessif et protecteur à son égard que j'ai du mal à me reconnaître. Elle me rend dingue, et en même temps, elle me donne l'impression d'être capable de voler dans le ciel. C'est fou, non ?

Jared secoua la tête, le regard fuyant.

— Tu es mal barré, mon vieux. Personnellement, je ne crois pas qu'il existe une nana au monde qui vaille la peine qu'on se donne tant de mal pour elle.

Dante considéra son jeune frère. Quand il était plus jeune, il était hypersensible et avait une âme d'artiste. Était-il devenu blasé, comme si tout l'ennuyait ? Cynique et amer, avec la nonchalance d'un gigolo ? Ou était-ce juste une façade ?

Depuis le divan où il était assis, Dante avisa Coco, couchée à ses pieds. L'animal s'était apparemment pris d'affection pour lui. Il se demandait bien pourquoi. Peut-être parce qu'il le nourrissait en cachette, quand Sarah avait le dos tourné. La petite chienne était vraiment attendrissante avec le regard plein d'espoir qu'elle fixait sur lui. Sur un signe, elle grimpa sur ses genoux sans se faire prier.

Elle tourna deux fois sur elle-même, puis posa la tête sur sa cuisse avec un soupir de contentement, comme si c'était sa place naturelle.

— Ne te gêne pas surtout, grogna-t-il sans conviction en caressant sa tête soyeuse.

— Jared a raison, tu l'as dans la peau, confirma Grady. En revanche, je ne suis pas d'accord quand il affirme qu'aucune femme n'en vaut la peine. Emily en valait fichtrement la peine, c'est moi qui te le dis. Elle m'a accepté tel que j'étais et ça a transformé ma vie. J'ai soudain compris que le monde ne m'avait pas exclu, mais que c'était moi qui avais fermé la porte. Il a fallu que je la rencontre pour découvrir qu'il n'y avait pas que le travail dans l'existence et que tout le monde ne ressemblait pas à papa.

Dante se reprocha d'avoir pris ses distances avec ses frères et sa sœur Hope. Il ignorait ce qui était arrivé à Jared, et il n'avait pas pris conscience non plus de l'isolement dans lequel s'était muré Grady.

— Que nous est-il arrivé ? murmura-t-il. Enfants, nous étions si proches. Que s'est-il passé ? Je peux compter sur les doigts d'une main les fois où nous nous sommes réunis depuis la fac.

— Nous étions des imbéciles égocentriques, intervint Jared. Sauf Hope, bien sûr.

— Nous avions beau être accaparés par nos carrières, nous aurions quand même pu nous rendre un peu plus disponibles, rétorqua Dante.

— Nous sommes là maintenant, dit Grady. Quand je pense que tu as failli mourir ! Ça a été comme un électrochoc pour nous. Hope et Evan m'appellent presque tous les jours.

— Moi aussi, précisa Dante.

— Et Jared traîne encore à Amesport, reprit Grady. Ne commence pas à me dire que tu n'as rien de mieux à faire, ajouta-t-il en levant la main pour lui imposer silence. Tu as une entreprise à gérer. Tu étais inquiet et tu l'es encore, reconnais-le.

Jared haussa les épaules.

— Il n'y a rien qui urge. Maintenant que Dante s'amuse à rejouer les héros, je veux juste m'assurer qu'il ne va pas se faire tuer.

Dante sourit. Jared racontait n'importe quoi.

— Je pense que j'arriverai à me débrouiller tout seul.

Jared attrapa sa bière et en avala une grande lampée.

— Pas question. Je reste. Tu ne te débarrasseras pas de moi si facilement.

— J'aimerais te convaincre de laisser Sarah tranquille, mais je sais que je ne pourrai pas enfoncer cette idée dans ton crâne épais, dit Grady. Ton cas est désespéré.

— Ça veut dire quoi ?

— Comment réagirais-tu si elle sortait avec quelqu'un d'autre ?

— Elle est à moi et je l'écrabouillerais, ce type. C'est qui ?

Grady sourit.

— C'était une question théorique. Je ne l'ai pas vue sortir avec quelqu'un depuis son arrivée à Amesport. En tout cas, j'ai ma réponse.

Dante se raidit. La petite chienne blottie sur ses genoux leva sur lui des yeux inquiets, comme si elle sentait qu'il était en colère.

— Et tu trouves ça drôle ? fulmina-t-il en jetant un regard irrité à son frère.

— Oui, très, fit Jared.

— Ça ne m'étonne pas de toi, maugréa Dante entre ses dents.

— Alors, Joe fait quoi pour attraper l'agresseur de Sarah ? demanda Grady, désireux de changer de sujet.

Dante était sûr que la police ne chômait pas, mais comment mettre la main sur un type qui se terrait Dieu seul savait où ?

— Il fait de son mieux, mais personne ne l'a aperçu. Il faut s'armer de patience. Je ne crois pas qu'il ait quitté la région. Il attend son heure, l'occasion propice.

— Vous devriez peut-être lui en fournir une, sinon vous ne le coincerez jamais, suggéra Jared.

Joe avait suggéré le même scénario, mais Dante ne supportait pas l'idée d'exposer la femme qu'il aimait au danger et il ne voulait pas en entendre parler.

— Non, pas question que Sarah serve d'appât.

— Et pourquoi pas ? questionna l'interpellée qui venait d'entrer dans la pièce. Je préfère prendre le risque plutôt que de vivre la peur au ventre jusqu'à la fin de mes jours.

Dante tourna la tête et la découvrit plantée au pied de l'escalier.

— C'est hors de question ! répéta-t-il avec véhémence.

Avisant alors sa tenue, il resta sans voix.

Une mini-robe bustier à rayures bleues et blanches la moulait comme une seconde peau, dévoilant ses longues jambes jusqu'en haut des cuisses. Les yeux lui sortirent de la tête quand il constata qu'elle ne portait pas de soutien-gorge.

— Très joli, bredouilla-t-il quand il eut retrouvé l'usage de la parole. C'est nouveau ?

Elle sourit en virevoltant sur elle-même pour se faire admirer.

— Oui. J'adore. C'est très seyant.

Les yeux de Dante manquèrent de sortir de leurs orbites quand il remarqua que la robe révélait sa peau crémeuse jusqu'à la chute des reins.

— Mais où est le dos ? s'écria-t-il, éberlué.

— C'est une robe d'été. Emily m'a assuré qu'on ne voyait pas ma cicatrice à l'épaule. C'est vrai ?

Il la rassura. Ce n'étaient pas tant ses cicatrices qui l'inquiétaient, mais le fait qu'elle s'exhibe à moitié nue devant tout le monde.

— Elle est sublime, hein ? s'exclama Emily en descendant l'escalier en compagnie de Randi.

Dante sentit son sexe se mettre en branle tandis que Sarah se pavanait dans la pièce. Elle était si belle ! Il se retint d'attraper le plaid posé sur le dossier du canapé pour le jeter sur ses épaules, mais il ne tenait pas à saper son assurance toute neuve en dissimulant ses cicatrices.

Il interrogea Emily du regard.

— Le reste est comme ça ?

— Plus ou moins. Sarah est grande et élancée. Le style à la mode cette année lui va à ravir.

— Bon sang, je suis foutu !

Dante entendit son frère glousser de rire tandis que, les yeux clos, il se renversait sur le canapé avec un grognement étouffé.

Chapitre 11

Elsie Renfrew regarda Sarah bien en face.

— Ma chère, Beatrice et moi nous sentons beaucoup mieux. Ce n'était pas une intoxication alimentaire, finalement.

Sarah considéra les deux femmes grisonnantes assises en face d'elle et se mordit les lèvres pour ne pas rire. À l'évidence, Beatrice et Elsie avaient pris un rendez-vous en urgence afin de satisfaire leur curiosité.

Elle avait compris qu'il s'agissait d'un prétexte à l'expression coupable que ses deux « patientes » avaient affiché en pénétrant dans la salle d'examen. Les joues rosies par la chaleur de l'après-midi, elles avaient l'air de se porter à merveille.

— Plus de crampes d'estomac ? insista-t-elle.

Les deux autres firent un signe de dénégation.

— Ni de nausées ?

Elles secouèrent la tête dans un bel ensemble avec un grand sourire.

Sarah referma ses dossiers et les remit en place.

— Très bien, mesdames. Alors que voulez-vous savoir, espèces de saintes nitouches que vous êtes ? J'ai vraiment cru que vous étiez malades et je me suis inquiétée. (Elle n'était pas dupe, mais comment en vouloir à deux délicieuses vieilles dames qui lui souriaient si innocemment ?)

Beatrice la fixait avec sollicitude.

— Nous savons ce qu'il vous est arrivé et nous nous sommes fait du souci. On ne vous voyait plus en ville et vous n'assistiez plus aux soirées de bingo, ce qui ne vous ressemble pas.

Elsie ne pouvait simuler la lueur d'effroi que Sarah voyait briller dans ses yeux. Elle se sentit fondre. Ces deux-là étaient de vraies pestes, mais leur gentillesse la touchait.

Elle réfléchit très vite. Elle ne pouvait pas leur révéler la vérité. Mieux valait taire l'existence de son agresseur, sinon les rumeurs iraient bon train et toute la ville en ferait des gorges chaudes.

— Je vais bien, merci, répondit-elle. J'étais occupée à remettre la maison en état. En attendant, j'habite chez une amie.

— Comment est-ce possible ? dit Elsie d'une voix blanche. Je ne comprends pas. Amesport est une ville sûre.

Sarah passa affectueusement un bras autour de ses épaules. Les deux femmes vivaient seules, et elle voulait à tout prix éviter de les effrayer. L'agresseur en avait après elle seule.

— Ne vous en faites pas, Elsie, la rassura-t-elle. C'est un incident isolé. Sans doute un touriste ivre.

— Je n'ai pas peur, affirma Beatrice. Si je tenais le coupable, je lui filerais un bon coup de genou dans les couilles pour ce qu'il vous a fait, comme on nous l'a appris au cours d'autodéfense.

— Beatrice, le terme exact est « testicules », corrigea Elsie. Sarah est une charmante jeune fille. Inutile d'être grossière en sa présence.

Aussi loin que remontaient ses souvenirs, Sarah ne se rappelait pas quand on l'avait qualifiée de jeune fille, et elle trouvait amusant qu'Elsie trouve que « couilles » était un gros mot. Elle avait travaillé dans une grande ville où les règlements de comptes entre bandes rivales étaient monnaie courante, sans parler des obscénités qu'elle entendait proférer au quotidien à l'hôpital.

— J'apprécie beaucoup votre sollicitude, mais je vais très bien, comme vous le constatez. La prochaine fois, inutile d'inventer des prétextes pour venir me voir.

Elle ouvrit la porte à l'instant où les deux femmes se levaient pour partir.

— J'ai entendu dire que Dante Sinclair n'est plus votre patient, remarqua Beatrice au moment de sortir. Quel dommage. Il est tellement sexy. Vous auriez pu vous envoyer en l'air avec lui.

— Après le mariage, Beatrice, gronda Elsie.

— Voyons, il faut vivre avec son temps. Les jeunes n'attendent plus d'être mariés de nos jours.

Sarah assista à l'échange en réprimant un sourire.

— Et moi qui pensais que c'était le bon, reprit Beatrice, contrariée, en quittant la pièce. J'en aurais mis ma main au feu. Remarquez, il reste ce charmant Jared Sinclair. Il s'arrête toujours pour bavarder avec nous quand il nous croise dans la rue. J'aime beaucoup ce garçon.

Surprise, Sarah se demanda pourquoi Jared ne se débrouillait pas pour éviter les deux commères, quitte à paraître impoli. Et comment réagirait-il s'il apprenait qu'on le traitait de « garçon » ?

— Je suis..., commença-t-elle.

La voix de Dante résonna depuis la salle d'examen.

— Sarah sort avec moi. Et elle n'est plus mon médecin traitant.

Il les rejoignit en deux enjambées et sortit le grand jeu pour amadouer les deux vieilles dames.

— Vous comprenez bien que je ne pouvais plus être son patient maintenant que nous sommes ensemble, expliqua-t-il avec un sourire ravageur.

— J'en étais sûre, gazouilla Beatrice. Je l'avais dit à Sarah avant votre arrivée.

— Ah oui ? fit Dante en levant un sourcil interrogateur.

Sarah se sentit rougir. De colère ou de confusion ? Elle n'aurait su le dire. Elle avait convaincu Dante d'occuper la salle d'examen de l'autre côté du couloir jusqu'à la fin de ses visites. C'était devenu une sorte de rituel. Elle recevait sa patientèle pendant que, cloîtré dans la pièce voisine avec son arme et son ordinateur (pour tuer le temps), Dante se tenait prêt à intervenir à la moindre alerte.

Ses plaies superficielles étaient presque guéries, mais ses côtes le faisaient toujours souffrir, même s'il ne se plaignait jamais. N'étant plus son médecin, Sarah n'avait plus son mot à dire à ce sujet.

Dante poursuivit son petit numéro de charme destiné à gagner les bonnes grâces des deux amies. Vu la façon dont elles le dévoraient du regard, il était apparemment parvenu à ses fins. Il ne le faisait même pas exprès. Pas vraiment en tout cas. Il était juste lui-même. Il était naturellement doué d'empathie et bavardait avec la plus grande aisance, apparemment très intéressé par les activités d'Elsie au sein du journal et les talents de marieuse de Beatrice.

Il gâtait son chien et se montrait très attentionné envers les vieilles dames. Que demander de plus ?

— C'est donc vous, l'ami chez qui Sarah loge en ce moment ? s'enquit Elsie, espérant obtenir le scoop de sa vie.

Sarah se retint de rire devant le regard faussement indigné de Dante.

— Bien sûr que non ! Ce serait très inconvenant. Je la respecte trop pour cela.

— Quel merveilleux gentleman vous faites ! gloussa Elsie, enthousiaste.

Sarah faillit hurler de rire. Dante avait dit exactement ce que ces dames voulaient entendre. En même temps, il leur signifiait qu'il serait très choqué si elles s'imaginaient qu'il hébergeait Sarah chez lui. Apparemment, il voulait leur faire comprendre qu'elle avait trouvé en lui un protecteur et qu'il ne leur donnerait aucune autre précision par mesure de sécurité.

Dante les raccompagna à la porte et parvint à les congédier avec tact. Sarah agita la main avant qu'elles ne disparaissent au coin de la rue.

— Tu te rends compte que tout le monde va croire que nous sommes en couple ? explosa-t-elle, pendant que Dante refermait la porte.

— Parfait. J'espère bien qu'elles vont le crier sur les toits. Comme ça, les célibataires de la ville sauront que tu n'es pas disponible. Du coup, je n'aurai pas à me battre avec ceux qui oseraient te serrer de trop près.

Elle n'était pas disponible ? Dix jours s'étaient écoulés depuis que Dante l'avait enchaînée à son lit et lui avait fait perdre la tête.

— Je te trouve bien prétentieux.

— Absolument pas. Je te signale que je t'ai offert l'orgasme le plus phénoménal de ta vie et que je suis le premier à avoir goûté ta...

Sarah lui plaqua une main sur la bouche pour le faire taire. Pour l'amour du ciel, ils se trouvaient à la réception, en présence de sa secrétaire par-dessus le marché ! Kristin était au courant de l'attaque dont Sarah avait été victime et de la raison qui justifiait la présence permanente de Dante au cabinet. En revanche, elle ne se doutait certainement pas que sa patronne partageait le lit du séduisant inspecteur et nourrissait à son égard toutes sortes de fantasmes pervers et lubriques. Sarah ne pouvait repenser à cette fameuse nuit, dix jours auparavant, sans se liquéfier de désir.

Qui cherchait-elle à tromper ? Il lui suffisait de le regarder ou d'entendre sa voix pour se sentir chavirer.

Une lueur malicieuse dansait dans les yeux noisette que Dante fixait sur elle ; aucune femme au monde n'aurait pu résister. Il était conscient de l'effet que sa bouche sensuelle avait sur elle. Il retira sa main et déposa un baiser au creux de sa paume.

— C'étaient tes derniers patients, n'est-ce pas ? On y va ?

Sarah partit chercher son sac dans le placard où elle accrocha sa blouse blanche et son stéthoscope avant de retrouver Dante à l'entrée. Pour une fois, elle ne lui demanda pas de faire une promenade avant de rentrer. Elle avait décidé d'étrenner ses nouveaux escarpins, et ses pieds lui faisaient un mal de chien. Des talons de près de huit centimètres ! À quoi pensait Emily quand elle les avait choisis ? Sarah souffrait le martyre après être restée debout toute la journée avec des chaussures aussi élégantes qu'inconfortables. Dieu merci, c'était la seule paire de stilettos qu'Emily avait achetée. Elle aimait beaucoup, en revanche, la jupe et le chemisier stricts qu'elle avait sélectionnés ce jour-là dans son impressionnante garde-robe.

Elle s'installa dans le pick-up de Dante et se débarrassa de ses souliers avec un soupir de soulagement.

— Ça ne va pas ?

— Ces chaussures sont une véritable torture. J'ai mal aux pieds.

Dante referma la portière passager, il contourna la voiture et s'assit au volant.

— Si elles ne te plaisent pas, je t'en achèterai d'autres, déclara-t-il en démarrant.

— Non, non, elles me plaisent beaucoup, au contraire. C'est juste que des talons de huit centimètres ne sont pas conçus pour un médecin qui travaille toute la sainte journée, si tu veux mon avis. On est plutôt censée les réserver pour les grandes occasions.

Dante gloussa en s'engageant dans Main Street avant de se diriger vers la presqu'île.

— Pourquoi t'obstines-tu à les porter, alors ?

Elle esquissa un petit sourire.

— Tu sais bien ce que je veux dire. Ils sont faits pour frimer lors d'un dîner ou d'un mariage.

Le silence retomba. Sarah se frotta les pieds, où le sang recommençait à circuler après une crampe douloureuse.

Elle décida d'aborder un sujet délicat. Elle ne pouvait plus reculer.

— Dante ?

— Oui ?

— Tu sais qu'il n'est pas possible de vivre comme ça *ad vitam aeternam*. J'ai besoin de reprendre une existence normale. D'après Joe, John ne se manifestera jamais dans ces conditions.

— Pas question. Je ne veux pas te laisser seule.

— Mais tu ne peux pas rester éternellement ici avec moi. Et puis j'ai vécu toute ma vie seule ou presque, je suis capable de me défendre. C'est très gentil à toi de chercher à me protéger, je te suis reconnaissante de ton aide, mais il est grand temps que je passe à autre chose. Et si reprendre le train-train quotidien peut faire sortir le loup du bois, je veux bien essayer.

Dante redémarra sur les chapeaux de roue à la grille de la résidence, laissant de longues traînées noires sur la chaussée. Il s'engagea dans l'allée et se gara en silence. Sarah ne bougea pas, le temps qu'il inspecte les environs. Après quoi il ouvrit la portière et détacha sa ceinture.

Il n'aurait jamais évoqué de lui-même l'éventualité qu'elle reprenne une vie normale pour inciter John à se manifester, mais il devait pouvoir comprendre.

— Réfléchis, insista-t-elle en descendant du véhicule. Je ne peux pas me cacher indéfiniment. Si j'ai la possibilité de l'obliger à sortir de son trou, je ne vais pas rater l'occasion.

— Mais tu vas travailler tous les jours.

— C'est vrai... avec un garde du corps. Sans vouloir te vexer, tu as l'air d'un tueur même sans ton arme.

Dante déverrouilla la porte, il la précéda à l'intérieur pour désactiver le système d'alarme, puis il claqua le battant avec plus de force que nécessaire.

Il lui jeta un regard noir.

— Je refuse de te faire courir un danger, Sarah.

Elle resta de marbre. Elle connaissait toute la palette de ses mimiques, depuis l'amusement jusqu'à l'envie de meurtre. Elle n'avait pas encore bien cerné sa personnalité, mais elle savait intuitivement qu'il ne lui ferait jamais de mal, même quand il était furieux.

Elle abandonna son sac sur la table de la salle à manger avant de monter prendre une douche.

— De toute façon, c'est mon choix, déclara-t-elle en se dirigeant vers l'escalier.

Le cœur en lambeaux, elle se déshabilla, déposa ses vêtements dans le panier à linge et entra dans la gigantesque douche à l'italienne en mosaïque ultra-sophistiquée. Elle se détendit sous les jets à hydromassage latéral et vertical pendant qu'elle se lavait les cheveux.

Dante ne serait jamais d'accord. Elle prendrait donc elle-même l'initiative de se montrer de nouveau en public. Cette décision, à laquelle il était farouchement opposé, risquait de heurter sa sensibilité. C'était la dernière chose qu'elle désirait. Le souci qu'il avait de sa sécurité et son insistance à lui assurer la meilleure protection l'émouvaient plus qu'elle ne voulait l'admettre. Personne ne lui avait jamais témoigné d'intérêt. De guerre lasse, elle avait cessé d'essayer d'en analyser les raisons, de même que pour l'attraction qui existait entre eux. Elle aimait être avec lui, tout simplement. Pourtant, elle devait accepter la réalité. Il ne s'attarderait plus à Amesport très longtemps – il était presque guéri – et c'était à elle de rompre son isolement.

Elle rinça l'après-shampoing en songeant à la souffrance qu'elle ressentirait quand il repartirait à Los Angeles. Dire qu'il avait failli mourir en service ! Tout son être se révoltait à cette pensée, et elle commençait à comprendre ce que Dante devait éprouver de la savoir en danger. À présent, c'était à son tour d'avoir peur pour lui.

Elle sursauta quand il pénétra dans la douche, complètement nu. Elle n'eut pas le temps de réagir que, déjà, il la clouait contre le carrelage. Il l'écrasa contre lui et immobilisa ses poignets au-dessus de sa tête. Une chaleur intense irradia dans tout son corps et elle sentit un flot d'adrénaline couler dans ses veines. Elle leva les yeux – on aurait dit un loup affamé traquant sa proie, prêt à se jeter sur elle comme un animal en rut. Son ventre s'embrasa, la pointe de ses seins durcit, elle sentit son sexe mouiller de désir et elle se mit à trembler de tous ses membres.

— Premier point, je ne partirai pas avant que ce salaud ne se retrouve derrière les barreaux ou sous terre, vu ? grinça-t-il.

— Comment peux-tu... ?

— Ne pose pas de question, exigea-t-il, sa poitrine se soulevant et s'abaissant au rythme de sa respiration laborieuse. Et n'essaie pas de raisonner avec moi, je ne suis pas d'humeur. Dis-moi seulement que tu comprends.

Elle devina la lutte qui se livrait en lui, mais ce n'était pas ce qu'elle souhaitait. Elle préférait quand il était dominant et exigeant. Et même si elle ne voyait pas trop comment il pourrait tenir sa promesse dans le cas où la situation traînerait en longueur, elle ne doutait pas qu'il y parviendrait.

Elle hocha la tête. Elle ignorait ce qu'il avait à l'esprit, mais savait d'expérience qu'il irait au bout de ses idées, comme toujours.

— Deuxième point, je ne veux prendre aucun risque. J'ai failli crever quand j'ai perdu Patrick. Et puis, tu es arrivée et tu m'as redonné goût à la vie. Tu es à moi, Sarah. Je l'ai compris au premier regard. Je soupçonne que tu cherches à avoir les coudées franches, mais dis-toi bien que te perdre m'achèverait.

Elle fit oui de la tête, les joues ruisselantes de larmes. Submergée par des émotions qu'elle cherchait à refouler par faiblesse, elle ouvrait enfin les yeux : s'il sortait de sa vie, le monde s'obscurcirait et s'enfoncerait dans les ténèbres. Ses défenses cédèrent, et elle éclata en sanglots. Elle était incapable d'aligner deux pensées cohérentes. Dante la considérait comme une femme à part entière, et elle n'était plus que sensations. Comme si son cerveau se déconnectait et que son cœur prenait le dessus.

— Troisième point, j'ai tellement envie de toi que je ne veux plus me contenter de me branler tout seul dans mon coin, c'est trop frustrant. J'ai besoin de toi. Être couché à tes côtés, nuit après nuit, sans te toucher, était une véritable torture. L'unique raison qui m'en a empêché était l'idée de me rétablir au plus vite afin de pouvoir te protéger. Et puis je voulais sortir le grand jeu pour te combler ; pas question de faire les choses à moitié. Tu comprends ?

Comme si une pareille éventualité était envisageable ! Il était capable de la faire grimper aux rideaux en l'effleurant du doigt. Elle acquiesça, sanglotant de plus belle, l'eau de la douche se mêlant à ses larmes. Elle se tordait de désir sous son regard. À croire qu'elle l'avait attendu depuis toujours et qu'il lui était insupportable de patienter une minute de plus.

— Et le quatrième point ?

Il écrasa ses lèvres sur les siennes.

— Il n'y a pas de quatrième point.

Elle lutta pour se dégager et réprima un cri quand il enroula sa langue autour de la sienne. Alors elle oublia tout, sauf la chaleur de sa bouche qui la marquait comme au fer rouge. Elle voulait explorer chaque parcelle de son corps, maintenant qu'elle le pouvait enfin. L'envie était si forte que c'en était presque douloureux. Elle se tortilla pour échapper à son étreinte.

Dante s'écarta.

— Ça ne va pas ?

— Laisse-moi te toucher.

Il la lâcha, glissa ses mains au creux de ses reins et lui empoigna les fesses.

— Je ne vais pas résister longtemps, mais j'en ai trop envie moi aussi. Touche-moi, Sarah.

Elle enfouit les doigts dans ses cheveux humides, se délectant de son corps dur pressé contre le sien, et elle poussa une plainte quand il happa ses lèvres qu'il se mit à lécher avec une infinie douceur. Frissonnante, elle laissa ses mains errer sur ses épaules, le long de son dos, de ses reins, et les referma sur ses fesses qu'elle se mit à pétrir entre ses paumes. Elle enfouit son visage dans son cou et butina la peau tendre au creux de son épaule.

— Ma douce, si tu savais l'effet que tu as sur moi… !

— Baise-moi, Dante. J'ai tellement envie de toi.

Il l'entraîna sous le jet, l'enlaça par la taille, puis il la fit pivoter sur elle-même et la plaqua contre lui.

— Je veux d'abord te voir crier de plaisir. Je vais te montrer comment. T'es-tu déjà caressée sous la douche ?

Elle secoua la tête. Étourdie, le corps en feu, elle dut se raccrocher à lui pour ne pas tomber.

Il encercla ses seins, pinçant ses tétons durcis qu'il fit rouler entre ses doigts. Elle sentit s'intensifier la pression entre ses cuisses.

— J'adore te voir ainsi, tellement excitée, passionnée, affamée.

Sarah en aurait hurlé de frustration.

— Oui, gémit-elle, folle d'impatience, ivre de désir.

Il promena les mains sur son ventre, puis il glissa un doigt au creux de son sexe et entama un lent va-et-vient, évitant soigneusement l'endroit où elle en avait le plus envie.

— Touche tes seins, ordonna-t-il.

Elle obéit et entreprit de titiller et malaxer les pointes à tour de rôle. Mais ce n'était pas suffisant.

— S'il te plaît, couina-t-elle, au bord de la syncope.

— J'aime te regarder quand tu te donnes du plaisir. Laisse-toi faire, ma belle. Si tu savais ce que je ressens d'être le premier à te voir dans cet état !

Trempée, brûlante, palpitante sous ses doigts, elle sentit son rythme cardiaque s'accélérer et le sang battre à ses tempes. Elle bascula en arrière, s'appuyant contre son torse pour ne pas tomber. Elle en voulait plus. Encore plus.

— Oui, tu es le premier, le seul...

Il lui offrit ce qu'elle désirait. Écartant ses lèvres intimes entre le pouce et l'index, il dirigea le jet sur son clitoris en ébullition, stimulant chacune de ses terminaisons nerveuses.

Elle tritura plus fort ses mamelons, tandis qu'une houle puissante déferlait dans son ventre.

Il fit coulisser deux doigts dans sa fente, simulant l'acte d'amour qui allait bientôt suivre.

— C'est trop, gémit-elle en ondulant contre lui, mais il ne tenta rien pour interrompre cette délicieuse torture.

Il l'écartelait à chaque poussée. Il trouva son point sensible – dont elle ne soupçonnait pas l'existence – et s'y attarda, la mettant au supplice. Elle nicha sa tête sur son épaule et s'arqua à sa rencontre, submergée par une vague de plaisir inouïe, presque insupportable.

Le contact de ses doigts en elle, les pulsations frénétiques de son clitoris, ses propres mains caressant ses seins, elle était au supplice... Elle se retrouva comme aspirée par un tourbillon de sensations vertigineuses et se trémoussa contre lui pour apaiser la tension qui lui tordait le ventre.

— Je n'en peux plus, haleta-t-elle.

— Jouis pour moi. Maintenant.

Elle n'avait pas le choix. Elle céda à l'extase et explosa dans un spasme de jouissance en criant son nom. Ses jambes se dérobèrent sous elle, et elle s'affaissa contre lui.

Chapitre 12

Le cœur tambourinant dans sa poitrine, Sarah tremblait si fort qu'elle en avait presque le vertige. Dante l'enlaça, ferma le robinet, puis la souleva pour sortir de la douche. Plongée dans une sorte de torpeur euphorique, elle ne réagit pas. Il la hissa sur le comptoir de la salle d'eau, attrapa un grand drap de bain moelleux et entreprit de l'essuyer de la tête aux pieds. Après quoi, il se sécha sommairement, saisit une brosse et se mit à la coiffer avec douceur.

Encore une façon de prendre soin d'elle.

— J'ai envie de toi, murmura-t-elle.

Il la prit dans ses bras et gagna sa chambre.

— Pour notre première fois, je veux te faire l'amour dans mon lit.

Elle se pendit à son cou et respira son odeur, un mélange subtil de musc et de savon qui l'électrisa. Il la réclamait de la manière la plus primitive qui soit, tel un homme des cavernes s'appropriant une femme après l'avoir traînée dans son repaire. Sa virilité conquérante, possessive exacerbait le besoin qu'elle avait de lui, un désir si pressant qu'il devait être assouvi sur-le-champ. Quelque chose de primaire en elle y répondait, l'embrasant tout entière. Elle était sous sa coupe, lui obéissait docilement, oubliant toute logique.

Il retira l'édredon et la déposa au milieu du lit, puis il recula et la gratifia d'un regard incandescent qui la consuma plus sûrement qu'un incendie. Un torrent de lave déferla au creux de son ventre, incendiant chaque fibre de son être.

— J'ai besoin de toi, Dante.

Il rampa sur le lit, enroula les bras autour de sa taille et la plaqua contre lui, la tête nichée dans son cou.

— J'ai besoin de toi aussi, ma chérie. Je serai toujours là pour toi.

Tout son corps vibrait, palpitait ; jamais encore elle n'avait éprouvé un désir aussi féroce, même si elle savait que non, il ne serait pas toujours là pour elle. Elle le voulait plus que tout ce qu'elle n'avait jamais convoité dans sa vie, mue par une passion qui n'était pas seulement physique. Les blessures émotionnelles de Dante, la perte de son meilleur ami étaient encore vivaces, et elle demeurerait près de lui aussi longtemps qu'il aurait besoin d'elle, de n'importe quelle façon.

Elle se pressa contre lui.

— Viens.

— Sarah, articula-t-il intensément, comme si elle incarnait toutes les femmes, comblait tous ses désirs.

En cet instant, ils étaient seuls au monde, enfermés dans une bulle hors du temps et de l'espace. On aurait dit qu'il avait pris possession d'elle, corps et âme. Il la fit basculer sur le dos et se redressa sur un coude, dardant sur elle le feu liquide de ses prunelles. Du bout des doigts, elle caressa sa joue, s'attardant sur sa mâchoire râpeuse qu'ornait une barbe d'un jour. Ce qui se passait entre eux était élémentaire, primitif.

— Un préservatif ! grogna-t-il.

— Pas la peine ! Je prends la pilule depuis des années.

Il l'enveloppa d'un regard ardent.

— Est-ce que tu me fais confiance ? Tu es la première et la seule avec qui j'aurai couché sans protection.

Elle jugea inutile de lui signaler qu'elle avait consulté son dossier médical.

— Il n'y a aucun danger de mon côté.

— Ma douce, c'est à tes risques et périls.

Un gémissement impatient monta de la gorge de Sarah. Elle avait attendu ce moment depuis si longtemps... une éternité.

— Baise-moi, Dante, supplia-t-elle. Prends-moi vite et fort.

Il lui attrapa les jambes pour l'inciter à les enrouler autour de lui.

Elle obéit, haussa les hanches et sentit son érection se presser contre sa fente humide. Elle voulait qu'il l'emplisse tout entière.

— Dante, je t'en prie, je n'en peux plus d'attendre.

Il positionna son sexe à l'orée du sien et l'empala d'un puissant coup de reins.

— Tu es si étroite, ma douce, brûlante... et mouillée.

Elle avait l'impression que son membre dur comme la pierre l'écartelait, tandis qu'il se propulsait jusqu'au plus profond de son être. Il était énorme. Elle ressentit une vive douleur qui s'estompa aussitôt, transcendée par la pression enivrante de sa queue profondément enfouie entre ses jambes. Elle ne savait plus où elle en était, emportée dans un tourbillon de sensations où se mêlaient souffrance, possession, plénitude. Elle se contracta autour de lui pour qu'il la pénètre le plus profondément possible. Elle ceintura ses hanches entre ses cuisses pour l'attirer encore plus loin.

— Baise-moi fort.

Le front couvert de sueur, il se retira avant de replonger.

— Tu es à moi, murmura-t-il comme une incantation en accélérant l'allure.

Elle gémit, resserra les bras autour de ses épaules et s'abandonna au tourbillon de passion sauvage, dévastatrice, dans lequel il l'emportait. Un lien cataclysmique avec Dante, voilà ce dont elle avait besoin. Le monde bascula quand il se mit à la marteler avec vigueur, empoignant ses fesses pour accompagner les va-et-vient de ses hanches. Tous les sens en émoi, elle était comme écorchée vive, incapable de se rassasier du contact de sa peau contre la sienne. Leurs deux corps se mouvaient dans une osmose parfaite, épousant la cadence qu'il avait choisie.

Ses doigts à elle étaient partout, le long de son échine, agrippant ses fesses pour qu'il la pénètre en profondeur.

— Plus vite, plus fort, haleta-t-elle, prête à prendre tout ce qu'il consentirait à lui donner.

Il s'exécuta, la défonçant jusqu'à lui couper le souffle.

— Dis-moi que tu m'appartiens, répétait-il comme un mantra. Dis-moi que tu en as besoin autant que moi.

— Oui.

À quoi bon le nier ? Elle en mourrait s'il s'arrêtait maintenant.

Dante changea de position, il saisit une de ses jambes et la posa sur son épaule, de sorte que sa queue heurtait son clitoris à chaque poussée. Sa bouche s'abattit sur la sienne, sa langue tournoyant en rythme. Sarah planta les ongles dans son dos et se raidit à l'approche de la jouissance. Les gémissements de Dante la faisaient vibrer de tout son être, tandis qu'il l'embrassait avec la même ardeur qu'il la pilonnait.

Elle resserra plus étroitement les jambes autour de sa taille et creusa les reins, pendant que des vagues de volupté l'emportaient, la propulsant dans un orgasme foudroyant.

Il gémit alors que, secouée de plaisir, elle se convulsait autour de son membre. Il l'étreignit avec force en même temps qu'il se déversait en elle, puis ils retombèrent ensemble sur les oreillers, membres emmêlés, tremblants.

Il la fit rouler sur lui, le temps qu'elle reprenne ses esprits. Sarah se sentait toute molle, le cœur battant à se rompre ; elle posa la tête sur la poitrine de Dante et se décala sur le côté pour le libérer de son poids. Il était peut-être presque guéri, mais elle ne voulait pas risquer de lui faire mal.

Ils reprirent lentement pied dans la réalité.

— Tu comprends maintenant pourquoi je ne veux pas qu'il t'arrive quoi que ce soit ?

Bien sûr qu'elle comprenait. Elle ressentirait probablement la même chose si les rôles étaient inversés. C'était irrationnel, mais pour une fois, elle s'en moquait. Dès lors qu'elle écoutait son cœur au lieu de se fier à ce que lui dictait son cerveau, mieux valait lâcher prise et prendre la vie telle qu'elle venait.

— J'aimerais être comme tout le monde, soupira-t-elle.

Il lui déposa un baiser sur le front.

— N'y pense pas, tu ne le seras jamais, ma chérie. Tu resteras toujours quelqu'un de spécial, mais il n'y a aucun mal à cela. Je trouve que c'est fantastique, au contraire. Dommage que tu aies été privée d'une enfance et d'une adolescence normales. Tes dons auraient dû t'ouvrir le champ des possibles, pas te couper du monde.

— Le sexe, par exemple ? questionna-t-elle, à la fois amusée et surprise de la facilité avec laquelle il lisait en elle.

— Oui, du sexe génial, époustouflant, histoire de rattraper le temps perdu.

Il était irrésistible quand il lui souriait de cette façon.

— Et bien sûr, tu vas me proposer ton aide, fit-elle, taquine.

D'un mouvement fluide, il l'allongea sous lui et emprisonna ses mains au-dessus de sa tête.

— Oui, et je serai le seul et l'unique.

— Je n'ai pas soulevé la moindre objection, il me semble. À trente ans passés, il faut quand même un certain temps pour bander de nouveau, non ? s'étonna-t-elle en sentant sa queue raide et dure s'animer contre sa cuisse.

Les lèvres de Dante s'incurvèrent en un sourire salace.

— Ma douce, s'agissant de toi, je ne me comporte pas comme un individu normal.

Il n'avait rien de l'individu normal, en effet. Il était…

— … extraordinaire, murmura-t-elle à haute voix.

La tête renversée en arrière, Dante partit d'un grand éclat de rire.

— Ce mot sonne sacrément sexy dans ta bouche pour qualifier ma queue.

Elle comprit qu'il n'avait pas vraiment saisi qu'elle faisait allusion à sa personnalité et non à ses bijoux de famille.

— Exceptionnel ?

— Irrésistible, renchérit-il, butinant de sa langue la peau veloutée de sa mâchoire.

— Renversant, ajouta-t-elle en tournant la tête pour mieux accéder à son cou.

Il lui mordilla le lobe de l'oreille.

— Tu ne vas pas tarder à le vérifier si tu continues à proférer des gros mots.

Il était si excité que, quoi qu'elle dise, cela ne changerait rien. Diable d'homme ! Sans plus attendre, il l'empala sur lui, d'une seule poussée.

— Phénoménal ! ajouta-t-elle.

— Mauvaise fille.

— Baise-moi, Dante.

— Tu n'es qu'une petite traînée.

Après quoi, il fit exactement ce qu'elle attendait de lui.

Sarah se réveilla le lendemain, délicieusement endolorie, lovée dans les bras de Dante qui l'enveloppaient dans un étau protecteur. Par chance, on était samedi, et elle avait pu faire la grasse matinée après avoir expérimenté le membre « phénoménal » de Dante jusqu'au petit matin. Épuisés, tous deux avaient ensuite glissé dans un sommeil de plomb.

Elle s'étira, se redressa et constata avec effarement qu'il était seize heures passées.

Elle n'avait jamais dormi aussi longtemps. Elle ne s'était pas accordé ce luxe, même quand elle potassait ses cours jour et nuit en fac de médecine.

Dante se réveilla à son tour.

— C'est de ta faute, déclara-t-il d'une voix ensommeillée. Tu n'aurais pas dû dire de telles obscénités.

Sarah laissa son regard glisser sur ses larges épaules et, fascinée, elle contempla ses muscles jouer souplement sous sa peau nue. Elle s'attarda sur son torse dur, ses abdominaux sculptés, puis suivit la toison sombre qui disparaissait sous le drap où se dessinait une bosse suspecte.

Elle se glissa prestement hors du lit et le regarda ramper à plat ventre sur le matelas pour tenter de l'attraper. Son corps réagit aussitôt et elle sentit ses tétons durcir sous le regard de Dante, assombri par le désir. Elle aurait bien voulu se prêter au jeu, mais si elle y goûtait une fois de plus, elle ne répondrait plus de rien.

— Non, c'est hors de question. J'ai mal partout. Garde cette chose hors de ma vue.

Il s'affala sur le dos avec un grognement de frustration.

— Si tu refuses de baiser, tu pourrais au moins me nourrir, s'écria-t-il avec une mimique éloquente. Je crève de faim, mais je n'ai même pas la force de lever le petit doigt.

Sarah ne put s'empêcher de rire. Il feignait l'épuisement, histoire de l'amadouer. Il était en pleine forme, bien sûr. Quand il était d'humeur joyeuse, il aimait jouer la comédie pour l'amuser, et elle adorait son sens de l'humour.

Il avait besoin de reprendre des forces après l'énergie considérable qu'il avait déployée. Sur ce point, elle plaidait non coupable. Il était… insatiable.

Comme elle s'y attendait, Dante n'aimait pas spécialement cuisiner. Elle avait découvert qu'elle devrait se mettre aux fourneaux pour éviter de se contenter jour après jour d'une pizza ou d'un repas chinois livrés à domicile. Elle avait donc pris l'habitude de concocter des petits plats, tâche qu'elle accomplissait avec plaisir, même si elle s'y adonnait rarement pour elle seule. Elle s'émerveillait de le voir avaler des quantités formidables de nourriture, heureuse de lui faire plaisir. Ce n'était pas très difficile d'ailleurs, car il adorait manger.

Elle gagna la porte de la chambre, un peu gênée de se promener en tenue d'Ève.

— Je prends une douche et je descends préparer des œufs et du bacon avec des crêpes.

Dante sauta du lit et se précipita à la salle de bains.

— J'arrive dans dix minutes !

~

Cinq œufs, une demi-livre de bacon et cinq crêpes plus tard, Dante s'activait à nettoyer la cuisine pendant que Sarah jouait du piano dans le salon. Certes, c'était un grand gaillard, mais où diable mettait-il toutes les calories qu'il ingurgitait ?

Elle venait d'achever son concerto et se crispa en entendant la vaisselle s'entrechoquer dans la machine qu'il était en train de charger. Ils avaient trouvé un *modus vivendi*. Elle s'occupait des repas et lui du ménage.

Heureusement que ce n'était pas de la porcelaine de Chine. Dante faisait la vaisselle comme tout le reste : vite et fort. Elle le regarda émerger de la cuisine. Avec sa chemise verte et son jean délavé, il était à croquer. Il la rejoignit en deux enjambées et lui tendit la main.

— Tu viens ? J'ai une surprise pour toi.

— Qu'est-ce que c'est ?

Il l'attrapa par le bras pour l'aider à se lever.

— Tu ferais mieux de te bouger avant que je ne change d'avis. Va vite enfiler un jean et un chemisier à manches longues.

Le short et le débardeur qu'elle portait ne convenaient pas ? Pourquoi donc ? Intriguée, elle monta se changer dans sa chambre. Le mercure flirtait avec les vingt-deux degrés, sans parler d'un taux élevé d'humidité. Ils n'allaient tout de même pas se disputer pour un chemisier à manches longues. Dante avait une idée derrière la tête, et elle avait hâte de savoir de quoi il retournait.

Il sentit une pointe d'appréhension tandis qu'il entraînait Sarah à l'extérieur. Il avait monté son cadeau pendant ses insomnies, hanté par son corps souple et tiède, lové contre le sien. Il se levait au milieu de la nuit pour se rendre au garage, cherchant le moyen de s'occuper les mains et de chasser ses pensées torrides. Il n'avait pas prévu de lui apprendre à enfourcher autre chose que lui-même avant d'acheter l'objet en question. Il ne voulait pas qu'elle se montre dehors, exposée à tous les dangers, sauf en cas d'absolue nécessité. Mais son envie de la rendre heureuse l'avait emporté sur son instinct de protection.

J'aimerais être comme tout le monde.

Ce vœu tout simple l'avait profondément ébranlé, la nuit précédente. Il lui avait dit la vérité... elle était un esprit supérieur. Ce qui ne l'empêchait pas d'aspirer à une vie ordinaire. Si cela ne tenait qu'à lui, il la maintiendrait enfermée jusqu'à ce que l'on coffre son agresseur. Et si ce type avait quitté la ville et que lui,

Dante, la séquestrait pour rien ? Il devait rester sur ses gardes. Il l'emmènerait dehors, à l'air libre, à son corps défendant. Bien sûr, ils se trouvaient sur la presqu'île et il y avait de grandes chances pour que ce fou furieux ne l'ait pas encore localisée. L'idée de faire courir un risque, même minime, à Sarah lui retournait l'estomac.

Son bonheur ou sa sécurité ?

Pourquoi fallait-il choisir ? Il voulait la voir épanouie et à l'abri du danger en même temps. Était-ce trop demander ?

Il glissa son revolver dans sa ceinture, sous sa chemise. Il inspecta les lieux d'un rapide coup d'œil avant d'entraîner Sarah dans l'allée. Il entra dans le garage et en ressortit avec un vélo rouge métallisé doté d'accessoires noirs.

Elle s'avança et caressa la selle en cuir noir d'un geste presque révérencieux.

— Oh, c'est pour moi ? s'exclama-t-elle avec un sourire extasié qui le récompensa largement pour les heures passées à l'assembler.

— C'est un vélo californien à une seule vitesse. Il est conçu pour ce genre de terrain et il est très maniable. Parfait pour un débutant.

Elle effleura le cadre rutilant de la main.

— Il est superbe. Je n'arrive pas à croire que c'est pour moi. Quel merveilleux cadeau !

Il n'y avait qu'elle pour penser qu'un vélo était le plus beau cadeau qu'un milliardaire puisse lui offrir. Il ne doutait pas qu'elle était plus excitée par cette bécane que par les plus somptueux bijoux dont il aurait pu la couvrir.

— Mieux que le piano ?

Elle haussa les sourcils.

— Je croyais qu'il était pour toi.

Mince !

Il ne l'avait évidemment pas acheté pour lui, mais il avait saisi le premier prétexte pour justifier la nécessité d'avoir un piano à queue dans son salon. C'était nul, d'accord, il aurait pu trouver mieux.

Il s'enferra dans le mensonge.

— Bien sûr que je l'ai acheté pour moi.

Elle n'avait probablement pas avalé la couleuvre, mais mieux valait ne pas insister. Elle serait capable de l'obliger à s'en débarrasser.

— Mmm… admettons, répondit-elle avec une moue sceptique. Tu as monté le vélo toi-même ? demanda-t-elle, changeant adroitement de sujet.

Il réprima un soupir de soulagement, ravi qu'elle ait détourné la conversation même si elle n'était pas dupe. Là-dessus, il ne se faisait pas d'illusion.

— Oui. Je ne voulais prendre aucun risque. On n'est jamais mieux servi que par soi-même, c'est bien connu.

Elle releva la tête et il se figea en voyant ses yeux s'embuer de larmes. Il sentit son cœur s'accélérer quand elle lui glissa une main derrière la nuque. Elle l'attira à elle et lui donna le baiser le plus doux et le plus tendre du monde.

— Il n'en est que plus précieux à mes yeux, merci, dit-elle avec enthousiasme. Je peux essayer ?

— Attends une minute, dit-il en déballant le kit de sécurité qu'il s'était procuré avec le vélo.

Il ajusta le casque sur sa tête, fixa les genouillères ainsi que les coudières, puis il lui demanda de remuer bras et jambes afin de vérifier qu'elles étaient bien attachées. Il lui montra ensuite comment freiner et coordonner ses mouvements pour garder l'équilibre. Il avait renoncé à installer des stabilisateurs, songeant qu'il ne fallait pas exagérer. *A posteriori*, il regrettait presque de ne pas l'avoir fait. Il avait des visions de Sarah tuméfiée, ensanglantée, gisant sur le sol après une chute brutale, même s'il savait que c'était ridicule.

— Je vais rester à côté de toi, alors ne pédale pas trop vite. Et ne freine pas brusquement, sinon tu risques de faire un soleil par-dessus le guidon.

— Un vélo est plus facile à stabiliser à grande vitesse à cause de la force centrifuge, énonça-t-elle doctement. C'est de la physique élémentaire. Donc, il serait plus logique d'accélérer, tu ne crois pas ?

Il sourit. Il aurait dû deviner qu'elle lui démontrerait les mécanismes de la stabilité de la bicyclette à coups de formules scientifiques.

— Pas trop vite, répéta-t-il. Allez, grimpe.

Elle se servit des pédales pour enfourcher le vélo et empoigna le guidon.

Il plaça une main sous la selle et l'autre sur le cadre.

— C'est parti !

Elle vacilla un peu, mais elle prit vite de l'assurance après quelques faux départs. Dante se mit à courir pour rester à sa hauteur, l'obligeant à freiner chaque fois qu'elle parvenait au fond de l'allée.

— Tu peux me lâcher maintenant, je pense y arriver seule, déclara-t-elle après plusieurs allers et retours, le visage rouge d'excitation et de plaisir, comme une enfant montant sur un vélo à deux roues pour la première fois.

La lâcher ?

Il en tremblait déjà, même s'il était à peu près certain qu'elle s'en sortirait haut la main.

Elle poussa du pied pour prendre de l'élan et retomba sur la selle, Dante courant à ses côtés.

— N'oublie pas de freiner, s'égosilla-t-il avant de lâcher prise.

Elle lui jeta un regard stupéfait.

— J'y suis arrivée ! J'y suis arrivée ! hurla-t-elle, folle de joie, en comprenant qu'il ne la tenait plus.

Il ne se laissa pas distancer afin de pouvoir réagir en cas de problème. Elle accéléra encore et freina à temps devant le garage.

Elle posa les pieds à terre.

— J'ai réussi !

Elle descendit de vélo, le mit sur la béquille et se jeta dans les bras de Dante, couvrant son visage de baisers en sautant de joie.

— C'était incroyable !

Elle avait l'air si heureux qu'il en oublia ses angoisses, aidé en cela par la douceur de son corps pressé contre le sien.

— Pour te remercier, je vais te concocter un petit souper dont tu me diras des nouvelles.

Il se retint de lui faire remarquer que chaque repas qu'elle lui préparait était une fête. Il est vrai que ses propres talents de cuisinier étaient nuls, alors que Sarah était un vrai cordon-bleu. Il était stupéfait par la rapidité avec laquelle il s'était habitué à ne plus dîner seul le soir. Sa présence à ses côtés le comblait au point qu'il en oubliait souvent de manger, alors qu'elle était assise à table en face de lui et qu'il s'absorbait dans la contemplation de son beau visage.

— Il commence à faire sombre, constata-t-il. On rentre ?

Il aurait aimé prolonger ce moment d'allégresse, cet instant de grâce, comme en apesanteur. Il aurait voulu la voir nager dans le bonheur tous les jours de sa vie.

Elle retira la béquille du vélo et le poussa avec précaution jusqu'au garage, comme si c'était l'objet le plus précieux au monde. Il la regarda ôter son équipement, qu'elle rangea dans la sacoche arrière. Elle le rejoignit à la porte, lui prit la main et emmêla ses doigts aux siens.

— Merci pour tout.

Il avala la boule qui s'était formée dans sa gorge. Elle lui apportait toute la tendresse et l'affection qu'il n'avait jamais connues dans sa vie.

— Oh, c'était juste une petite balade à vélo.

Elle pressentait à quel point il avait dû se faire violence pour la laisser sortir de la maison et s'exposer au danger, réel ou non.

— C'est bien plus que ça, et tu le sais.

S'il était surpris qu'elle l'eût compris, il n'en montra rien. Sarah pouvait lire en lui à livre ouvert, comme personne d'autre auparavant. Il aurait décroché la lune pour lui faire plaisir, mais ne sachant comment l'exprimer, il l'embrassa avec fougue, puis, un bras passé autour de sa taille, il l'entraîna vers la maison.

Chapitre 13

Au cours de la semaine suivante, Sarah s'aperçut avec satisfaction que Dante commençait à lâcher du lest et lui permettait de sortir de temps à autre. La veille, il l'avait même invitée à prendre un café *latte* au Brew Magic. Un bras passé autour de sa taille, il l'avait serrée étroitement contre lui sans la quitter d'une semelle. Enfin, c'était un progrès, même s'il était armé jusqu'aux dents. Et depuis quelques jours, il lui apprenait à négocier les virages dans l'allée devant la maison ; elle était de plus en plus à l'aise sur son vélo. Sans parler de leurs ébats nocturnes...

Elle soupira de contentement en pensant à leurs nuits incroyables, en particulier à celle qui l'attendait. Cinq minutes après s'être dévêtus, ils se jetaient l'un sur l'autre et se dévoraient littéralement sous la douche qu'ils prenaient ensemble en rentrant du travail. Au matin, ils se réveillaient dans le même état de surexcitation. Sarah pensait que la passion s'émousserait au fil des jours ; en fait, il n'en était rien. Au contraire, on aurait dit que le temps exacerbait l'urgence du désir, le besoin sauvage qui les habitait.

Ce soir-là, elle descendait du pick-up de Dante quand son portable résonna au fond de son sac. Elle le repêcha et vit le nom de sa mère s'afficher sur l'écran.

Dante fronça les sourcils devant sa mine atterrée.

— Qui est-ce ?

— Ma mère.

Plus d'un mois s'était écoulé depuis leur dernier échange, et même si elle avait très envie de parler à Elaine, sa seule famille, elle se doutait du tour que prendrait la conversation, et que cette fois-ci ne ferait pas exception à la règle.

Elle se hâta de décrocher avant de changer d'avis. Elle savait qu'Elaine s'acharnerait à la rappeler jusqu'à ce qu'elle parvienne à la joindre.

— Allô ? fit-elle non sans appréhension.

— Sarah ?

— Bonjour, maman. Comment vas-tu ?

— Je t'ai trouvé le mari idéal. J'ai fait sa connaissance dans l'une de mes réunions Mensa. C'est un brillant neurochirurgien, exactement ce qu'il te faut. Son QI est similaire au tien et, par conséquent, vous avez beaucoup de points communs. Il est un peu plus âgé que toi et bien décidé à se caser. Je veux que tu rentres immédiatement à Chicago.

Rien n'avait changé.

— Impossible, déclara laconiquement Sarah, omettant de préciser qu'elle n'avait pas l'intention de quitter Amesport dans l'immédiat et qu'elle n'avait jamais été aussi heureuse de sa vie.

— Tu as réintégré l'hôpital ?

Sarah emboîta le pas à Dante en direction de la maison.

— Non, maman.

— Tu dois apprendre à surmonter tes angoisses, c'est totalement irrationnel. Tu n'as rien à faire dans un minable petit bureau, dans ce patelin si petit que c'est à peine s'il figure sur la carte. Comment veux-tu aller de l'avant ? Tu dois absolument rencontrer l'homme dont je t'ai parlé. Avec l'âge, il aspire à la stabilité. N'empêche que je ne suis pas sûre qu'il comprendra tes phobies.

Sarah était à peu près certaine du contraire. Puisque sa mère l'appréciait, cet homme ne devait jurer que par les preuves scientifiques et les formules mathématiques.

Dante fixa le téléphone portable qu'elle tenait à la main, comme s'il était doué d'une vie propre.

— J'aimerais être libre de choisir mon futur mari moi-même, maman. Et puis il s'est produit un incident. L'homme qui m'a attaquée à Chicago m'a retrouvée ici. Je coopère avec la police pour essayer de l'arrêter.

Si Sarah espérait qu'Elaine manifesterait un quelconque intérêt, elle fut déçue.

— Raison de plus pour sauter dans un avion et rappliquer dare-dare. La police de Chicago sera mieux à même d'assurer ta protection.

Du coup, John Thompson pourrait se cacher plus facilement dans une grande ville. Pour une fois, maman, demande-moi si je vais bien. Demande-moi ce qu'il m'est arrivé et si je suis en sécurité. Demande-moi si j'ai peur. Comporte-toi comme une mère et pas comme un professeur.

— Tu gâches tes chances là-bas, reprit Elaine en reniflant de dégoût. Je t'attends à la maison à la fin de la semaine, jeune fille.

Anéantie, Sarah s'écroula sur l'une des chaises de la salle à manger. Dante s'assit près d'elle et lui prit la main. *Qui cherchait-elle à tromper ? Elle rêvait d'une relation qui n'avait jamais existé et n'existerait jamais.* Elaine ressemblait davantage à un garde-chiourme, à un sergent-major qu'à une mère. Sarah n'avait jamais réussi à la contenter et, quoi qu'elle fasse, elle n'y parviendrait pas.

— J'ai vingt-sept ans et je suis capable de prendre mes décisions toute seule. Je ne retournerai pas à Chicago, jamais de la vie !

Pour elle, Amesport représentait bien plus qu'un simple lieu géographique. Ici, elle commençait à revivre, à nouer des amitiés après avoir vécu si longtemps dans la solitude. Elle avait un homme à ses côtés, prêt à la soutenir en cas de coup dur. Dante repartirait un jour, bien sûr, mais en attendant, elle était décidée à profiter du moment présent et à accepter ce qu'il avait à lui offrir. Oui, elle en avait fini avec l'existence stérile qu'elle menait à Chicago. Elle avait compris que la vie pouvait lui apporter tellement plus...

— Après ce que j'ai fait pour ton éducation, tu ne vas quand même pas tout gâcher ? grinça sa mère. Et n'oublie pas que tu es horriblement marquée, Sarah. Seul un intellectuel détaché du sexe sera indifférent à tes cicatrices.

Elles étaient vraiment sur deux planètes différentes, songea Sarah, dépitée. Elle avait été une enfant docile, désireuse de plaire à sa mère pour qu'elle soit fière d'elle. En admettant que cela ait été le cas, Elaine n'en avait jamais rien montré. Il était grand temps de vivre sa vie et de ne plus essayer d'amadouer la seule parente qui lui restait. De toute façon, elle n'y parviendrait pas, alors autant commencer à penser à elle-même.

— Je suis heureuse ici.

— Le bonheur ne signifie rien pour une fille aussi douée.

Sarah se raidit comme si elle l'avait giflée.

— Je n'en suis pas moins une femme. Je refuse d'épouser un homme à cause de ses gènes. Je veux gérer ma vie comme je l'entends.

— Très bien. Je suppose que je n'ai plus qu'à te laisser gâcher ton avenir et ton talent.

— Exactement, confirma Sarah avant de raccrocher avec un soupir excédé.

Dante la hissa sur ses genoux et l'étreignit tendrement.

— Ça s'est mal passé, hein ? Elle croyait réellement que tu accepterais un type que tu n'as jamais rencontré ?

Sarah haussa les épaules.

— Je suis censée épouser un homme doté du patrimoine génétique d'un génie afin que nous puissions fabriquer des tonnes de bébés Mensa, pour le plus grand bonheur de la communauté scientifique.

— Ta mère n'a vraiment pas de cœur. Remarque, ce n'est pas nouveau. Et si on sortait ce soir ? Je te dois un dîner chez Tony, tu te rappelles ?

Il savait qu'elle était malheureuse et il aurait fait n'importe quoi pour lui changer les idées.

— C'est une merveilleuse idée. Mais ne te sens pas obligé de me distraire parce que tu penses que je suis triste. Ce n'est pas vrai. Je pratique ma mère depuis vingt-sept ans, je te signale.

— N'importe quoi ! Je sais ce que c'est de vouloir plaire à un parent qui s'en fiche. J'ai donné.

Elle se tourna vers lui et son regard s'adoucit quand elle croisa le sien. Elle savait que son père avait été un homme violent, un alcoolique invétéré jusqu'à sa mort, et que sa mère les avait quittés quand Hope avait pris le large. Dante, ses frères et sa sœur avaient coupé les ponts avec elle. À l'évidence, il savait exactement ce qu'elle ressentait.

— Ça fait mal, c'est vrai, mais je ne vais pas la laisser anéantir mes chances d'être heureuse.

Il se leva et la reposa à terre.

— Tu as raison. Va vite te préparer. Il fait encore jour. On sera de retour avant la nuit.

Elle sourit.

— J'ai l'impression d'être Cendrillon.

— Il faudra rentrer avant minuit, et je ne suis pas le prince charmant.

Elle posa la main sur la bosse qui déformait le devant de son pantalon. Sur le plan sexuel, elle devenait plus audacieuse, plus sûre d'elle, et elle adorait le pouvoir de séduction qu'elle exerçait sur lui.

— Bien sûr que non, susurra-t-elle en posant un baiser langoureux sur ses lèvres. Et tu es bien mieux loti, on dirait.

Il tendit la main pour l'attraper. Elle fut plus rapide et détala en vitesse, ses cris de joie résonnant dans la maison tandis qu'elle montait l'escalier, Dante sur ses talons.

Il ouvrit la portière passager du pick-up et la regarda extirper ses jolies jambes du véhicule.

— Je n'arrive pas à croire que je t'ai laissée sortir dans cette tenue. N'importe quel homme normalement constitué aurait une furieuse envie de te baiser.

Sarah adorait cette robe, même si elle la trouvait outrageusement provocante. Un dos-nu qui rendait impossible le port d'un soutien-gorge, avec un décolleté plongeant au ras des fesses. La jupe courte moulait délicieusement ses courbes jusqu'à mi-cuisses. L'ensemble était très suggestif, quoique assez élégant pour ne pas la faire ressembler à une traînée ou une fille en chaleur.

— C'est toi qui as demandé à Emily de m'acheter une robe rouge. Celle-ci est super sexy, tu ne trouves pas ?

— Carrément trop. J'ai une trique d'enfer, je vais souffrir le martyre pendant tout le dîner. Et le premier qui osera te reluquer, je lui casse la figure.

Elle sourit devant sa mine contrite. Il lui répétait si souvent qu'elle était belle qu'elle allait finir par le croire. Elle avait relevé ses cheveux en laissant quelques boucles folles encadrer son visage et, contrairement à son habitude, elle avait eu la main lourde sur le maquillage. Dante la couvait du regard comme s'il voulait la dévorer toute crue. Malgré les hauts talons pour lesquels elle avait opté, il la dominait toujours d'une bonne tête, ses larges épaules sanglées dans son veston qui soulignait sa haute taille. En jean, il était craquant, mais en costume-cravate, il était tout simplement époustouflant.

Il la prit par le bras, la guida vers leur table près de la fenêtre et lui avança une chaise.

— Je préfère être face à la porte, expliqua-t-il en s'installant en vis-à-vis.

Il voulait observer les allées et venues dans la salle, présuma-t-elle.

— Un truc de flic ?

— Exactement.

Ils commandèrent les boissons, puis consultèrent le menu. C'était une brasserie touristique au décor nautique très réussi, sans être kitsch. Ils choisirent une assiette terre et mer composée de steak et de homard. Sarah se carra sur sa chaise et sirota son vin. Un dîner en amoureux au restaurant... elle en avait rêvé.

Il lui jeta un regard interrogateur.

— Un sou pour tes pensées ?

— J'ai l'impression de remonter le temps, comme si je sortais avec le garçon le plus populaire de la fac.

— Si j'étais encore à la fac et que je sortais avec toi, je ne penserais qu'à te mettre dans mon lit en partant d'ici.

Il était vraiment canon. Électrisée, elle sentit un désir fulgurant lui vriller le ventre. Elle aurait voulu le culbuter sur la table et n'en faire qu'une bouchée. Elle se pencha vers lui avec une mine de conspiratrice.

— Et tu aurais eu toutes tes chances.

Il darda sur elle un regard vorace qui lui fit battre le cœur.

— Tu crois ?

Elle acquiesça.

— J'étrenne même un nouveau string pour que tu puisses te rincer l'œil tout à l'heure. Il est en dentelle et scandaleusement transparent. (Elle tentait le diable, mais elle aimait son côté sauvage, presque brutal.) Et je ne te parle pas du porte-jarretelles et des bas de soie assortis !

— Pourquoi ne me les as-tu pas montrés ?!

— J'avais peur de mourir de faim ! On ne serait jamais sortis autrement.

C'était la vérité. Aurait-elle exhibé sa lingerie affriolante qu'ils seraient encore au lit. Elle ne comprenait pas le désir insatiable de Dante pour son corps couturé de cicatrices, mais c'était un fait. Il le lui prouvait chaque jour, et elle commençait à s'habituer à l'intensité de son désir.

— On ne serait pas là, c'est sûr. Bon sang, comment veux-tu que je reste tranquillement assis toute la soirée ? Je bande comme un âne.

Elle adorait le taquiner. Pour la première fois de sa vie, elle se sentait assez à l'aise pour badiner avec un homme. Certes, ils avaient dépassé le stade du simple flirt, mais elle aimait son regard sombre et intense, la flamme ardente qui brillait dans les yeux qu'il fixait sur elle.

— Tu vas me le payer, femme. Tu ne perds rien pour attendre.

Elle en frissonna d'impatience.

— J'espère bien.

Elle jouait avec le feu. Dante était trop sûr de lui, trop séduisant et dominateur. Quel démon la poussait à l'asticoter ainsi ? Il l'encourageait à satisfaire ses fantasmes les plus débridés, et elle s'y jetait tête baissée.

Il lui coula un regard incendiaire.

— C'est ce que tu veux ? Que je te punisse ?

Elle frémit à cette idée. Dante ne lui ferait pas de mal, il voulait juste l'initier au plaisir. À en juger par son regard enflammé, l'idée de la châtier pour son impertinence l'excitait autant qu'elle-même. Elle ôta son escarpin sous la table et entreprit d'effleurer son érection du bout de ses orteils, déterminée à le pousser au-delà de ses limites.

— Si tu penses que je le mérite…

— Je suis prêt à te flanquer une bonne fessée là, tout de suite, jusqu'à ce que tu me supplies de te pardonner.

Séduite par son audace, moite de désir, elle ne résista pas à l'envie d'entrer dans son jeu délicieusement pervers. Elle ne doutait pas qu'il mettrait sa menace à exécution. S'il continuait de la sorte, elle se désintégrerait jusqu'à ne plus former qu'un petit tas de cendres sur la chaise du restaurant.

Le serveur arriva avec leurs commandes. Sarah se dépêcha de retirer son pied et de se rechausser. La nappe était assez longue pour couvrir les genoux, mais elle ne voulait prendre aucun risque. Tout cela était si nouveau pour elle, quasi surréaliste. Dante la désirait, et elle ne pouvait résister à l'incroyable attraction qu'il exerçait sur elle.

Il ne la lâcha pas du regard tandis qu'elle dégustait son steak cuit à point et un succulent homard du Maine. Ils bavardèrent agréablement pendant le repas. Au bout de quelques minutes, la conversation tourna autour de sujets plus personnels. Dante lui parla de ses frères.

— Evan passe sa vie en voyage. Il brûle la chandelle par les deux bouts. Il devrait se ménager, sinon il ne passera pas le cap des trente-cinq ans, c'est sûr.

Sarah se demanda quel plaisir on pouvait trouver à sillonner ainsi le monde sans personne avec qui partager ses découvertes.

— Il doit se sentir très seul.

— Je n'y avais pas pensé. Tu as sans doute raison. Dans le cadre professionnel, il est entouré d'un tas de gens hypocrites qui le flattent pour servir leurs propres intérêts. Il bosse comme un malade alors qu'il n'y est plus obligé. On dirait qu'il essaye de se prouver quelque chose – qu'il est plus capable de diriger l'entreprise que mon père en son temps, peut-être ?

Sarah termina son plat et posa sa serviette sur la table. Elle déclina le dessert que lui proposait le serveur venu débarrasser la table. Elle avait tellement mangé qu'elle était sur le point d'exploser.

— Tu crois ?

Dante glissa sa carte de crédit dans la pochette prévue à cet effet, que le serveur se hâta de ramasser.

— Oui. Il a fait prospérer l'affaire à un point inimaginable. Elle pesait déjà des milliards de dollars, mais Evan a probablement triplé sa valeur depuis la mort de mon père. J'aimerais bien qu'il s'accorde une pause de temps en temps.

Sarah connaissait un peu Grady, le mari d'Emily, mais le benjamin des Sinclair restait un mystère.

— Et Jared ?

— Il a beaucoup changé. Il s'est passé quelque chose, je ne sais pas quoi. Il monte sur ses grands chevaux chaque fois que je le questionne. Il a beau réussir professionnellement, il n'est plus le même.

— Et quand il était plus jeune ?

— Il était créatif. Intelligent. Il passait son temps à dessiner. Il était vraiment doué. Il a étudié l'architecture parce qu'il aimait créer et bâtir. Il n'est pas à sa place dans l'immobilier d'entreprise, même si cette activité l'a enrichi. Je ne sais pas... On dirait qu'il est perdu. Il se comporte comme un parfait crétin, alors qu'il était hypersensible, toujours le premier à remarquer quand l'un d'entre nous allait mal, par exemple. Il était curieux de tout et faisait preuve d'une grande gentillesse.

— Il est très aimable avec les vieilles dames, intervint Sarah, se rappelant le commentaire élogieux d'Elsie et de Beatrice.

— Admettons.

— Et Hope ? insista Sarah, curieuse d'en savoir plus sur l'unique fille de la fratrie Sinclair.

— Elle est heureuse aujourd'hui. Elle a épousé un ami d'enfance, Jason Sutherland. Grady et moi lui avons confié la gestion de notre patrimoine. C'est un investisseur incroyable, l'un des plus pointus que je connaisse.

— J'ai entendu parler de lui, en effet. C'est un génie des mathématiques et des chiffres, en plus d'être un brillant promoteur, à ce qu'il paraît.

— Je suis sûr qu'il plairait à ta mère. Heureusement qu'il est marié à ma sœur.

Il avait l'air contrarié. Pour quelle raison ? Serait-il jaloux ?

— En général, je n'aime pas beaucoup les prétendants sélectionnés par ma mère.

— Toutes les femmes lui courent après.

— J'ai vu sa photo et, franchement, il ne m'a pas laissé un souvenir impérissable.

— Tant mieux, je n'aurais pas aimé lui balancer mon poing sur la figure. C'est quand même mon beau-frère. Hope et lui habitent à New York, mais je crois qu'ils n'ont plus trop envie d'y vivre à plein temps.

Dante signa la note déposée par le serveur et glissa le reçu dans son portefeuille.

— On y va ?

Le vin aidant, Sarah se sentait magnifiquement bien.

— Oui. Il va faire nuit. Cendrillon doit quitter le bal.

Il lui prit la main et l'aida galamment à se lever.

— Il y a juste un petit problème.

— Lequel ?

Il désigna la piste près du bar.

— On a oublié quelque chose. M'accorderas-tu une danse ?

Elle avisa les couples qui évoluaient sur une musique lente et romantique.

— Je n'ai jamais...

Il l'entraîna en slalomant entre les tables.

— Je suis un excellent danseur. Ce sera très facile pour une musicienne comme toi. Prends-le comme un nouveau défi.

Sarah avala une grande goulée d'air. Peu lui importait de se ridiculiser, du moment qu'elle était dans les bras de Dante. Elle détestait se donner en spectacle, mais la confiance qu'il lui accordait lui donnait des ailes.

Elle y arriverait.

Il lui prit la main et l'enlaça avant de l'entraîner vers la piste.

— Tu n'auras qu'à me suivre. Repose-toi sur moi.

Elle lui écrasa les pieds à plusieurs reprises, puis elle finit par obéir à son instinct et calqua ses mouvements sur les siens.

— Tu es un danseur hors pair !

— Comme tous les Sinclair. J'ai appris à danser avant même de savoir marcher. J'étais souvent sollicité à une certaine époque.

Elle se laissa guider sans plus résister et s'oublia bientôt dans la musique. Dante venait d'une famille riche et influente. Il appartenait à l'élite dont, bien sûr, il connaissait tous les codes ; il savait séduire, danser, etc. Quand le tempo ralentit, elle posa sa tête sur son épaule, tandis qu'il la serrait plus étroitement contre lui.

— Détends-toi. Tu as un sens inné du rythme.

Elle perdit la notion du temps tandis qu'ils évoluaient en cadence sur la piste. Le nez dans son cou, elle se grisait de son odeur, de la façon dont son corps se mouvait, de l'attrait de la nouveauté. Les musiciens s'interrompirent le temps d'une pause et Dante en profita pour déposer un léger baiser sur son front.

— On rentre à la maison, Cendrillon ?

Ils se dirigèrent vers la sortie. Le soir tombait. Sarah aurait voulu lui faire comprendre ce que tout cela signifiait pour elle, qu'elle avait adoré cette expérience inédite, mais elle ne trouvait pas les mots.

— Merci, se borna-t-elle à dire.

Il ouvrit la portière passager du pick-up et l'aida à se hisser sur le siège. Il glissa une main sous sa jupe, la retroussa légèrement et, faisant écran de son corps, il eut un bref aperçu de ses dessous.

— Ce n'était pas une plaisanterie !

— On ne plaisante pas avec les choses sérieuses, voyons !

Il lâcha sa jupe, contourna la voiture en un éclair, mit le contact et démarra si vite que Sarah eut à peine le temps de boucler sa ceinture. Elle éclata de rire, devinant ses intentions.

Chapitre 14

Sarah courut vers l'entrée. Dante la suivait de près.

— Attends ! dit-il.

Elle s'immobilisa sur le seuil pendant qu'il jetait un regard circulaire avant de déconnecter l'alarme ; puis il lui prit la main et l'entraîna au salon.

— Montre-moi.

— Ici ?

— Ici et maintenant, oui.

Elle savait exactement ce qu'il voulait. Le souffle chaotique, elle envoya promener ses escarpins et retroussa sa jupe jusqu'à la taille. Elle se retourna lentement, révélant ses jolies fesses gainées du minuscule string qu'elle avait enfilé spécialement pour lui.

Il avança vers elle, le regard flamboyant.

— C'est parfait pour ce que j'ai en tête. Je ne serai pas tendre, je te préviens. Je pense que tu en as envie toi aussi, hein ?

Son sexe se liquéfia. Elle brûlait de sentir ses mains la caresser dans les moindres recoins.

— Oui, mais tu devras d'abord m'attraper.

Elle lui faussa compagnie et se dirigea vers la cuisine. Elle franchit la baie vitrée coulissante et fonça derrière la maison, en direction de la plage privée à laquelle on accédait par un étroit ponton aménagé en salon de jardin, offrant une vue dégagée sur l'océan. C'était comme un cocon douillet à l'abri des regards où, avec l'accord de Dante, elle se réfugiait quand elle avait envie de s'isoler. Elle traversa à petites foulées la mince bande de sable avant de s'élancer sur le ponton, ses pieds martelant le bois de teck jusqu'à ce qu'elle parvienne à l'extrême bord, hors d'haleine.

Dante la serrait de près. Il la rattrapa en quatre enjambées et l'emprisonna dans ses bras.

— Inutile de courir. Tu ne peux aller nulle part. Qu'est-ce que tu vas faire maintenant ? Impossible de revenir en arrière. À moins que tu n'aies l'intention de piquer une tête ?

Le cœur battant, le sexe en feu, elle le dévisagea comme une bête traquée. Elle recula de quelques pas. Elle n'allait quand même pas se jeter à l'eau. La robe choisie par Emily était probablement hors de prix et, en outre, elle n'avait aucune envie de résister. Et elle ne se voyait pas non plus escalader la haute palissade à claire-voie qui entourait le ponton et plonger dans la mer.

— Je sais nager.

Il s'approcha, retira son veston et dénoua sa cravate.

— Tu n'iras nulle part !

Il la connaissait trop bien. Elle s'approcha du bord, si près qu'elle se retrouva acculée contre la clôture en bois à laquelle elle se cramponna.

— Et pourquoi pas ?

Il effleura la petite lampe encastrée dans la paroi qui dispensa une lumière tamisée. Il sortit le revolver de sa ceinture et le déposa sur le ponton, à l'abri de l'eau.

— Enlève ta robe, Sarah.

Ses seins se tendirent en réponse, mais elle n'était pas encore prête à céder. Elle le défia du regard.

— Déshabille-moi.

Elle nota l'éclat dangereux de son regard, tandis qu'il se jetait sur elle et la plaquait contre la palissade. Il attrapa à deux mains les fines bretelles qui retenaient sa robe, libérant le corsage, puis il tira sans ménagement sur le nœud. Le vêtement glissa sur le sol. Après quoi, il entreprit d'ôter les épingles de ses cheveux, qui retombèrent librement sur ses épaules.

— Voilà. Maintenant tu vas faire tout ce que je te dirai.

— Vraiment ? minauda-t-elle.

Hypnotisée par le regard intense qu'il fixait sur elle, c'est à peine si elle remarqua qu'il lui ligotait les poignets avec sa cravate, dont les extrémités claquaient au vent. Elle chercha à se libérer, mais les liens étaient trop serrés.

Dante baissa la fermeture Éclair de son pantalon, dont il se débarrassa aussi vite qu'il put, ne gardant que son boxer de soie noire.

— À quatre pattes sur la couverture, et plus vite que ça, ordonna-t-il.

Un plaid se trouvait en permanence dans un angle du ponton. Ils aimaient s'y installer pour respirer la brise marine qui s'infiltrait par les lattes de la clôture, le visage fouetté par les embruns.

Elle hésita, sachant qu'il ne lui imposerait jamais sa volonté, qu'elle aurait le choix entre poursuivre le jeu ou l'interrompre.

— Tu veux me punir ?

— Non, te donner du plaisir.

Les mains liées, elle s'agenouilla sur la couverture, les seins gonflés, douloureux. On aurait dit que toutes les terminaisons nerveuses de son corps prenaient vie. Dans l'état d'excitation où elle se trouvait, elle lui aurait promis n'importe quoi.

— Et maintenant ?

Il la rejoignit sur la couverture dont il replia un coin, improvisant un coussin qu'il glissa sous ses coudes.

— Penche-toi et écarte les jambes.

Devinant qu'il la préférait soumise, elle obtempéra, se tortillant dans ses bras, prête à l'accueillir, torturée d'impatience et de désir.

— S'il te plaît..., implora-t-elle, ne sachant trop ce qu'elle voulait.

Il referma les paumes sur les rondeurs de ses fesses, les enrobant, les caressant, les tripotant. Elle sentait le ponton tanguer sous elle et l'écume des vagues déposer de fines gouttelettes sur sa peau nue. Le rugissement du ressac semblait décupler l'excitation qui l'égarait.

Elle gémit quand les doigts de Dante se frayèrent un chemin sous sa culotte et se mirent à fureter dans son vagin.

— Tu es trempée, Sarah ! Tu brûles ! Tu as envie de moi ?

Elle se convulsa pour se presser contre sa main et l'attirer là où elle en rêvait.

— Oui...

— Et si on parlait un peu de tes provocations ? poursuivit-il sans interrompre ses caresses. Ou de ton imprudence quand tu t'es précipitée dehors tête baissée tout à l'heure, sans même vérifier s'il y avait du danger ?

D'un coup sec, il arracha le mince triangle de dentelle et, maintenant qu'il avait pleinement accès à son corps, il s'empara de son clitoris. Elle sentit une onde de chaleur enfler au creux de son ventre quand il se mit à frapper sans ménagement.

Elle gémit de bonheur, la peau en feu.

Clac !

Clac !

Clac !

Clac !

Elle cria, se tortillant au contact de sa paume qui s'abattait sur ses fesses. Il n'y allait pas de main morte, et les coups qu'il lui assenait en cadence faisaient mal. Oscillant entre plaisir et douleur, elle s'inclina plus bas, tandis qu'il immisçait de nouveau les doigts entre ses cuisses. L'excitation lui montait à la tête, menaçant de la rendre folle de désir.

— Alors, tu regrettes ton impertinence ? insista-t-il en caressant sa croupe brûlante avant de recommencer à titiller son clitoris, provoquant une nouvelle décharge électrique.

— Non, bredouilla-t-elle, consciente que son refus risquait d'aggraver les choses. Elle était entièrement à sa merci, et il pouvait faire d'elle ce qu'il voulait.

Le rythme des coups s'accélérait, redoublant d'intensité, et elle les accueillit avec bonheur. Il se remit à cajoler son clitoris, palpant la chaleur humide de son sexe avec un grognement lascif. Deux autres doigts la pénétrèrent, s'incurvèrent pour imiter son sexe coulissant dans le sien.

— Alors, tu regrettes ? insista-t-il.

Elle chaloupa des hanches pour l'aspirer plus loin, torturée par le besoin insatiable d'être possédée, emplie de fond en comble.

— Oui. Maintenant, baise-moi, s'il te plaît.

Il roula sur le dos, l'empoigna par la taille et la hissa à califourchon sur son visage. Puis il se mit à brouter sa chatte avec entrain tout en lui pétrissant les fesses à deux mains.

Le cri de Sarah résonna dans la nuit, se confondant avec le grondement des vagues qui s'écrasaient sur le rivage. Il abaissa son pubis contre son nez et la lapa à pleine bouche, plongeant sa langue en elle, la suçant avidement, dégustant sa saveur. Elle ravala un sanglot d'extase, tremblant violemment sous l'intensité de son plaisir. Ses fesses délicieusement meurtries et la bouche vorace qui s'activait sur sa fente la plongèrent dans un état d'hébétude bienheureuse.

Elle gémit de douleur et de plaisir. Le sexe palpitant, elle se cabra dans un râle, gagnée par les prémices de l'orgasme. Surfant sur les vagues de plaisir, elle laboura la couverture de ses ongles, s'y accrochant désespérément avant de s'envoler dans la stratosphère.

Il la fit pivoter pour la pénétrer par-derrière et s'enfouit au plus profond de sa toison trempée, secouée de spasmes. Elle geignit tandis que, de ses vigoureux coups de reins, il l'étirait, l'écartelait, l'élargissait, la fouillait jusqu'à la garde, envoyant des décharges dans chaque cellule de son corps, à la limite du supportable. Il lui agrippa les hanches et se propulsa plus loin, plus fort, s'empalant profondément en elle.

— Jouis encore, pour moi.

Sarah secoua la tête ; elle était tellement excitée, ivre de sensations qu'en enchaînant deux orgasmes, elle craignait de perdre le peu de raison qui lui restait.

— Je ne peux pas.

Il l'attrapa par les cheveux et lui releva la tête sans ménagement.

— Bien sûr que tu peux.

Les mains agrippées à ses flancs, il la martelait infatigablement, sa bite flagellant ses fesses à chaque ruade. Sa main glissa le long de son flanc, puis au confluent de ses genoux. Il frotta son clitoris de ses doigts habiles, puis il s'en saisit et se mit à le masser délicatement entre le pouce et l'index, sans interrompre ses puissants coups de boutoir. Elle explosa sous l'effet de cette double stimulation. Son corps se tordit quand le raz-de-marée de plaisir la balaya, au même rythme que les vagues qui déferlaient sur le sable en contrebas. Dante laissa échapper un grognement tandis qu'il se déversait en elle, pressant son bassin contre le sien sans cesser de la pilonner.

— Tu es à moi !

Pantelante, Sarah savoura l'instant ; elle ne s'était encore jamais sentie aussi complètement possédée.

Il défit les liens qui lui emprisonnaient les poignets et bascula sur le dos, l'entraînant avec lui. Elle posa la tête sur son torse, croyant presque entendre le cœur de Dante battre à l'unisson du sien. Le balancement du ponton et la douce brume qui rafraîchissait son corps enfiévré la tirèrent peu à peu de la torpeur sensuelle qui l'engourdissait.

Il se redressa, lui souleva le menton, enroula les bras autour de sa taille et l'embrassa, comme s'il ne pouvait se rassasier d'elle. Il promena sa main le long de son dos et caressa ses fesses d'un doigt léger.

— Chérie, tu auras du mal à t'asseoir demain, j'en ai peur.

— C'est de ta faute, tu es insatiable.

— Tu ne t'es pas vue !

— C'est vrai. Mais tu as bien dit que tu voulais m'apprendre ? Je suis une excellente élève.

Il rit.

— Tu vois ce qui arrive quand tu me taquines ?

Elle gloussa.

— J'ai très envie de recommencer. J'adore quand tu prends les rênes. Mais tu n'as pas intérêt à essayer en dehors du lit, sinon gare à toi.

— Même pas en rêve ! s'exclama-t-il en riant.

Dante avait beau être un dominant, il la respectait. Malgré tout, elle n'allait pas se plaindre s'il décidait de prendre le dessus dans la chambre à coucher. Il éveillait en elle une sexualité débridée qu'elle ne se connaissait pas. Elle frissonna. Elle n'avait pas remarqué qu'elle était trempée.

— Tu as froid ?

— Un peu.

Il se releva, nu comme un ver, et entreprit de ramasser les vêtements éparpillés sur le sol, sans oublier la robe rouge et la petite culotte en lambeaux.

— Quelque chose me dit qu'il faudra renouveler souvent ta garde-robe.

— Je n'ai pas l'habitude de mettre un string. Je n'aime pas trop.

Il brandit le bout de tissu déchiré.

— Ah bon ? Et ça, c'est quoi alors ?

— C'était pour t'exciter.

Il lui décocha un sourire matois et lui tendit la main pour l'aider à se mettre debout. Elle était vêtue en tout et pour tout de son porte-jarretelles et de ses bas.

— Tu m'excites quelle que soit la façon dont tu es habillée. Tiens-moi ça, s'il te plaît, ajouta-t-il en lui passant le petit tas de vêtements en même temps que son Glock.

Elle considéra l'arme avec appréhension et obéit à contrecœur. Elle eut un hoquet de surprise quand il la souleva de terre.

— Attention à ton pistolet, dit-elle.

— Désolé, mais je ne vois pas où je pourrais le mettre pour le moment.

Elle enroula un bras autour de ses épaules, tenant les habits et l'arme dans sa main libre.

— J'ai intérêt à faire gaffe alors, commenta-t-elle, mal à l'aise.

Dante longea le ponton au pas de course sans lâcher son fardeau. Quand Sarah eut ouvert la porte coulissante, il pénétra dans la maison et promena un regard circulaire avant de désactiver l'alarme. Elle pivota sur elle-même et verrouilla la porte. Une fois le système de sécurité réinitialisé, il monta à l'étage et la déposa sur le lit. Après quoi, il récupéra ses habits et posa son pistolet sur la table de chevet, puis il s'accroupit pour lui ôter ses bas et son porte-jarretelles trempés avant de l'envelopper dans un plaid prélevé dans l'armoire.

— Ça va mieux ?

Elle resserra la couverture autour d'elle.

— Oui, beaucoup mieux.

Dante était vraiment étonnant. Elle découvrait les multiples facettes de sa personnalité, plus attachantes les unes que les autres. Il la maternait aussitôt après lui avoir offert un orgasme étourdissant. Et il y avait encore d'autres traits de son caractère – dominant, exigeant, autoritaire, tendre, doux, protecteur, terriblement possessif – qui l'émouvaient chacun à leur manière.

Elle le regarda fouiller dans ses tiroirs, d'où il sortit un pantalon de pyjama en flanelle qu'il enfila. Elle admira ses jambes et ses fesses musclées, ses abdominaux ciselés, son torse puissant. Un physique de rêve. Ses contusions s'étaient atténuées et les autres blessures étaient quasiment guéries. Avec le temps, la cicatrice sur sa joue finirait par s'estomper, jusqu'à devenir presque invisible. Dans l'intervalle, la barbe naissante qui mangeait ses joues la dissimulait presque complètement. Quoi qu'il en soit, cette balafre lui donnait l'air dur. L'effet était bien plus seyant chez un homme que chez une femme.

— Est-ce que tu les trouves laides, mes cicatrices ? questionna-t-elle.

Il s'assit au bord du lit.

— Et toi, tu les vois comment ?

— Hideuses. Certaines ne sont pas trop moches et se referment plutôt bien. Mais les autres sont irrégulières et très apparentes. Mais bon, je pense avoir une vision déformée des choses. Emily affirme qu'elles sont à peine visibles, sauf si on met le nez dessus.

— Je croyais que tu avais dépassé ce stade et que tu avais fini par te convaincre que personne n'y faisait attention ?

Sarah regretta d'avoir trop parlé. Elle avait honte de ses stigmates. Grâce à Dante, elle y pensait de moins en moins. Par malchance, Elaine avait touché un point sensible.

— C'est à cause d'une remarque de ma mère tout à l'heure. C'est sans importance.

— C'est-à-dire ?

— « Seul un intellectuel détaché du sexe serait indifférent à mes cicatrices », je cite.

— Tu parles ! Je me moque de tes cicatrices et le sexe ne me laisse pas indifférent, au contraire. Je rêve de te baiser tous les jours et plus encore, si possible. Tu veux la vérité ?

Elle hocha la tête en silence.

— Je ne les vois pas, tes cicatrices. Je ne les ai jamais remarquées, en fait. Je t'ai trouvée incroyablement belle au premier regard, cela n'a jamais changé et ne changera jamais. Je suis complètement accro, cicatrices ou pas.

Elle se sentit chavirer quand il lui sourit. Dante était quelqu'un de très spécial qui la comprenait, au-delà des apparences.

— C'est parce que tu es aveugle. Mes cicatrices sont bien là. Elles crèvent les yeux.

Il lui releva le menton et plongea son regard dans le sien. Elle était sûre qu'il lui disait la vérité. Sa vérité.

— Elles sont à peine visibles, Emily a raison. Crois-moi, même si je ne suis pas objectif parce que je te désire comme un fou – l'inverse serait impossible, je bande dès que tu es là. Nous avons tous des cicatrices, ma douce, enchaîna-t-il. Certaines sont à fleur de peau, d'autres si profondes qu'elles ne se refermeront jamais. Les tiennes ont guéri, ce qui prouve combien tu es forte et courageuse. Tu ne dois pas en avoir honte. Elles font partie de toi.

Il était si persuasif qu'elle en eut les larmes aux yeux.

— Est-ce que la mort de Patrick reste une plaie ouverte pour toi ?

Se remettrait-il jamais de la disparition de son partenaire ?

— Non. Ça fait encore mal et il me manquera toujours, mais je pense qu'il aurait souhaité que je vive du mieux possible. C'était un type bien qui ne méritait pas de partir si tôt. Je continuerai à m'occuper de sa femme et de son fils dans la mesure de mes moyens. Je pense que c'est la meilleure façon d'honorer sa mémoire.

Sarah se doutait qu'il prenait des nouvelles de Karen et de Ben presque tous les jours.

— Comment vont-ils ?

— Ils survivent. Karen puise sa force dans son fils. Ben est un gamin exceptionnel. Ils s'en sortiront du moment qu'ils sont ensemble.

— Savent-ils que tu es milliardaire ? Les gens sont-ils au courant ?

La question lui brûlait les lèvres depuis que son répondeur avait été saturé d'appels à l'aide. Maintenant, elle en comprenait la raison. Dante Sinclair était un homme hors du commun.

Il secoua la tête.

— Je n'y tenais pas et, par la suite, je n'y ai plus attaché d'importance. Je veux tout devoir à mon mérite personnel, et pas au renom de ma famille.

Incroyable, songea Sarah. N'importe qui aurait tiré profit de son appartenance à l'une des familles les plus prestigieuses du pays.

— Quelque chose me dit que tu t'es débrouillé pour soutenir financièrement Karen et Ben jusqu'à la fin de leurs jours, n'est-ce pas ?

— C'est vrai. Je leur ai fait un don anonyme. Je connais Karen. Elle va investir cet argent, sans parler de la pension de la police. Elle ne manquera de rien, et Ben pourra fréquenter l'université de son choix et aller au bout de ses rêves. Karen possède une formation professionnelle et elle souhaite rependre le travail maintenant que Ben est grand.

— Tu es vraiment étonnant. Ton job ne te manque pas ? Tu ne pourras pas rester éternellement ici.

— Je resterai jusqu'à ce qu'on attrape ce salopard. Je serai en disponibilité aussi longtemps que nécessaire.

La perspective de son départ lui brisait le cœur. Elle aurait voulu le retenir pour qu'il ne parte jamais.

— Ça pourrait prendre une éternité.

— J'en conclus que tu vas me supporter encore longtemps.

Elle sourit tandis qu'il l'enveloppait dans ses bras et l'attirait contre lui. À chaque jour suffisait sa peine. Dante était un cadeau du ciel et elle était déterminée à profiter du moment présent. Elle ne regretterait jamais de l'avoir connu, ni le temps passé avec lui ; il lui avait tant appris. Elle avait trouvé en lui son supplément d'âme. Elle lui serait éternellement reconnaissante, dût-elle souffrir de la séparation. Dante avait modifié sa perception du monde et d'elle-même. Sa raison lui disait qu'elle devrait se satisfaire de ce qu'ils avaient vécu ensemble, même si ce que lui dictait son cœur était complètement différent.

Chapitre 15

Comment avait-il pu se laisser embarquer dans cette galère ?

Sarah se montrait de nouveau en public en compagnie de Dante, qui ne voyait pas d'un bon œil qu'elle reprenne les leçons de piano et les concerts destinés aux personnes âgées dans le cadre du centre de jeunesse. Les lieux étaient ouverts à tous vents et il y avait beaucoup trop d'endroits où se cacher. Autre point noir, le CJA était très fréquenté, surtout lors des soirées de bingo où se pressait un public mélangé.

Assis au quatrième rang de l'auditorium, Dante écoutait Sarah jouer de toute son âme. Il avait soigneusement fermé les portes après le dernier retardataire, mais il détestait tourner le dos aux issues. En outre, il n'appréciait guère d'être loin d'elle, seulement les premiers rangs avaient été pris d'assaut par les habitués arrivés très en avance.

Il consulta sa montre. Le concert s'achèverait dans cinq minutes, autant dire une éternité. L'âge moyen de l'assistance étant de soixante-quinze ans – à l'exception de Grady, Emily, Jared, Randi et lui-même – il était relativement serein quant à une menace venue de l'intérieur. En revanche, son instinct lui soufflait de mettre Sarah à l'abri au plus vite. Son agresseur connaissait ses habitudes et savait qu'elle se rendait au CJA plusieurs jours par semaine. Un seul regard de ses beaux yeux avait suffi pour qu'il cède quand elle l'avait supplié de l'autoriser à renouer avec ses activités habituelles. Il s'en voulait terriblement. D'un autre côté, elle n'avait peut-être pas tort. Un certain temps s'était écoulé, en effet, depuis que le fugitif s'était évanoui dans la nature et elle avait besoin de retrouver un semblant de vie normale.

Mais il était si obnubilé par sa sécurité qu'il était incapable de réfléchir rationnellement.

Plus que quatre minutes.

S'habituerait-il à ce que Sarah s'exhibe en public si Thompson n'était jamais arrêté ou mis hors d'état de nuire ? Passerait-il le reste de son existence en proie à cette obsession, ce malaise diffus, horripilant, tel un caillou dans sa chaussure, terrifié à l'idée que la moindre bévue pourrait lui être fatale ? Et d'ici que ce salaud se retrouve derrière les barreaux, Sarah continuerait à pratiquer la politique de l'autruche : l'attitude qu'elle avait adoptée après son agression en déménageant à Amesport afin de prendre un nouveau départ.

Plus que trois minutes.

Dante tiqua quand Sarah changea de position sur la banquette du piano. Le vêtement qu'elle portait remonta sur ses genoux. Une robe tube (c'était son nom) qui, à son avis, en dévoilait beaucoup trop et moulait ses formes délectables comme une seconde peau. D'un seul tenant, elle ressemblait effectivement à un tube et épousait la courbe voluptueuse de ses seins ainsi que de ses hanches pour s'arrêter à mi-cuisses. Certes, il appréciait beaucoup cette robe, mais il songeait surtout qu'il pourrait la lui retirer en un tournemain. D'une simple secousse, il la ferait glisser sur sa taille, puis le long de ses jambes jusqu'au sol. Il était assez doué pour cela. En revanche, il appréciait moins le fait que le bustier laisse entrevoir ses tétons sous un certain angle, ni qu'il lui suffise de l'entendre jouer dans cette tenue ultra-sexy, un véritable appel au viol, pour bander comme un taureau.

Plus que deux minutes.

Comme d'habitude, il était déchiré entre le désir de la défendre et l'envie de lui faire plaisir. Il suffisait qu'elle le fixe de ses merveilleux yeux violets pour qu'il perde pied. En fait, étaient-il violets ou bleu foncé ? Quoi qu'il en soit, il sentait sa volonté le déserter quand elle l'enveloppait de son regard implorant. Elle ne s'en doutait probablement pas, mais il aurait décroché la lune pour lui faire plaisir. L'ennui était que son bonheur et sa sécurité étaient inconciliables.

Plus qu'une minute.

Il la caressa du regard. Elle jouait comme un ange, le visage rayonnant de bonheur. Elle était magnifique. Il en était tombé raide dingue au premier regard. L'avenir s'annonçait sous les meilleurs auspices et, pour la première fois de sa vie, il se sentait parfaitement serein. Cette femme complexe, brillante, belle et sexy avait chamboulé son existence et fait naître en lui une tempête de sentiments inédits. Elle lui appartenait. Il ne pouvait imaginer vivre sans elle, et il n'en avait du reste aucune intention.

Ouf ! C'était fini. Dieu merci !

Le concert s'acheva à l'heure dite pour permettre aux vieilles dames de se rendre à la soirée bingo, destinée aux seniors. Les compliments fusaient autour de la pianiste, pendant que l'assistance se dirigeait vers la sortie. La salle se vida rapidement. Debout près de la porte, Dante se tenait prêt à refouler quiconque aurait fait mine d'entrer. Emily et Randi rejoignirent Sarah, pendant que Grady entretenait Jared du nouveau projet auquel il travaillait.

Et puis tout bascula en une fraction de seconde.

Elsie Renfrew harponna Dante pour le saluer et ce dernier, en se retournant, eut une vision de cauchemar : John Thompson se servait de Sarah comme d'un bouclier, un pistolet 9 mm pointé sur sa tempe. Mais d'où sortait-il, celui-là ? Dante se perdait en conjectures. Il avait surveillé la porte et fouillé la salle de fond en comble avant le concert !

— Si quelqu'un bouge, je l'explose, ses copines aussi, et il y aura des morceaux de cervelle partout, beugla Thompson d'une voix hystérique.

Dante se pétrifia, évaluant la situation d'un coup d'œil. Emily et Randi encadraient Sarah et leur agresseur ; personne n'osait bouger de peur que ce fou furieux ne mette ses menaces à exécution. Dante hésitait à passer à l'action. Les femmes se serraient les unes contre les autres, de sorte qu'il craignait de blesser l'une d'elles par manque de précision. Il avait beau être un tireur d'élite, il ne pouvait empêcher un déséquilibré armé d'abattre sa victime avant qu'il ne puisse réagir. Et même s'il parvenait à le supprimer, l'autre aurait quand même eu le temps de faire feu.

— Tout le monde dehors ! beugla Thompson d'une voix suraiguë. Et vous avez intérêt à verrouiller cette putain de porte, ou je descends la fille.

Dante lut l'effroi dans les yeux des trois amies, mais aucune n'esquissa un geste. Le cœur tambourinant dans sa poitrine, il recula d'un pas en remarquant le doigt de Thompson crispé sur la détente. Il croisa le regard de Sarah, qui hocha imperceptiblement la tête comme pour l'inciter à obéir.

Dante brûlait de dégainer son arme et de viser entre les deux yeux du forcené, mais il préféra s'abstenir. Il repoussa lentement le battant en enregistrant mentalement son apparence physique : la maigreur, l'œil hagard, la barbe hirsute, les cheveux gras pendouillant sur les épaules, le T-shirt orange et le jean déchiré, maculé de taches.

Son regard s'attarda sur Sarah le plus longtemps possible, jusqu'à ce que la porte métallique se referme avec un déclic. Quelqu'un avait probablement les clés et s'occuperait de la verrouiller, il n'y avait pas lieu de s'en soucier. Pour l'heure, il ne pensait qu'à une chose : comme la porte n'était pas vitrée et qu'il n'y avait pas de fenêtres, il n'y avait aucun moyen de savoir ce qu'il se passait dans la salle de musique.

— Il faut appeler les secours et joindre le commissaire Landon, s'égosilla-t-il.

Jared et Grady se matérialisèrent à ses côtés.

Elsie pêcha un portable rose dans son vaste fourre-tout.

— Que dois-je leur dire ?

— Qu'un dément détient trois otages, répondit Dante. Il est armé. Un Smith & Wesson MP9, 17 coups. Signalez que nous aurons besoin d'un négociateur et d'une unité d'intervention. Évacue le centre le plus vite possible et dans le calme, ajouta-t-il à l'intention de Jared. Veille à ce que tout le monde sorte par la porte latérale. Tu es sûr d'y arriver ?

— Bien sûr, répliqua son frère en s'éloignant.

— Je ne trouve Emily nulle part, se lamenta Grady, paniqué.

Dante le tira par le bras.

— Elle est à l'intérieur avec Sarah et Randi.

Son frère se dégagea et fonça vers la porte close. Dante se jeta sur lui pour l'immobiliser.

— Tu ne peux pas entrer. De toute façon, c'est fermé à clé et si ce type perd la tête, il sera capable de s'en prendre aussi à Emily. Réfléchis, bon sang ! Tu veux qu'il la liquide ou quoi ? Je sais ce que tu ressens, mais tu dois te dominer. Fais-le pour ta femme.

— Je l'aime tant, murmura Grady, effondré. Elle est toute ma vie.

Dante s'efforça de le raisonner. Le temps pressait. John Thompson risquait de tuer les otages d'une minute à l'autre.

— Sarah l'est aussi pour moi, figure-toi. Emily est courageuse et elle a la tête sur les épaules. Calme-toi et rappelle-toi que c'est Sarah qu'il a en ligne de mire.

— D'accord. J'ai pigé. Lâche-moi.

Voyant que son frère avait repris ses esprits, Dante obtempéra. Grady le fixa avec inquiétude.

— On fait quoi maintenant ?

— On s'arrange pour délivrer les femmes.

Du coin de l'œil, il surveillait Jared qui s'activait à évacuer l'assistance par l'issue de secours, tandis que les policiers s'engouffraient dans l'entrée principale, Joe Landon en tête. En même temps, il tâchait de se concentrer pour élaborer un plan.

Sarah s'efforçait de garder son sang-froid, tout en se creusant la tête pour trouver le moyen d'éloigner Emily et Randi de ce désaxé.

Une fois la porte fermée, John les avait entraînées à l'autre bout de la salle, bloquant la seule sortie possible. Le pire était que, tout en monologuant, il décrivait d'inquiétants moulinets avec son arme braquée sur elle.

— La police me colle au train à cause de toi, dit-il d'une voix traînante. Ma vie est devenue un enfer. Avant, je pouvais avoir toutes les femmes que je voulais sans que personne le sache.

Avait-elle bien entendu ?

— À Chicago ?

— Oui, jusqu'à ce que tu m'obliges à quitter la ville. Maintenant, c'est à Boston, New York, un peu partout... Je trouve ces salopes, je leur fais leur affaire et après, je m'en débarrasse pour les empêcher de parler. Ni vu ni connu. J'étais un bon père de famille avec une épouse et un gamin. J'avais un boulot respectable et j'étais plus futé que les flics. Aucune n'est restée en vie pour me dénoncer, j'ai fait gaffe. Jusqu'à ce que tu interviennes, conclut-il en la foudroyant du regard.

On a souvent un instinct meurtrier inné.

Dante avait raison. Trey lui avait confié que son père était colérique, mais à présent, Sarah craignait le pire. John Thompson était-il déjà un assassin à l'époque où sa femme et son fils étaient encore en vie ? Lui servaient-ils de couverture ? En d'autres termes, depuis combien de temps sévissait-il ? Toutes les victimes étaient des femmes. Il leur faisait leur affaire ? Cela voulait-il dire qu'il les violait avant de les exécuter ? Un doute affreux s'immisça dans son esprit. Elle se rappela qu'il n'y avait plus eu de crime similaire à Chicago après son agression.

Non, ce n'était pas possible !

John Thompson était un violeur et un tueur en série et cela, bien avant qu'elle n'ait rencontré son fils. Sarah sentit Emily lui presser la main et devina que, comme elle, son amie s'efforçait de se maîtriser. Elle répondit de la même manière pour l'inciter à se taire. Comme Emily était assise entre Randi et elle-même, Sarah songea que les deux autres devaient procéder au même échange silencieux.

Soudain, un éclair lui traversa l'esprit. Elle se trouvait en présence du tueur en série qui avait fait de nombreuses victimes à Chicago et n'avait jamais été arrêté. Il s'en prenait généralement à des automobilistes en panne ou à des passantes rentrant seules chez elles, la nuit. La police pensait que son mode opératoire était « désorganisé ».

— Vous êtes le tueur de Chicago ? questionna-t-elle avec un calme feint.

— Lui-même. Je n'ai jamais laissé de preuves qui auraient permis aux flics de m'identifier. J'étais très malin. J'ai toujours utilisé un préservatif avec ces salopes. Ensuite, je les découpais dans mon pick-up à l'intérieur d'un grand sac en plastique avant de jeter les morceaux au fond de l'eau. Et même s'ils ont trouvé des échantillons de fibre, ils n'ont jamais pu les exploiter étant donné que j'étais un bon père de famille avec un casier judiciaire vierge.

Impossible de me soupçonner. Et je ne suis jamais retourné sur les lieux non plus. Tu as tout fichu en l'air, martela-t-il en braquant l'arme dans sa direction. Je n'ai même pas eu le temps de te sauter et je t'ai ratée parce que je n'avais pas mon couteau. J'ai dû me contenter d'un vulgaire canif, vu que je n'avais pas prévu de te faire la peau ce jour-là. Je voulais te punir pour m'avoir privé de la seule couverture qui me restait. Une femme et un fils, c'était franchement le top. J'avais besoin de Trey parce que ma garce de femme avait déjà clamsé. Me cacher dans la cage d'escalier était une décision improvisée. Je n'avais qu'un malheureux canif de poche. Je savais que ce ne serait pas fameux, mais je me réjouissais à l'idée de te voir saigner à mort. Bien fait pour toi. J'aurais toujours pu dénicher une autre pétasse à égorger ensuite.

Joignant le geste à la parole, il tira de la poche de son jean un couteau qu'il dégaina d'une chiquenaude, les yeux étincelants d'un éclat démoniaque.

Le visage du mal.

Sarah frissonna à la vue de la lame dentelée, longue d'au moins dix-huit centimètres, mais elle ne broncha pas quand il la brandit sous son nez.

Ce n'était pas le moment de craquer. Elle devait réfléchir. Et vite.

Il lui fallait à tout prix imaginer comment libérer Emily et Randi, même si elle devait servir d'appât. Pas question de laisser ses amies mourir à cause d'elle parce qu'elle avait eu la mauvaise idée de s'installer à Amesport. Elle les avait fourrées dans ce pétrin, à elle donc de les en tirer. John Thompson était fou. C'était un dangereux tueur et il l'avait toujours été. En tant que médecin, elle était habituée à voir le sang couler et elle ne devait pas s'affoler. Les rumeurs qui circulaient sur la façon dont il avait lacéré certaines de ses victimes lui retournaient l'estomac ; elle imaginait la terreur et la souffrance de ces femmes en se voyant mourir.

— John, laissez partir Emily et Randi, plaida-t-elle. Vous avez l'intention de me violer, je sais, mais elles s'interposeront entre nous. Je ferai ce que vous voudrez à cette seule condition.

— Je vais les buter tout de suite.

— La police enfoncera la porte en entendant les tirs et si vous essayez d'attaquer l'une d'entre nous avec votre couteau, les deux autres vous en empêcheront. Il y a plus d'un an que vous attendez de me tuer. Vous n'allez quand même pas laisser passer l'occasion ? Voyons, réfléchissez.

Elle retint son souffle, priant pour qu'il l'écoute et épargne ses amies. Elle ne croyait pas qu'il prendrait le risque d'alerter la police en tirant. Sarah était suspendue à ses lèvres, le cœur battant. Elle sentit la bile monter dans sa gorge, tandis qu'elle parlait de son viol et de sa fin certaine, comme s'il s'agissait d'une parfaite étrangère. Elle déglutit avec peine, sachant qu'elle devait agir pour sauver ses amies. Quant à son propre sort, elle improviserait, une fois Emily et Randi hors de danger.

— Oui, mais il faudra bien qu'elles ouvrent la porte au moment de sortir, objecta John, indécis.

— Vous n'aurez qu'à me menacer avec votre arme jusqu'à ce que la porte se referme, s'entendit-elle répondre.

Elle devait à tout prix mettre ses amies à l'abri, quitte à sacrifier sa vie. Elle n'avait pas le choix.

— C'est une ruse ? contra John sur la défensive. Tu es une fine mouche, toi.

— Il n'y a aucun piège. Laissez-les partir et, comme ça, nous resterons seuls, tous les deux.

À cette pensée, elle eut la chair de poule, mais elle n'en laissa rien paraître.

Il promena lentement la lame de son couteau le long du bras de la jeune femme.

— On dirait que j'ai fait du bon travail là, estima-t-il.

— J'ai des cicatrices.

— Oui, mais elles sont presque invisibles. Il était complètement naze, ce couteau.

— Laissez-les partir, et vous pourrez faire de moi ce que bon vous semble.

Emily lui étreignit les doigts avec force. Sarah coula un regard oblique vers les deux filles. Elles avaient l'air épouvanté.

Elle ne devait pas montrer qu'elle avait la frousse. Sa priorité était de les soustraire au danger.

Soudain, tout le monde sursauta à la sonnerie d'un portable. Emily (c'était le sien) glissa un regard affolé vers le tueur.

— C'est probablement la police, affirma Sarah.

— Passe-moi le téléphone, ordonna fébrilement John.

Emily fourra la main dans sa poche et déchiffra le nom qui s'affichait sur l'écran.

— C'est Joe Landon.

John lui arracha l'appareil et pressa la touche « Répondre ».

— Un geste de trop et je tue les gonzesses, brailla-t-il.

Sarah n'entendit pas la réponse de Joe, mais John n'avait pas l'air convaincu.

— Proposez-lui de libérer les deux autres, suggéra-t-elle tout bas.

Il hésita, pesant le pour et le contre.

— Deux femmes vont sortir, finit-il par dire. Pas d'entourloupe, sinon je tue votre petit génie de docteur. Compris ?

Emily se pencha vers Sarah.

— On ne peut pas te laisser là, murmura-t-elle. Ça va être une boucherie. Il y a sûrement quelque chose à faire.

— Non, rétorqua Sarah, les yeux fixés sur John qui se livrait à une diatribe oiseuse avec Joe. Pense à Grady et à Randi. Un sauvetage sera plus facile à organiser si je suis seule.

En toute objectivité, elle doutait d'avoir la moindre chance de s'en tirer, même si la police aurait moins de mal à s'occuper d'une victime que de trois. Tournant la tête, elle remarqua que les deux autres étaient en larmes.

— Je ne peux pas, hoqueta Emily. Il va te massacrer.

Sarah ne croyait pas une minute qu'elle s'en sortirait vivante, mais au moins Emily et Randi seraient en sécurité.

— Il n'y a rien d'autre à faire. Sors d'ici et laisse la police se charger du reste. C'est ma seule chance. Dis à Dante que je vais essayer de discuter avec Thompson pour gagner du temps. N'oublie pas de préciser qu'il s'agit du tueur de Chicago et qu'il a sévi dans d'autres villes après mon agression. Il est certainement au courant.

— Compte sur moi, promit Emily à contrecœur.

John raccrocha et pointa son arme vers Emily et Randi.

— Bougez-vous, pétasses, hurla-t-il, très agité. Avancez lentement vers la sortie et foutez-moi le camp. Et n'oubliez surtout pas de refermer la porte.

Avec un soupir de soulagement, Sarah attrapa son amie par la manche pour l'aider à se redresser, pendant que Randi se levait à son tour.

— File, ordonna-t-elle tout bas à Emily.

Thompson agita le pistolet en tous sens.

— Dégagez, et plus vite que ça !

Sarah ne bougea pas tandis que les deux autres se dirigeaient vers la sortie en lui jetant des regards effarés. Elle n'allait pas flancher si près du but. Elle les exhorta silencieusement à se presser, impatiente de les voir quitter les lieux. Randi ouvrit la porte, la mine consternée, tandis qu'Emily lui emboîtait le pas avec un dernier regard d'excuse. Sarah détourna les yeux. Emily n'avait rien à se reprocher. C'était elle qui avait attiré ce salaud en ville, elle ne pouvait s'en prendre qu'à elle-même.

La porte claqua une fraction de seconde plus tard. Le bruit lui sembla moins terrifiant maintenant que ses amies étaient en sécurité. Sarah se détendit, résignée à l'inévitable. Elle se battrait jusqu'au bout, même si elle n'y croyait guère. John Thompson était ravagé, complètement cinglé.

Elle devait réfléchir. À quoi bon être un petit génie si elle n'était pas fichue de trouver une solution ?

Elle se tourna vers son bourreau et prit la parole.

Chapitre 16

Les deux femmes sortirent à reculons. Dès qu'elle l'aperçut, Emily se jeta au cou de Grady, tandis qu'un policier en uniforme prenait Randi en charge et l'écartait de la porte.

Debout près de Dante, Joe Landon s'essuya le front.

— Ouf, deux de moins ! Le négociateur et l'unité d'intervention sont en route. Ils viennent de loin et se pointeront dans un quart d'heure environ. Je pourrais entamer les transactions sans attendre, mais ce tordu nous met des bâtons dans les roues vu qu'il n'a formulé aucune exigence.

Emily se libéra de l'étreinte de son mari et attrapa Dante par le bras.

— Sarah ne tiendra jamais un quart d'heure, expliqua-t-elle, paniquée. Il va la violer, et ensuite il la tuera avec son couteau. C'est le tueur de Chicago. Il a commis un tas de crimes là-bas et dans d'autres villes aussi depuis qu'il est en cavale. Il a fait semblant d'être un père et un mari malade de chagrin, mais en réalité, c'est un violeur psychopathe doublé d'un meurtrier. Pour la mort de son fils, il en voulait à Sarah parce qu'il n'avait plus de couverture pour dissimuler ses véritables activités. Il ne la détient pas en otage. Il a bel et bien l'intention de la tuer.

Le tueur de Chicago ? Impossible.

Tout le monde avait entendu parler du tueur en série de Chicago, l'un des plus recherchés du pays, qui avait violé et massacré une bonne douzaine de femmes au cours de la dernière décennie.

Sarah était prisonnière de ce forcené ?

— Tu es sûre ? insista Dante, anéanti.

Curieusement, il avait l'intuition qu'Emily disait vrai. Il n'y avait pas eu de nouvelle victime à Chicago depuis un bout de temps, alors que, jusque-là, les meurtres avaient lieu à intervalles réguliers. Depuis, les spéculations allaient bon train, et l'on supposait que le tueur était mort ou avait pris la fuite.

— Tout à fait sûre. Sarah l'a poussé dans ses derniers retranchements et il a fini par l'admettre. Écoute, elle a décidé de se sacrifier et elle a même laissé entendre à Thompson qu'il pourrait la violer et la tuer plus facilement s'il nous relâchait. Je te répète qu'elle ne s'en tirera pas vivante. Il faut faire quelque chose, Dante. Elle va essayer de gagner du temps, mais ça ne marchera jamais. Il est complètement agité du bocal, ce type.

— Nous devons attendre les renforts, décréta Joe.

Attendre les renforts. Attendre les renforts. Attendre les renforts.

Tel était en effet le règlement en situation d'urgence. Sauf que, dans ce cas précis, il ne s'agissait pas réellement d'une prise d'otages. À l'époque, Dante et Patrick avaient suivi les instructions à la lettre. Résultat, son meilleur ami n'était plus de ce monde. Dante avait bien essayé d'établir un plan d'attaque, mais Joe ne voulait rien entendre, répétant à l'envi qu'il fallait compter sur l'unité d'intervention. Les gars seraient lourdement armés, bien sûr, mais à quoi bon puisque Sarah serait probablement déjà morte à leur arrivée ? Thompson et le tueur de Chicago ne faisaient qu'un et il était mentalement déséquilibré. D'après Emily, il n'y avait pas une seconde à perdre et elle avait raison.

Il se débrouillerait seul. Il ne laisserait pas Sarah crever sans lever le petit doigt.

Dante tourna les talons et se hâta vers la sortie. Il ne s'attarderait pas ici une minute de plus. Si Joe préférait attendre les renforts, grand bien lui fasse. Quant à lui, il ne pourrait compter que sur lui-même.

Il contourna le bâtiment, le corps baigné de sueur à l'idée que Sarah était prisonnière du tueur de Chicago, ce pervers qui découpait ses victimes en petits morceaux.

Un voile rouge lui brouillait la vue. Il devait absolument se reprendre. Il aurait besoin de toutes ses facultés pour l'affronter.

Thompson avait dû se planquer quelque part. Dante pensait avoir soigneusement fouillé les lieux avant le concert. Il avait sans doute oublié une pièce ; pourtant son instinct lui soufflait qu'il devait exister une issue quelque part.

Il dégaina son arme, l'œil aux aguets, en approchant de l'endroit où était détenue Sarah. En levant la tête, il avisa une fenêtre à la vitre cassée et estima qu'il aurait du mal à y glisser sa grande carcasse. Le tueur était passé par là. Il avait réussi à briser le carreau et à se glisser dans les toilettes attenantes à l'auditorium. La musique avait couvert le bruit et, ensuite, il avait attendu le bon moment.

Dante avait inspecté les lavabos et il ne se rappelait pas avoir aperçu une fenêtre à l'intérieur. Apparemment, on l'avait masquée lorsqu'on avait tapissé le réduit de papier peint. C'était une vieille bâtisse et, de toute évidence, on avait cherché à rafraîchir les W.-C. à moindre coût avant les travaux de rénovation engagés par Grady, qui n'avaient pas encore commencé dans la salle de musique.

Pourquoi en effet se fatiguer à rénover la minuscule fenêtre alors qu'il suffisait de la camoufler à l'aide d'une planche et d'un bout de papier peint ?

Dante fourra le Glock dans sa ceinture et se hissa sur le rebord. Il se redressait à la force des poignets quand il sentit un bras le ceinturer, le freinant dans son élan.

— Qu'est-ce que tu fabriques, Dante ? gronda Jared en le tirant en arrière.

— Je cherche à pénétrer là-dedans, c'est visible, non ? Lâche-moi !

— Pourquoi ? Les renforts vont arriver d'un moment à l'autre !

Dante se dégagea et pivota pour faire face à son frère, résolu à en arriver aux mains, le cas échéant.

— Ce sera trop tard. Je vais liquider ce type. Les toilettes là-haut sont près de la pièce où il retient Sarah. Il s'est introduit par une fenêtre obstruée. Tu m'aides ou tu fiches le camp, à toi de voir. Il n'y a pas une minute à perdre.

Jared le fusilla du regard.

— Il va te buter.

— Je m'en fiche. De toute façon, je ne survivrais pas si quelque chose arrivait à Sarah.

Si elle disparaissait, il perdrait la boule, on devrait lui passer une camisole de force et l'enfermer.

— Bon, d'accord, je t'accompagne.

— Pas question. Retourne avec les autres. Débrouille-toi pour trouver la clé de la porte et tâche de la déverrouiller sans faire de bruit. J'aurai besoin de renforts si je dois me battre avec ce salopard. Écoute à travers le battant. Tu interviens si tu entends une bagarre ou des coups de feu. Et quoi qu'il arrive, veille à mettre Sarah à l'abri. Promets-le-moi.

— Promis. Tu fais gaffe, hein ? Essaye de rester en vie.

Jared était parfois exaspérant, mais Dante savait qu'il pouvait compter sur lui en cas de besoin.

— J'y compte bien, répondit-il en escaladant le rebord de la fenêtre avant de se glisser à l'intérieur.

Il perçut la voix étouffée de Sarah et les réponses du meurtrier.

Parfait, ma douce. Tu as tout compris. Continue à gagner du temps.

Il faillit péter les plombs en entendant Thompson évoquer les cicatrices de Sarah et son impatience à terminer ce qu'il avait commencé. Au moment où le tueur mentionna qu'il allait lui trancher les tétons, mû par une impulsion, Dante cessa de réfléchir.

Il allait faire la peau à cette ordure.

Il retomba sans bruit sur le sol des toilettes, convaincu que John Thompson ne quitterait pas la pièce vivant.

Pas question de montrer qu'elle avait peur, se dit Sarah. Il fallait gagner du temps. Ce n'était pas encore le bon moment. John braquait toujours le pistolet sur sa tempe et il était trop loin pour qu'elle puisse lui balancer un coup de pied dans les parties. N'étant pas armée, elle devrait manœuvrer pour éloigner le pistolet de ses organes vitaux avant d'essayer de neutraliser son agresseur. Si elle y parvenait, ne serait-ce qu'un instant, elle en profiterait pour s'échapper. Il fallait attendre qu'il change de position, ce qui pourrait survenir à n'importe quel moment. Elle ne cessait de lui parler pour faire diversion, mais il devenait de plus en plus nerveux. D'un geste sec, il tira sur sa robe, la dénudant jusqu'à la taille, et se mit à promener le couteau sur ses cicatrices en commentant ce qu'il allait lui faire, tandis que, de l'autre main, il lui collait toujours l'arme sur la tempe.

— J'emporterai tes tétons pour me rappeler le plaisir que j'aurai pris à te les arracher, déclara-t-il avec un rire dément.

Sarah tressaillit. La pointe du couteau lui égratignait les seins et les cicatrices s'étaient mises à saigner.

Il pressa la lame sur son cou.

— Je vais te couper la gorge et te regarder te vider de ton sang pendant que je te sauterai, expliqua-t-il aimablement.

C'en était trop. Plutôt mourir par balle que le laisser la souiller et la saigner comme un animal à l'abattoir. Soudain, une silhouette surgit devant ses yeux.

Dante se rua sur John, il lui tordit le poignet qui tenait l'arme, le renversa en arrière et l'entraîna dans sa chute.

— Compte là-dessus, rugit-il, écumant de rage.

Les deux hommes décrivirent un arc de cercle dans les airs avant de s'écraser sur le sol. La tête de Dante buta avec un craquement sinistre sur l'estrade où était installé le piano.

— Sarah, file ! hurla-t-il.

Horrifiée, elle resta figée sur place, incapable de bouger. John repoussa son adversaire et bondit sur ses pieds, abandonnant le pistolet et le couteau qui lui avaient échappé durant la bataille.

Immobile, Dante gisait sur le sol, le visage en sang. Sarah réagit d'instinct en voyant Thompson se diriger vers les toilettes d'où il comptait repartir comme il était entré.

C'était le moment ou jamais.

Elle lui barra la route et lui balança un formidable coup de genou dans les testicules. Il se plia en deux, l'injure à la bouche. Elle avait réussi à le retenir, mais pour combien de temps ?

— Baisse-toi, cria Dante.

Elle obéit, recula et s'aplatit par terre. Tétanisée, elle le vit lever son arme et tirer sur son agresseur, qu'il atteignit en plein cœur avant de s'effondrer.

Au même instant, l'unité d'intervention fit irruption dans la salle. Sans prêter attention au cadavre de Thompson, Sarah se précipita vers Dante, elle s'accroupit et souleva sa tête ensanglantée qu'elle posa avec précaution sur ses genoux. Puis elle enfouit les doigts dans ses cheveux, palpa et découvrit une lacération et un hématome en formation sur le cuir chevelu.

— Dante, ouvre les yeux !

Elle constata avec satisfaction qu'il s'efforçait de soulever les paupières.

— Rajuste ta robe, articula-t-il d'une voix lointaine.

Deux ambulanciers survinrent pour évacuer le blessé.

— Avez-vous des compresses stériles ? demanda Sarah en remontant machinalement sa robe sur sa poitrine. Je suis médecin. (Ne travaillant pas à l'hôpital, elle ne connaissait pas le personnel urgentiste.)

— Nous pouvons prendre la relève si vous le désirez, dit la secouriste en lui tendant un rouleau de gaze.

Sarah appliqua le pansement sur la lacération, puis elle exerça du bout des doigts une forte pression sur la plaie qui saignait abondamment, comme la plupart des blessures à la tête. Elle n'aimait pas son apathie ni l'hématome qui se formait sur son crâne, souvent associé à une fracture.

— Dante ?

— Je vais mourir, tu crois ? bredouilla-t-il d'une voix pâteuse. Ne me quitte pas. Reste avec moi.

— Tu ne vas pas mourir. Et je ne vais nulle part. Il ne faut pas que tu perdes connaissance. Tâche de rester réveillé.

— De quel genre de blessure s'agit-il, docteur ? questionna l'urgentiste.

D'une main, Sarah maintenait la gaze en place tout en lui caressant la joue de l'autre. Dante avait risqué sa vie pour elle, apparemment sans l'autorisation de la police. Si Joe avait organisé une tentative de sauvetage, les forces de l'ordre locales auraient investi le bâtiment qui aurait grouillé de policiers.

— Une blessure à la tête, répondit-elle. Traumatisme crânien causé par une chute. Il a un hématome en formation et une lacération. J'ai peur qu'il ne perde connaissance.

— Il faudra prendre des précautions pour éviter un choc à la colonne vertébrale, docteur.

Sarah acquiesça. Elle s'écarta pour permettre aux ambulanciers de poser un collier cervical au blessé avant de l'allonger sur un plan dur. Ils l'attachèrent à l'aide de sangles pour l'empêcher de bouger durant son transfert au service de radiographie. Consciente d'avoir atteint ses limites, elle préféra ne pas intervenir.

— Dante ?

Il ne répondit pas. Il s'était évanoui.

— Sarah ? appela une voix masculine dans son dos.

Elle se retourna. Jared l'enlaça et l'aida à se redresser.

— Es-tu blessée ? s'inquiéta-t-il. Comment va Dante ?

— Il s'est interposé entre Thompson et moi, ils se sont écroulés par terre, il m'a sauvé la vie, débita-t-elle à toute vitesse, tâchant de lui transmettre le plus d'informations possible en un minimum de temps. Il s'est violemment cogné la tête dans sa chute. Il est inconscient.

— Il aurait dû l'abattre tout de suite. Je lui ai promis de veiller sur toi, mais il s'en est chargé lui-même, on dirait. Tu vas bien ? Ce salaud ne t'a pas...

Il s'interrompit, mal à l'aise.

— Ça va, Jared, il ne m'a pas violée, si c'est ce que tu veux savoir. Je m'inquiète pour Dante, ajouta-t-elle en refoulant ses larmes, le corps secoué de frissons à présent que l'adrénaline avait reflué.

— Ses fonctions vitales sont stables, intervint l'urgentiste. Nous allons l'emmener maintenant. Souhaitez-vous l'accompagner ?

Il commençait à se réveiller, constata Sarah, soulagée, en le voyant battre des paupières.

— Oui, merci.

Jared sécha ses larmes avec le bas de sa chemise et la serra dans ses bras.

— Il va s'en sortir, ne t'inquiète pas. Il a la tête dure. Tu es sûre que ça va ? Tu es couverte de sang.

Elle se laissa aller contre lui.

— C'est celui de Dante. Les blessures à la tête saignent énormément.

Les ambulanciers installèrent Dante sur un brancard.

— Nous sommes prêts, docteur.

— Vous pouvez m'appeler Sarah. Allons-y vite.

— On se retrouve là-bas, dit Jared.

Sarah escorta le blessé jusqu'à la sortie sans le quitter du regard. Dante ouvrait les yeux par intermittence avant de retomber dans l'inconscience.

Joe Landon l'arrêta sur le seuil de la porte.

— Excusez-moi, mais j'aurais quelques questions à vous poser.

— Pas maintenant. Je file à l'hôpital. Rejoignez-moi aux urgences.

Maintenant que Thompson était mort, l'enquête pourrait attendre qu'elle soit tranquillisée sur l'état de santé de Dante. Rien d'autre ne comptait pour le moment.

— Dante n'avait pas l'autorisation de pénétrer à l'intérieur avant l'arrivée des renforts, insista Joe. Nous n'avions pas pensé à vérifier l'extérieur du bâtiment, car aucune pièce n'était censée avoir de fenêtre. Nous croyons que le tueur était déjà sur place quand vous êtes arrivée. Dire qu'il a abattu le tueur de Chicago ! Je devrais lui en vouloir d'avoir agi de son propre chef, mais quel courage quand même ! C'est un sacré flic !

— Effectivement, et s'il n'avait pas agi comme il l'a fait, je ne serais plus là pour en parler, répondit-elle pour lui faire comprendre que c'était grâce à l'obstination, à la détermination et à la ténacité de Dante qu'elle était sortie vivante de cet enfer.

Elle tourna les talons et courut derrière le brancard. Elle grimpa dans l'ambulance et s'installa à côté du blessé. Elle laissa les ambulanciers procéder aux premiers soins ; elle était trop impliquée émotionnellement pour être efficace. Pour l'heure, elle n'était plus médecin, mais une femme folle d'angoisse pour l'homme qu'elle aimait.

Il ouvrit les yeux.

— Dante, tu m'entends ?

Il tira sur les attelles qui l'emprisonnaient.

— Tu vas bien ? s'enquit-il fébrilement. Ce salaud t'a fait du mal ?

Elle posa une main sur son épaule.

— Ne t'agite pas. Il ne m'a pas touchée.

Dante cessa de se débattre.

— Dieu merci. Il est mort ?

— Oui, tu l'as tué.

Il plissa le front.

— Je me souviens. Je t'avais dit de te sauver, mais tu lui as donné un coup de pied dans les parties pour l'empêcher de s'enfuir.

— C'était plus fort que moi. J'étais trop en colère. Et puis je n'avais pas l'intention de continuer à vivre dans la peur s'il s'échappait. Je ne supportais pas non plus l'idée qu'il puisse faire d'autres victimes. En plus, tu étais blessé, c'est la goutte d'eau qui a fait déborder le vase. Je ne me contrôlais plus, voilà, conclut-elle, soulagée d'avoir avoué qu'elle avait agi sur le coup de l'émotion, ce qui était une grande première pour elle.

— Tu as eu de la chance de t'en tirer indemne. Ce type était encore plus tordu que je ne le pensais. C'était vraiment le tueur de Chicago ?

— Oui. Je l'avais deviné avant qu'il n'avoue avoir violé et tué toutes ces femmes à Chicago. Tu avais raison sur l'instinct meurtrier inné. Ce n'est pas à cause de la mort de sa femme et de son fils qu'il m'a agressée. Non, il était furieux parce qu'il n'avait plus l'alibi du bon père de famille.

— C'était un dangereux psychopathe.

— C'est vrai. Il voulait ma peau quand il m'a coincée dans l'escalier. Je m'en suis tirée par un heureux concours de circonstances. Et cette fois, c'est grâce à toi si j'en ai réchappé. Il avait l'intention de m'égorger, mais je ne l'aurais pas laissé me violer sans résister.

— Cette pensée va me hanter longtemps.

— Non, je ne te l'ai pas dit pour te faire souffrir, au contraire. Tu es l'homme le plus courageux que je connaisse. Dire que tu es de nouveau blessé à cause de moi, alors que tu étais presque guéri ! Je ne me le pardonnerai jamais.

— J'ai mal au crâne. Ma tête a dû heurter quelque chose.

— Effectivement. Tu t'es cogné contre l'estrade quand tu as maîtrisé Thompson. C'est inquiétant parce que tu es resté inconscient plusieurs minutes. Je me demande d'ailleurs comment tu es parvenu à tirer.

Au fond, ce n'était guère étonnant. Quelques semaines auparavant, le corps criblé de balles, il avait réussi à abattre le truand qui avait tué son coéquipier. Dante était extraordinairement obstiné et elle ne s'en plaindrait plus jamais. Il lui avait sauvé la vie.

— Ne t'en fais pas, j'ai la tête dure.

Elle le gratifia d'un sourire, le cœur plus léger en s'avisant qu'il était capable de s'exprimer de façon cohérente.

— C'est exactement ce qu'a dit Jared.

— Enfoiré !

Elle rit. Dante manquait souvent d'assurance, mais il n'admettait pas que ses frères le critiquent.

— Il essayait de me réconforter, je commençais à flipper.

— Toi ? Où est passée la fille froide et rationnelle que je connais ?

Elle aurait voulu lui avouer qu'elle avait littéralement perdu l'esprit depuis qu'il avait fait irruption dans son existence et qu'elle devenait de jour en jour plus émotive.

— Je pense que tu as chamboulé ma vie.

— J'ai paniqué moi aussi. J'avais peur de te perdre. J'ai besoin de te toucher.

Elle comprenait. Elle lui caressa les cheveux et lui effleura la joue du bout des doigts.

— Tu ne peux pas bouger pour le moment.

— Embrasse-moi !

Sarah glissa un regard vers l'autre femme.

— Allez-y, ne vous gênez pas, fit celle-ci avec un clin d'œil complice.

Sarah se pencha sur Dante et posa ses lèvres sur les siennes avec d'infinies précautions. Il lui rendit son baiser comme si elle était la huitième merveille du monde. Elle s'écarta en le voyant fermer les yeux et s'assoupir de nouveau.

— Nous y sommes, annonça l'ambulancière au moment où le véhicule se garait devant l'hôpital.

Elle sauta à terre, rejointe par le chauffeur qui l'aida à transporter le blessé hors du véhicule.

Sarah leur emboîta le pas, tandis qu'ils poussaient le brancard vers l'entrée des urgences.

Chapitre 17

— Les résultats du bilan de santé de Dante sont satisfaisants, exposa Sarah dans la salle d'attente réquisitionnée par le clan Sinclair et leurs amis. Comme il a perdu connaissance après sa commotion cérébrale, il va rester ici encore un jour ou deux pour parer à d'éventuelles complications.

— Comment va-t-il ? s'inquiéta Grady. Il peut parler ?

Sarah sourit.

— Il ne s'en prive pas, au point que le personnel des urgences aimerait pouvoir le bâillonner. Il n'est... euh... pas très content de séjourner à l'hôpital et il le fait savoir à tout le monde, depuis le Dr. Samuels jusqu'au dernier brancardier dans un langage très... coloré.

— Il est redevenu lui-même, alors, intervint Jared, soulagé.

— Pour le reste, il se porte comme un charme. Le garder en observation est une simple précaution.

Dante aurait beau proférer un tas d'horreurs, il ne serait autorisé à sortir de l'hôpital que lorsque l'on se serait assuré qu'il ne garderait pas de séquelles de sa chute.

Sarah jeta un regard autour d'elle. Grady tenait Emily sur ses genoux, comme s'il ne pouvait supporter de se séparer d'elle une seule seconde. Jared, Randi, Elsie, Beatrice et Joe Landon occupaient les autres sièges disponibles. Même Kristin, son assistante, était là, les traits tirés par l'inquiétude.

— S'il a l'énergie de rouspéter, c'est qu'il va mieux, observa Grady. Je passerai la nuit avec lui au cas où il lui prendrait l'envie de nous fausser compagnie.

Sarah leva la main.

— Non, c'est moi qui resterai jusqu'à ce qu'on l'autorise à sortir. Pourrais-tu m'apporter quelques habits de rechange si ça ne te dérange pas ? ajouta-t-elle à l'adresse d'Emily. (Sarah s'était douchée avant d'enfiler la tenue réglementaire bleu clair de l'hôpital, mais elle préférait porter ses propres vêtements.)

— Bien sûr, j'irai les chercher demain, avec un café *latte* de chez Brew Magic en prime.

— Et de quoi grignoter aussi, suggéra Beatrice. J'ai été hospitalisée une fois et je n'ai jamais aussi mal mangé de ma vie. Heureusement que mon neveu me fournissait mes repas.

Elsie opina du chef.

— Tu es sûre de pouvoir t'en tirer ? s'enquit Jared d'un air dubitatif.

Sarah sourit.

— Sûre et certaine, même si je dois me battre pour que Dante garde le lit. Il va dormir comme un loir cette nuit, j'y veillerai. Pour le moment il résiste, mais il finira par se fatiguer.

Emily sauta sur ses pieds, imitée par Randi. En larmes, elle se jeta au cou de Sarah qui la serra contre son cœur, incluant Randi dans le cercle, et toutes trois s'étreignirent avec effusion. Ses amies étaient vivantes et en sécurité. Quel bonheur !

— J'ai eu tellement peur, sanglota Emily.

— Et moi donc, renchérit Randi. Je ne sais pas comment tu as fait pour tenir tête à ce monstre. Dire que tu étais prête à te sacrifier pour nous !

Sarah s'écarta au bout d'un moment.

— Je suis vraiment désolée de vous avoir embarquées dans tout ça. Vous n'auriez pas dû vous trouver là, ni l'une ni l'autre. Je ne me pardonnerai jamais d'avoir fait venir un tueur à Amesport.

Emily retourna s'asseoir auprès de son mari qui la jucha d'autorité sur ses genoux.

— Tu n'y es pour rien, Sarah, affirma-t-elle avec force. C'est arrivé, un point c'est tout.

Randi prit place à côté de Beatrice, qui lui tapota la main pour la réconforter.

— Pourrais-je vous parler un petit moment, Sarah ? s'interposa le commissaire Landon.

Elle hocha la tête.

— Je sais que vous aimeriez interroger Dante aussi. Voulez-vous que l'on se retrouve dans sa chambre, dès qu'il sera installé ?

— Parfait. En attendant, nous avons un problème. C'est le cirque dehors, ça grouille de journalistes. Le tueur de Chicago a tenu le pays en haleine pendant un bon bout de temps. C'est devenu une histoire d'envergure nationale. Ils ne seront évidemment pas autorisés à pénétrer à l'hôpital ni dans une propriété privée, mais ils vous harcèleront n'importe où, tous autant que vous êtes, acheva-t-il en jetant un coup d'œil circulaire dans la pièce.

Sarah considéra Joe avant de se tourner vers Elsie.

— Je pense qu'Elsie devrait révéler l'affaire. Après tout, elle était présente, et c'est elle qui a appelé la police.

La vieille dame serait ravie. Cela pourrait leur servir d'exutoire, à elle et à son inséparable acolyte Beatrice, et les aider à surmonter le traumatisme.

— J'aurai le scoop, c'est vrai ? s'écria Elsie, la mine réjouie.

Sarah haussa les épaules.

— À mon avis, il serait normal qu'Amesport ait la primeur. En outre, vous étiez un témoin oculaire. Vous êtes par conséquent la mieux placée.

D'autant que, si Elsie publiait l'histoire, les journalistes s'inspireraient de cette source pour relayer l'information puisqu'ils ne trouveraient personne à qui parler, et ils finiraient par se lasser.

Joe lui adressa un clin d'œil pour lui faire comprendre qu'ils étaient sur la même longueur d'ondes.

— C'est vrai, j'ai assisté aux événements de l'intérieur, convint Elsie, surexcitée. Et je compte sur vous tous pour me donner quelques tuyaux.

— Si j'étais vous, je me mettrais au travail sans perdre de temps afin de boucler l'article d'ici demain matin, reprit Sarah. (Le plus tôt serait le mieux, et peut-être que l'effervescence serait retombée lorsque Dante sortirait de l'hôpital.) Je retourne auprès de Dante. On va le transférer dans sa chambre d'une minute à l'autre. (Elle espérait que sa présence le calmerait. Dans le cas contraire, les infirmières en seraient réduites à tirer au sort l'infortunée qui se chargerait de lui.) À tout à l'heure, Joe, ajouta-t-elle en tournant les talons.

— Je vous rejoins dans cinq minutes.

Emily la rattrapa dans le couloir.

— Sarah ?

— Oui ?

— Tu tiens le coup ?

— Ça va, affirma-t-elle pour tranquilliser son amie même si, en réalité, elle fonctionnait comme un zombie, concentrée sur les soins à prodiguer à Dante pour s'empêcher de réfléchir à quoi que ce soit d'autre.

— Nous sommes à l'hôpital. J'ai pensé... je me faisais du souci pour toi... Je me demandais si tu te sentais bien, voilà, débita Emily d'une traite.

Sarah lui lança un regard interrogateur. Brusquement, elle comprit. Emily était la seule, avec sa mère et Dante, à connaître sa phobie.

Elle se trouvait dans un hôpital et n'éprouvait pas d'affolement ni de crise de panique. Au contraire, tout lui paraissait étrangement familier, naturel.

Elle esquissa un sourire.

— Ton beau-frère m'a fait perdre la tête au point que l'idée ne m'a même pas effleurée. Pour répondre à ta question, je me sens très bien, merci.

Curieusement, c'était la vérité. Elle était si inquiète pour Dante qu'elle n'avait même pas eu le temps d'avoir peur.

Emily esquissa un pâle sourire. Déconcertée, Sarah pivota sur ses talons et repartit en direction des urgences.

~

Dante s'éveilla dans un état second. Il se retrouvait là où il espérait ne pas remettre les pieds avant longtemps : à l'hôpital !

Il faisait nuit noire et aucune lumière ne filtrait à travers les stores.

Quelle heure était-il ?

Il tendit le cou pour consulter l'horloge murale dont les aiguilles étaient à peine visibles dans la pénombre.

Trois heures du matin.

Il s'était endormi immédiatement après avoir fait sa déposition auprès de Joe en même temps que Sarah.

Sarah ?

Il se figea, les sens en alerte, jusqu'à ce qu'il la distingue, assoupie dans un fauteuil au chevet du lit.

Dieu merci !

Il la caressa du regard, immensément soulagé de la voir saine et sauve, et laissa échapper une plainte quand sa tête retomba lourdement sur l'oreiller.

Sarah ouvrit aussitôt les yeux.

— Dante, ça ne va pas ? demanda-t-elle d'une voix ensommeillée.

Il sourit.

— Si, si, ça va. J'avais juste oublié ma blessure à la tête.

Malgré sa fatigue, ses yeux cernés et ses boucles blondes en bataille, Sarah était sublime, plus belle que jamais.

Elle se pencha vers lui et promena les doigts dans ses cheveux, contournant adroitement ses plaies ouvertes.

— Tu es sûr ?

L'appréhension qu'il décela dans son regard l'émut profondément, car il savait qu'il en était la cause. Elle avait beau avoir vécu un enfer ces dernières heures, elle n'avait pensé qu'à lui sans verser une larme ni s'apitoyer sur son sort après avoir failli mourir. Elle s'occupait de lui sans se départir de son calme, comme elle l'avait fait pour Emily et Randi.

— Je me sens un peu seul, là. J'ai besoin de compagnie.

Joignant le geste à la parole, il repoussa les couvertures et se décala dans le lit étroit pour lui faire de la place. Il ne portait qu'un pantalon chirurgical noué par un cordon, s'étant débarrassé de la tunique peu confortable fermée dans le dos. On lui avait retiré les cathéters intraveineux, à l'exception d'un seul, implanté dans sa main gauche. Il avait dormi comme une souche dès lors qu'on avait cessé de lui injecter des liquides qui l'obligeaient à se précipiter aux toilettes toutes les cinq minutes.

Il lut l'indécision sur le visage de Sarah et craignit qu'elle ne retourne se réfugier dans le fauteuil, alors qu'il avait tant besoin de sa présence auprès de lui.

Elle l'avait soigné avec un tel dévouement qu'elle en avait oublié ses propres craintes. Elle avait besoin de réconfort et il brûlait de le lui offrir. Elle avait trop présumé de ses forces.

— Cesse de réfléchir, ajouta-t-il en lui prenant la main. Viens là.

Elle obéit et s'allongea à ses côtés.

Il rabattit les couvertures puis, avec une infinie douceur, il attira sa tête contre sa poitrine, persuadé qu'elle se sentirait mieux si elle se confiait à lui.

— Tu as été très courageuse, ce soir. Veux-tu qu'on en parle ?

Elle secoua la tête, enroula un bras autour de son torse et se colla tout contre lui.

Le cœur de Dante se gonfla d'amour pour cette femme fragile, dont rares étaient ceux qui avaient entrevu cet aspect de sa personnalité.

— Veux-tu savoir ce que je ressens ?

Elle acquiesça.

— Pas question que tu t'éloignes de moi sous quelque prétexte que ce soit. J'aurai du mal à oublier le pistolet braqué sur ta tête et la voix de Thompson répétant en boucle qu'il allait te découper en morceaux. Tu as fait preuve d'une bravoure et d'une intelligence hors du commun pour l'occuper aussi longtemps et aider tes amies à s'en sortir. Je n'arrive pas à croire que je te serre dans mes bras en ce moment. Quelle chance !

Sarah se pressa encore plus étroitement contre lui. Elle avait l'impression d'être emportée par un tsunami d'émotions qui balayait tout sur son passage.

— Tu te trompes, je ne suis pas courageuse. J'avais une frousse bleue pour Emily et Randi, et j'étais affolée à la pensée qu'elles risquaient de se faire tuer par ma faute. Après leur départ, j'étais malade de dégoût à l'idée que ce cinglé me touche. Je crevais de peur, Dante, je t'assure. Mais il n'était pas question de le laisser m'agresser sans réagir. Il cherchait à m'effrayer, alors j'ai décidé de ne pas entrer dans son jeu. Et quand j'ai compris que tu étais blessé, j'ai vu rouge et j'ai voulu me venger. C'est pour cela que je lui ai flanqué un coup de genou dans les couilles. Il fallait l'empêcher de se sauver. Je suis tellement heureuse et soulagée qu'il soit mort. Si j'avais été armée, je l'aurais abattu moi-même. J'ai paniqué en constatant qu'il t'avait blessé. Crois-moi, je n'ai aucun courage. J'avais la trouille tout le temps, sanglota-t-elle, comme si les digues qui retenaient ses larmes s'étaient rompues.

Dante la berça tendrement, le cœur déchiré. Il ne l'avait encore jamais vue pleurer. Elle avait frôlé la mort et le choc l'avait sérieusement ébranlée. Elle avait besoin de s'épancher, et il était touché qu'elle l'ait choisi comme confident.

Il promena ses mains dans ses cheveux et descendit le long de son dos jusqu'à ce que le flot de larmes se tarisse.

— Je sais ce que tu éprouves, ma douce. Moi aussi j'ai eu très peur qu'il te fasse du mal. Maintenant que j'y pense, nous sommes à l'hôpital. Comment ai-je pu l'oublier ? Ça va ?

— J'étais si inquiète pour toi que je n'y ai pas pensé une seconde. Ça n'a plus d'importance à présent. Je suis même contente d'être là, figure-toi. L'hôpital me manquait. J'avais besoin de me replonger dans cet environnement. Ou peut-être parce que Thompson est mort ? Quelle qu'en soit la raison, je me sens parfaitement bien.

Dante poussa un soupir de soulagement. Elle avait beau le nier, elle était la femme la plus intrépide du monde. Et elle lui appartenait.

— Tu as vécu un vrai cauchemar, ma chérie. Il faut essayer d'oublier.

— Le tueur de Chicago, tu te rends compte ? Je n'arrive pas à le croire.

— Moi non plus. La police était sur les dents à cause de lui, même à Los Angeles.

— Au fait, il y a des journalistes partout. Tu es devenu un véritable héros.

— Je me fiche d'être un héros. Je voulais juste te sortir de là vivante. Cela dit, je suis très content que Thompson soit mort. Ses victimes devaient être vengées. On vivait dans la hantise à cause de lui, étant donné qu'on n'avait jamais pu le coincer et qu'il n'avait pas payé pour ces meurtres. J'espère que les journalistes vont bientôt arrêter de nous casser les pieds. (Il avait travaillé sur de nombreux cas célèbres, et traiter avec les médias n'était pas exactement sa tasse de thé.)

— Ils vont se faire doubler, remarqua Sarah, amusée. Elsie va révéler l'histoire demain matin. Je suis sûre que le soufflé retombera de lui-même.

Dante eut un petit rire en pensant à la vieille fouineuse qui allait rapporter le scoop de l'année. Si Elsie couvrait l'événement, les médias n'auraient plus rien à se mettre sous la dent, et les esprits finiraient par se calmer.

— Génial ! C'est ton idée ?

— Oui. Elsie va en faire des gorges chaudes jusqu'à la fin des temps.

— Médias ou pas, je rentre à la maison demain matin.

— Tu sortiras d'ici quand le Dr. Samuels te donnera le feu vert.

— Espèce de tyran !

Sarah releva la tête.

— Au fait, je pourrais rentrer chez moi, maintenant que j'y pense.

Il resserra instinctivement son étreinte, incapable de supporter l'idée qu'elle le quitte.

— Non, pas encore. Et Coco ? ajouta-t-il, inquiet en songeant que la petite chienne était enfermée chez lui sans nourriture.

— Emily s'en occupe. J'imagine qu'elle doit être en train de la gaver, comme toi.

— Reste encore un peu avec moi.

— Il faudra bien que je regagne mes pénates un jour ou l'autre.

Jamais de la vie.

Dante préféra garder ses pensées pour lui. Sarah lui appartenait et elle n'irait nulle part sans lui. Il voulait la protéger, l'aider à surmonter le traumatisme qu'elle venait de vivre. Ils n'avaient pas eu le temps d'évoquer l'avenir, trop occupés qu'ils étaient à vivre au jour le jour. Mais ils en parleraient très bientôt. Il n'imaginait pas l'existence sans elle.

— Oui, mais pas maintenant.

— D'accord, fit-elle d'une voix somnolente.

Rasséréné, il poursuivit ses caresses jusqu'à ce qu'elle sombre dans le sommeil.

Chapitre 18

Dante sortit de l'hôpital l'après-midi suivant, au grand soulagement du personnel. Une vive effervescence régnait toujours en ville et la plupart des journalistes étaient restés sur place dans l'espoir de pêcher des informations de première main. Jared et Grady parvinrent toutefois à le conduire sans incident à la résidence de la presqu'île, à l'abri des hautes grilles surveillées par les forces de la police locale. Après avoir déposé Dante et Sarah, ils partirent s'assurer que l'accès était sécurisé et informer les médias que Dante n'accorderait aucune interview. Les correspondants et autres envoyés spéciaux devraient se contenter d'une brève déclaration officielle et rédiger leurs articles à partir du papier d'Elsie.

La chienne surexcitée leur fit fête dès qu'ils eurent franchi la porte (Emily avait promis de la ramener plus tôt dans l'après-midi.)

— Viens là, le toutou, dit Dante en se baissant pour attraper Coco, qui se blottit dans ses bras en quête de câlins.

Il caressa le petit corps frissonnant de bonheur et lui gratta le sommet du crâne. Sarah réprima un sourire en observant l'échange entre l'homme et l'animal. Coco avait vite adopté la maison ainsi que son propriétaire. Elle adorait Dante qui le lui rendait bien, même s'il s'en défendait.

Comme sa maîtresse, la chienne s'était profondément attachée à Dante. À présent, elles allaient toutes deux payer cher le prix d'aimer un homme qui n'était pas d'ici.

Elle l'aimait. Impossible de le nier.

Elle avait eu un coup de foudre pour Dante, mais elle avait toujours refusé de le reconnaître, comprit-elle avec un pincement au cœur. À quoi bon se voiler la face ? Elle était tombée éperdument amoureuse de cet homme fort, dominateur, et en même temps capable d'une tendresse infinie.

Il allait repartir à Los Angeles. Elle avait pressenti depuis le premier jour qu'il ne s'attarderait pas.

Oui, elle l'avait toujours su. Ce qui ne l'avait pas empêchée de prendre des risques. Dante Sinclair représentait une irrésistible tentation pour une femme comme elle ; un homme qui lui faisait miroiter amour et sécurité après une longue traversée du désert affectif. Il l'avait serrée dans ses bras, la veille, quand une vanne s'était ouverte en elle, libérant des émotions qu'elle ne parvenait plus à endiguer. Maintenant qu'elle avait tout déballé, elle ne pouvait plus nier leur existence, ni dissimuler ses sentiments derrière la carapace de logique et de rationalité qu'elle s'était forgée. En réalité, elle n'en avait nullement le désir. Mener une existence vide de tout attachement serait sans doute plus simple, mais ne la rendrait pas heureuse.

Elle serait de nouveau seule. Très bientôt.

Elle réprima l'envie de repartir en courant dans sa petite maison, où elle pourrait panser ses plaies à l'abri des regards.

Maigre consolation.

Elle se rendit à la cuisine et s'adossa au comptoir pour faire le point. Le départ prochain de Dante lui était insupportable, mais cela ne changerait pas grand-chose si elle se séparait de lui maintenant ou dans une semaine. Quant à lui, il n'avait pas l'air enclin à la discussion, préférant vivre au jour le jour.

Elle se sentit gagnée par un sentiment d'impuissance.

Excepté les rares fois où ils avaient fait l'amour, elle n'avait jamais agi spontanément, sans réfléchir aux conséquences de ses actes.

— Une petite balade ? proposa Dante depuis le seuil de la cuisine.

Sarah se retourna et vit la main qu'il lui tendait.

Pourquoi ne pas accepter ? Profiter de l'instant et savourer les derniers moments de bonheur qu'il pourrait lui offrir ?

Elle planta son regard dans le sien et comprit qu'elle serait incapable de lui résister. Maintenant que Thompson était mort et que la menace avait disparu, plus rien ne les empêchait de se promener au bord de la mer sans être constamment sur leurs gardes.

Elle accepta sa main sans plus hésiter. Ils se dirigèrent vers la plage en parlant de choses et d'autres, suivis de Coco. La petite chienne s'approchait prudemment des vagues, puis les regardait se retirer en aboyant, comme si elle avait repoussé l'ennemi. C'était à mourir de rire. Plus tard, Dante aida Sarah à construire un château de sable (encore une grande première). Elle contemplait avec fierté le résultat de ses efforts, qui ressemblait plutôt à un gros tas de boue, quand Coco se lança à l'assaut de la forteresse improvisée, piétinant tout sur son passage et provoquant un nouvel accès de fou rire.

Sarah sentait sa gorge se nouer chaque fois que Dante capturait sa bouche ; à croire qu'il voulait la marquer au fer rouge de ses longs baisers langoureux. Parfois, il se bornait à effleurer ses lèvres, comme pour s'assurer qu'elle était toujours là, bien vivante. Elle était décidée à savourer cet instant magique qu'elle voulait fixer à jamais dans sa mémoire, le chérir comme un trésor au fond de son cœur.

Il lui raconta des anecdotes sur ses frères et sa sœur, omettant de mentionner ses parents – un père extrêmement violent et une mère distante.

Ils se protégeaient mutuellement.

Chaque histoire s'achevait sur un frère tirant l'autre du pétrin. Ils avaient beau adorer se taquiner, ils finissaient toujours par voler au secours les uns des autres.

— J'aurais aimé avoir un frère ou une sœur, confia Sarah sur le chemin du retour, trempée et couverte de sable.

— Ta mère ne s'est jamais remariée ?

— Pas à ma connaissance. Elle était obnubilée par mon éducation.

Ils firent halte sur le seuil, le temps de se débarrasser de leur jean pour éviter de salir la maison avant de monter à l'étage. Dante protesta lorsque Sarah l'envoya se doucher dans sa propre salle de bains.

— Défense de te fatiguer aujourd'hui. Cela inclut n'importe quel effort, précisa-t-elle en se dirigeant vers la chambre d'amis, certaine qu'il comprendrait le sous-entendu.

Elle sentit son regard lui brûler la nuque tandis qu'elle entrait dans la pièce et refermait la porte derrière elle.

~

La fenêtre de sa chambre était grande ouverte. Pourtant, malgré le murmure apaisant du ressac, il ne parvenait pas à trouver le sommeil, et il en connaissait la raison.

Il ne parviendrait jamais à dormir sans Sarah.

Dante roula sur le dos avec un grognement agacé. Savoir qu'elle se trouvait dans la chambre d'amis au bout du couloir le rendait fou.

Il n'y avait rien de pire que d'être obsédé par une femme, médecin de surcroît !

Elle avait insisté, discourant sur son besoin de reprendre des forces après sa blessure.

Il avait la tête aussi dure qu'une boule de bowling. Il ne voyait pas l'utilité de dormir seul, et n'en avait d'ailleurs pas la moindre envie.

Bien sûr, il aurait pu lui forcer la main, employer la séduction pour lui donner envie de partager son lit, mais il s'en était abstenu. Elle l'avait menacé de rentrer chez elle s'il n'était pas raisonnable.

Elle pouvait toujours essayer !

Pour autant, l'idée de ne plus l'avoir auprès de lui avait suffi à lui faire adopter un profil bas. Après dîner, ils avaient passé une agréable soirée au cours de laquelle Sarah avait improvisé au piano. Dante était peu familier du répertoire classique, mais cela n'était pas nécessaire pour deviner son état d'esprit : il n'avait jamais entendu de musique plus sombre et mélancolique. Quelque chose la perturbait, et il ne savait comment la réconforter. Elle lui avait brisé le cœur quand elle s'était blottie dans ses bras en sanglotant la nuit d'avant, à l'hôpital, et il s'était efforcé de lui faire oublier ses peurs et son chagrin, ne supportant pas de la voir aussi bouleversée. Cette fois, c'était différent. Elle n'avait pas l'air particulièrement effrayé, mais Dante n'arrivait pas à mettre le doigt sur ce qui la rendait si vulnérable. Il n'aimait pas la voir dans cet état-là.

Elle semblait... triste, morose. Il n'aurait jamais dû la laisser seule, mais il avait craint qu'elle ne joue les filles de l'air, or il ne pouvait décidément pas s'opposer à son départ maintenant que sa vie n'était plus en danger.

Elle était libre de faire ce qu'elle voulait.

Loin de s'en féliciter, il s'en effrayait. Au fond, il devait s'estimer heureux qu'elle soit enfin hors de danger. Mais un jour ou l'autre, elle le quitterait pour reprendre une autre existence, sans lui ; cette idée le rendait complètement dingue.

Dire qu'il était allongé là, les yeux rivés au plafond, tandis que la femme qu'il désirait plus que tout au monde dormait dans la chambre d'amis au fond du couloir. D'un autre côté, il pouvait toujours se consoler en se disant que sa présence, même à distance, était préférable à son absence.

Un beau tissu d'âneries !

Il n'était pas du genre à se résigner ; or c'était exactement ce qu'il était en train de faire. En réalité... la seule pensée de la perdre le terrifiait.

Allait-il passer le reste de la nuit à contempler le plafond ?

Il aurait dû l'attacher si étroitement qu'elle aurait été incapable de s'arracher à lui. Depuis quand se laissait-il influencer par la peur ?

Il risquait de perdre par bêtise son bien le plus précieux.

En réalité, il avait beaucoup moins de mal à traquer des criminels qu'à envisager l'éventualité que Sarah puisse le quitter pour ne plus revenir.

Jamais !

Dante bondit du lit, partagé entre l'appréhension et la détermination. Avec l'entêtement et la persévérance qui le caractérisaient, il ne resterait pas plus longtemps à se morfondre. Sarah Baxter allait voir ce qu'elle allait voir. Et elle ne pourrait pas faire la sourde oreille.

Il ouvrit la porte, un sourire machiavélique aux lèvres, et longea le couloir menant à la chambre d'amis. Il entra et, silencieux comme un chat, il referma le battant et s'y adossa. La faible clarté filtrant par les fenêtres éclairait la silhouette étendue sur le lit. Il se figea, stupéfait par la scène qui se déroulait sous ses yeux.

Sarah était réveillée, la tête renversée en arrière, les paupières closes, une main entre les cuisses. Elle était vêtue d'une minuscule nuisette arachnéenne en satin qui la faisait ressembler à une séductrice flamboyante, toute vêtue de rouge et de noir ; la minuscule culotte assortie gisait sur le sol au pied du lit. Ses cheveux défaits sur l'oreiller auréolaient son visage. Elle pétrissait son clitoris avec la dernière énergie en murmurant son nom à lui.

Les poings serrés, le souffle court, Dante la regarda s'évertuer à atteindre l'orgasme.

Elle fantasmait à son sujet, s'imaginant qu'il la faisait jouir.

Il hésitait à se transformer en voyeur et se rincer l'œil devant le spectacle délicieusement érotique qu'elle lui offrait. Mais sa bite insatiable exigeait sa part d'action, et il brûlait de la sentir exploser autour de lui tandis qu'il s'enfoncerait en elle avant de la rejoindre dans l'extase.

Elle s'interrompit et se cacha la tête sous l'oreiller avec un cri de frustration.

Elle apprenait à apprivoiser, à explorer son corps.

Il avait pris sa décision. Il n'allait quand même pas la laisser ruminer un échec. Il rampa sur le lit et écarta l'oreiller, puis, saisissant le bas de sa chemise de nuit, il retira le vêtement qui atterrit par terre avant qu'elle n'ait eu le temps de protester. Il entrelaça leurs doigts et les guida vers son entrejambe.

— Essaie encore. Touche tes tétons.

— Je n'y arrive pas...

Elle avait l'air horriblement gêné qu'il ait assisté à ce fiasco. Il aurait voulu la rassurer, lui dire qu'elle n'avait pas à avoir honte, que c'était le tableau le plus sexy du monde. Au lieu de quoi, il résolut de lui faire une démonstration.

— Bien sûr que tu peux. Allez, recommence, ordonna-t-il en écartant ses lèvres intimes de leurs mains jointes.

Leurs doigts encerclèrent son bourgeon palpitant, lui arrachant un cri. Il s'empara de son autre main et la posa sur ses seins.

— Caresse-toi, ordonna-t-il, satisfait de la voir pincer et titiller chacun de ses mamelons à tour de rôle. Tu es si belle comme ça, ma chérie. Laisse-toi aller.

— J'ai essayé... C'était bon, mais je n'ai pas réussi à...

Dante plaqua deux doigts sur son clitoris et pressa la chair sensible.

— Frotte plus fort.

Il ne la lâcha pas du regard tandis que, de la paume, il l'aidait à se donner du plaisir. D'une certaine manière, l'observer écartelée et perdue alors qu'il la propulsait vers les sommets était presque plus intime que la baiser pour de bon. Sarah ferma les yeux, rejeta la tête en arrière et se mit à balancer les hanches pour attirer la main de Dante là où elle voulait.

— Imagine ma bouche entre tes cuisses, ma langue sur ton bourgeon.

C'était exactement là où il aurait aimé se trouver, mais ce n'était pas le moment.

— Oh... c'est trop bon !

Il vit son corps se tendre tandis que leurs doigts entrecroisés jouaient avec son clitoris. Elle haletait, le corps secoué de frissons. En même temps, elle pinçait ses mamelons avec frénésie. Il était hypnotisé par la vision de leurs mains unies qui s'activaient sans relâche, tandis que ses petits cris de gorge le poussaient à accélérer le rythme de ses caresses.

— Jouis pour moi, Sarah, abandonne-toi.

L'extase déferla en elle alors qu'elle criait son nom, qu'il cueillit sur ses lèvres.

Elle s'immobilisa, puis retomba mollement sur le matelas ; seule sa respiration laborieuse troublait le silence. Il n'aurait jamais cru possible de se sentir aussi proche d'une femme.

Elle lui appartenait. Elle était sienne.

Il aurait voulu la serrer encore plus fort dans ses bras, fusionner avec elle, afin que rien ni personne ne les sépare jamais.

— J'ai envie de toi, dit-il d'une voix rauque.

Elle s'accroupit, l'enveloppant d'un regard d'adoration.

— Moi aussi, mais tu ne dois pas te fatiguer.

Il roula sur le dos.

— Alors fais-moi l'amour, Sarah.

— Comment ?

Il souleva une de ses jambes et la plaqua sur sa cuisse. Après quoi, il la jucha sur sa queue.

— Comme ça. Chevauche-moi. C'est toi qui imprimeras la cadence.

Il la sentait indécise, et laissa échapper un soupir de contentement quand elle s'empara de sa verge et l'insinua en elle. Il ne répondrait plus de rien s'il ne se glissait pas dans sa moiteur maintenant, tout de suite.

— Viens ! ordonna-t-il.

Elle s'empala sur son sexe érigé avec une affolante lenteur.

Dante s'agrippa aux draps, résistant à l'envie de l'attraper par la taille et contrôler la situation. Pourtant, il n'en fit rien. D'un souple mouvement du bassin, elle l'enfouit profondément en elle, la tête rejetée en arrière.

— Mmm... tu es si dur.

— Baise-moi.

Elle s'accrocha à ses épaules et se mit à onduler des hanches encore et encore, s'enfonçant plus vite, plus loin à chaque assaut. Incapable de résister, il plaça une main derrière sa nuque et captura sa bouche, harponnant sa langue avec la sienne dans une prière muette. Elle avait un goût de menthe et de luxure, un cocktail explosif qui le rendait fou de désir.

— Aide-moi à te faire du bien, susurra-t-elle quand il s'écarta pour reprendre son souffle.

Le frottement de ses tétons contre son torse était la plus douce des musiques à son oreille.

— Ça ne peut pas être mieux, ma belle, sans quoi ce sera la combustion assurée.

Dominant au lit, il n'était pas très porté sur ce genre de pratique, mais avec Sarah, on aurait dit que c'était la chose la plus normale et naturelle du monde. Il se grisait de son parfum tandis qu'elle remuait sur sa verge, l'enserrant dans son fourreau étroit et humide.

Elle se redressa, promena ses mains sur son torse, puis planta ses ongles dans ses épaules pour garder l'équilibre.

Incapable de supporter plus longtemps cette délicieuse torture, il lui empoigna les hanches et s'enfouit en elle, accordant son rythme au sien.

— Oh oui..., bredouilla-t-elle tandis qu'il reprenait le contrôle, accélérant l'allure pour accroître les délices de la friction.

Elle se raidit, et il comprit qu'elle était au bord de l'orgasme quand il sentit les parois de son sexe se contracter violemment autour du sien. Encore une ultime ruade, et il se répandit au plus profond d'elle dans un râle.

Il la fit basculer sur lui et entoura de ses bras son corps agité de soubresauts, luisant de sueur.

Elle était à lui et personne ne la lui prendrait jamais.

— Dire que tu devais éviter de te fatiguer, murmura Sarah, amusée.

Il enfouit la main dans ses cheveux.

— Impossible de résister.

— Je ne voulais pas que tu me voies en train de...

— Ne sois pas gênée, ma douce. Tu n'as rien fait de mal. Se donner du plaisir est souvent plus jouissif que l'acte lui-même.

Elle éclata de rire et se lova contre lui.

— Je l'avais compris dès le premier jour.

Comme il aimait cette femme si belle, chaleureuse, intrépide, intelligente, capable de conserver son sens de l'humour et sa douceur malgré tout ce qu'elle avait enduré ! Maintenant qu'il n'était plus nécessaire d'assurer sa protection, il voulait repartir du bon pied. Mais c'était à elle de décider.

— J'aimerais que tu passes un peu de temps avec moi, pas par obligation, mais parce que tu en as envie.

Le front appuyé sur son épaule, elle ne répondit pas. S'était-elle assoupie ? Elle finit par hocher la tête.

Dante se détendit et resserra instinctivement son étreinte. Sa réponse manquait peut-être d'enthousiasme, mais elle était d'accord et c'était l'essentiel. Pour l'instant. Elle s'allongea auprès de lui. Il l'enlaça et ils s'endormirent aussitôt, membres entremêlés.

Chapitre 19

Dante avala la dernière bouchée de son sandwich au homard.

— Que regardes-tu ? demanda-t-il.

Sarah était plantée devant la vitrine d'une vieille bâtisse dont la façade patinée s'écaillait. Chaque fois qu'elle avait l'occasion de pénétrer dans la boutique de Mara Ross, elle était séduite par l'atmosphère chargée d'histoire qui imprégnait les lieux. Dolls and Things était un joyeux capharnaüm rempli d'objets hétéroclites. Elle remarqua que la grande poupée victorienne blonde aux yeux bleus vêtue d'une robe de velours rouge, sa préférée, était toujours en vente.

— J'adore ce magasin, même si je n'achète jamais rien, répondit-elle.

Il la prit par la taille.

— On entre, si tu veux.

Il ouvrit la porte et s'effaça pour la laisser passer. Sarah le gratifia d'un grand sourire en franchissant le seuil. Elle examina les tableaux accrochés aux murs et les poupées à l'exquise facture exposées dans la boutique. Mara Ross avait hérité du commerce après le décès de sa mère, environ un an plus tôt, poursuivant ainsi la tradition de la fabrication des poupées, ininterrompue depuis plusieurs générations à Amesport. Sarah prit le temps d'admirer les nouvelles créations, une habitude prise au cours de la dernière semaine passée en compagnie de Dante, la plus heureuse de son existence.

Il lui avait appris à profiter du moment présent, ce qu'il paraissait d'ailleurs apprécier autant qu'elle. Ensemble, ils faisaient de longues promenades au bord de la mer, ou contemplaient l'océan pendant des heures en écoutant le bruit des vagues qui se brisaient sur la plage. Dante s'était procuré un vélo à son tour, et ils sillonnaient les pistes cyclables de la région, s'attardant chaque fois qu'il leur prenait l'envie d'explorer les lieux. Dante insistait pour qu'elle enfile son équipement de protection et, fort heureusement, il avait fini par la dispenser du jean et du T-shirt à manches longues qu'il lui imposait, car elle s'était plainte d'étouffer en cette période de grosses chaleurs.

Souvent, le soir, elle jouait du piano ou bien ils se livraient à des jeux stupides, dignes de la cour de récré, qui les faisaient mourir de rire. Sarah savourait chaque instant, au point qu'elle avait allégé sa charge de travail pour passer plus de temps avec Dante même si, elle le savait, elle aurait le plus grand mal à se détacher de lui, le moment venu. Quoi qu'il en soit, elle n'aurait renoncé pour rien au monde à la semaine magique qu'ils venaient de vivre ensemble. Ce jour-là, après un café *latte* au Brew Magic, ils avaient flâné dans Main Street en faisant du lèche-vitrine comme un couple de touristes amoureux. Incapable de résister, Dante avait englouti à la file trois sandwichs au homard.

Il était devenu accro et serait probablement en manque une fois reparti, songea Sarah qui se dépêcha de chasser cette pensée de son esprit.

Elle n'était toujours pas rentrée chez elle, même si la remise en état de son pavillon était achevée depuis longtemps. Dante était comme une drogue dont elle était incapable de se passer. Chaque nuit partagée avec lui était unique. Il aimait le sexe tantôt sauvage, tantôt sensuel, et d'autres fois, il était si tendre qu'il faisait fondre ses dernières défenses. Elle avait alors l'impression que son univers basculait et que rien ne serait plus jamais comme avant.

Elle le rejoignit au moment où Mara lui remettait un sac volumineux. Apparemment, Dante avait trouvé son bonheur.

Mara Ross était une jeune femme discrète aux courbes épanouies. Ses cheveux châtains, mi-longs, étaient noués à l'aide d'une barrette sur la nuque. Ses yeux bruns pétillaient derrière ses lunettes et elle avait le sourire facile, en dépit de sa réserve. Elle connaissait l'histoire de la ville sur le bout des doigts, sa famille étant établie à Amesport depuis sa fondation.

— Cette maison était à l'origine la propriété des Sinclair, expliqua-t-elle.

— Ah bon ? s'étonna Sarah.

Mara acquiesça avant de se tourner vers Dante.

— Savez-vous dans quelles circonstances votre famille a acquis la presqu'île ? Elle appartenait à un Sinclair, un capitaine au long cours. Il avait acheté le terrain afin d'y construire une vaste demeure pour sa femme et ses enfants, mais il est mort en mer avant de réaliser son projet. La maison a été vendue, mais la presqu'île est restée en la possession des Sinclair.

— Je l'ignorais, reconnut Dante. Ma famille possède des biens un peu partout. Je n'ai jamais eu la curiosité de faire des recherches.

— La presqu'île appartient à votre famille depuis plusieurs générations, monsieur Sinclair.

Il lui sourit.

— Appelez-moi Dante, je vous en prie.

Mara opina de la tête.

— Votre frère, Jared, doit être au courant. Il m'a posé un tas de questions à ce sujet et je lui ai conseillé de consulter le cadastre à la mairie. Je connais les grandes lignes, mais j'ai pensé qu'il trouverait des réponses plus précises dans les registres.

— Jared vous a posé des questions ?

— Oui, l'histoire des Sinclair semble le passionner.

— Depuis quand êtes-vous propriétaire des lieux ?

— La maison ne nous appartient pas. Ma grand-mère a été la première locataire. Il faudrait entreprendre d'importants travaux de rénovation. Je fais ce que je peux, mais le propriétaire n'est pas très chaud et il se contente du strict minimum.

— C'est une bien belle bâtisse, intervint Sarah.

— C'est vrai, renchérit Mara avec enthousiasme. J'aimerais pouvoir la restaurer de fond en comble.

Dante la remercia, tandis que Sarah la saluait d'un geste avant de prendre congé.

— Je me demande ce que mon frère mijote, marmonna Dante, tandis qu'ils remontaient Main Street main dans la main.

— Peut-être s'intéresse-t-il réellement à l'histoire de votre famille.

— J'en doute. Je crois plutôt que c'est Mara qui l'intéresse. Tu as vu son expression quand elle a mentionné son nom ?

Sarah n'imaginait pas Jared faisant du gringue à cette jeune femme timide et effacée. Elle ne pourrait jamais rivaliser avec les créatures élégantes et raffinées qui gravitaient autour de lui.

— Elle est adorable, mais elle n'est pas son genre si tu veux mon avis.

Dante l'entraîna dans une ruelle bordée de boutiques. Il la plaqua contre un mur de briques et l'emprisonna de ses bras.

— Maintenant que j'y pense, je n'ai pas vu Jared sortir avec une fille depuis un bout de temps, observa-t-il. Tu crois qu'elle n'est pas son type parce qu'elle est trop gentille ? Emily l'est aussi, et regarde ce qui est arrivé à Grady. Quant à toi... tu vois où ça m'a mené ? Les femmes douces sont le point faible des Sinclair. Elles nous attirent comme la lumière le papillon, parce que nous sommes de parfaits imbéciles.

Sarah ravala la boule qui lui obstruait la gorge. Elle leva les yeux et surprit le regard à la fois taquin et troublé qu'il fixait sur elle.

— Ça ne va pas ?

— Je suis autant à plaindre que Grady, répondit-il, même s'il n'avait pas du tout l'air malheureux. Embrasse-moi.

— Et si je refuse ? fit-elle, provocante.

Il se dandina d'un pied sur l'autre, l'œil narquois.

— Si tu me fais languir, je vais défaillir et je serai bon à ramasser à la petite cuillère.

Sarah réprima un fou rire tandis que Dante roulait des yeux comme s'il était pris d'un malaise.

— Ça y est, je suis sur le point de m'évanouir, déclara-t-il d'une voix mourante.

— Si tu veux un avis médical, tu ne risques rien, ne t'inquiète pas.

Elle rit, agrippa son T-shirt et se pendit à son cou, collant sa bouche à la sienne. Son cœur rata un battement, tandis que Dante reprenait le contrôle de la situation. Il la serra dans ses bras, les lèvres scellées aux siennes comme pour mieux la marquer de son sceau. Leurs langues fusionnèrent, se fouillèrent, déclenchant un tourbillon de sensations intenses. Il pressa ses hanches contre les siennes, et elle sentit son érection palpiter contre son ventre. Il l'excitait, la provoquait, l'aguichait, à tel point que, grisée, elle oublia qu'ils risquaient d'être vus. Ils étaient à l'abri des regards indiscrets, mais ils pouvaient se faire surprendre à tout moment. Elle s'en moquait et, dans un élan de passion, elle s'abandonna à l'étreinte possessive de Dante.

Il finit par s'écarter, la laissant pantelante. Il s'adossa au mur et l'attira à lui.

— Je dois rentrer à Los Angeles, seulement... c'est au-dessus de mes forces, Sarah. Je ne veux pas te quitter. Viens avec moi.

Elle prit une profonde inspiration pour dominer son émotion et pressa son front contre son épaule. Ils avaient vécu des moments merveilleux, mais le temps les rattrapait.

— Quand comptes-tu partir ?

— Vendredi. Je dois reprendre mon service ou prolonger mon congé. Ils sont à court de personnel et...

— Je comprends.

Elle n'avait pas besoin d'en entendre davantage. Dante avait des responsabilités, il n'était pas seul et devait penser à son équipe. Il n'avait pas le choix. Il s'en irait vendredi, dans deux jours à peine...

— J'ai besoin de toi, insista-t-il. Je t'en demande beaucoup, je sais. L'argent n'est pas un problème, et tu auras tout le temps nécessaire pour installer ton cabinet. On sera ensemble. Accompagne-moi, Sarah.

Revenue de la surprise où l'avait plongée cette proposition, elle envisagea sans grand enthousiasme l'idée de retourner vivre dans la grande ville. L'existence qu'elle menait à Amesport lui plaisait, mais elle tenait plus encore à Dante. Sans lui, plus rien n'avait d'importance.

— Je ne peux pas partir vendredi, objecta-t-elle. Je vais devoir céder mon cabinet, m'occuper de mes patients, il y a un tas de choses à régler.

Il recula d'un pas et la dévisagea intensément.

— Mais tu viendras, hein ?

— Dans un mois ou deux. Promis.

— Deux semaines, pas une de plus. Je ne pourrai jamais attendre un mois, insista-t-il avec une pointe de désespoir dans la voix.

Sarah sentit son rythme cardiaque s'accélérer. Elle entendit son propre sang battre à ses tempes et son cœur cogner dans sa poitrine.

— Un mois ou deux au maximum, répéta-t-elle. Dante, je ne peux pas abandonner mes patients comme ça.

— Je sais. Ça va être dur. Réellement. Deux mois, c'est trop long.

Elle lui assena une chiquenaude sur la poitrine en riant.

— Tu es complètement obsédé !

— C'est vrai... depuis que je t'ai rencontrée. Enfin, disons presque tout le temps.

Elle frappa plus fort, l'obligeant à reculer. Elle était soulagée qu'il désire vivre avec elle. Ils n'avaient jamais évoqué l'avenir, et voilà que la perspective d'un futur radieux s'ouvrait à elle. Elle n'aurait pas à le quitter. Quel bonheur !

— Je ferai le plus vite possible, promis. Coco vient avec moi, je t'avertis.

— Maudite bestiole, marmonna-t-il avec un petit rire. Mais bon, si c'est le prix à payer, j'accepte le marché.

Sarah savait que Dante adorait la petite chienne. Il ne pouvait pas le nier. Il lui donnait en douce des nourritures défendues et profitait de la moindre occasion pour la gâter.

— Elle te manquerait si je ne l'emmenais pas avec moi, pas vrai ?

Ils reprirent à pas lents la direction de Main Street.

— Sarah !

Elle lui jeta un regard interrogateur.

— Oui ?

— Quelqu'un me manquera plus que le sexe. Toi.

Il avait l'air si sincère qu'elle sentit son cœur battre follement dans sa poitrine.

— Tu me manqueras aussi, admit-elle en caressant sa joue râpeuse.

Vivre sans Dante serait comme éteindre la lumière qu'il avait allumée en elle, la plongeant dans les ténèbres et une solitude d'autant plus profonde qu'elle savait à présent combien il était merveilleux de ne plus être seule.

Il lui prit la main et embrassa le creux de sa paume avant de lui tendre le sac de chez Dolls and Things.

— Un petit cadeau.

— Qu'est-ce que c'est ?

— Quelque chose dont tu as envie depuis longtemps.

Sarah ouvrit le sac et découvrit la magnifique poupée victorienne qui trônait dans la vitrine de Mara. Elle déposa un baiser sur les joues rebondies, caressant le velours de la robe du plat de la main.

— Oh ! J'adore cette poupée.

Le regard de Dante s'adoucit.

— Pourquoi ne l'as-tu pas achetée, dans ce cas ?

— J'ai vingt-sept ans. Ça n'a pas de...

— De sens ? compléta-t-il en souriant. Un tas de choses fabuleuses dans la vie n'ont pas de sens.

Comme si elle ne le savait pas ! Leur relation non plus n'avait aucun sens, du moins en apparence. En réalité, ils étaient faits l'un pour l'autre.

— Ce sera un magnifique souvenir d'Amesport, dit-elle, très émue. Merci.

Dante haussa les épaules.

— Ce n'est pas grand-chose.

En quoi il se trompait. Ce modeste présent venait du cœur et la touchait profondément. Curieux qu'il lui ait offert les plus beaux cadeaux qu'elle ait jamais reçus – un vélo et cette sublime poupée. Comment avait-il su deviner ses désirs les plus secrets ? Elle rangea avec précaution la poupée dans le sac, qu'elle lui rendit. Dante lui prit la main d'un geste possessif et la guida jusqu'au bout de la rue, où il avait garé son pick-up.

— Tu ne rentres pas en Californie en voiture ? observa-t-elle.

— Bien sûr que non. Cela me prendrait un temps fou et je devrais partir aujourd'hui, en plus. Je vais demander à Evan de me l'expédier.

Vendredi.... après-demain.

Il ne restait que vingt-quatre heures à passer ensemble. Dante devait décoller tôt dans la matinée afin de reprendre son service avant le début du week-end.

— Qu'aimerais-tu faire demain ? s'enquit-elle. Je vais annuler mes rendez-vous pour ton dernier jour parmi nous.

Il tourna la tête et la considéra, l'œil rieur.

— Tout ce que je veux ?

Sarah connaissait bien ce sourire, et son cœur s'emballa.

— Oui.

— Tu vas le regretter.

Le lendemain, Sarah avait le corps endolori, mais elle ne regrettait rien. Dante avait obtenu gain de cause ; ils étaient restés au lit toute la journée.

~

Ce soir-là, Jared et Grady étaient venus dire au revoir à Dante.

— Je suppose que tu ne vas pas tarder à nous quitter toi aussi, observa Grady en démarrant son pick-up.

Jared aurait pu rentrer chez lui à pied, mais il avait envie de profiter un peu plus longtemps de la compagnie de son frère.

— Oui, bientôt, répondit-il évasivement. J'ai l'impression que ces deux-là ont passé la journée à faire des galipettes. On aurait peut-être dû les prévenir ? (Il n'avait pas manqué de remarquer la mine fourbue mais satisfaite de Dante et la tenue débraillée de Sarah.)

Grady manœuvra pour sortir de l'impasse.

— Sûrement pas. On les a interrompus en pleine action, si tu veux mon avis. Ils étaient gênés comme tout, c'était trop drôle, conclut-il, une lueur espiègle dans les yeux.

Jared dévisagea son aîné. Il cachait bien son jeu sous ses airs froids et distants.

— Qui sait quand on le reverra ? soupira-t-il, désolé de voir que leur frère, qui avait failli mourir, repartait déjà.

— Samedi au plus tard, répliqua Grady avec une désinvolture étudiée.

— Tu oublies qu'il s'en va demain !

— Il reviendra après-demain, je te dis. Il est dingue de Sarah. Il n'en a peut-être même pas conscience, mais il ne supportera pas d'être séparé d'elle même un mois ou deux, le temps qu'elle règle ses affaires ici. En plus, elle est heureuse à Amesport, et lui aussi, d'ailleurs.

— Je ne vois pas ce que l'amour a à voir là-dedans, grommela Jared, persuadé que son frère déraisonnait. Il a sa vie à Los Angeles, son boulot qui l'attend.

— Un jour, tu rencontreras une femme dont tu tomberas amoureux. Elle te fera perdre tous tes moyens, tu seras complètement obsédé, jusqu'à ce que tu t'enfonces dans le crâne que l'amour est ce qu'il y a de plus important au monde.

— Tu rêves, répondit Jared, qui se tortilla sur son siège, luttant contre l'envie de retourner séance tenante dans la boutique de Mara Ross pour contempler son doux visage et entendre le son de sa voix.

Elle allait le détester. Elle ne lui adresserait plus la parole quand elle apprendrait ses projets.

Grady se gara devant la maison de Jared.

— Samedi, mon vieux, je te dis. On parie ?

Parier ? Jamais de la vie. Il avait vu comment Grady regardait Emily, et il avait surpris la même lueur d'adoration dans les yeux de Dante. Décidément, ses deux frères étaient des causes perdues. Il jura entre ses dents, songeant avec sympathie que Dante serait bientôt aussi ravagé que leur aîné.

— Non merci, dit-il. Je préfère rester spectateur.

— Tu sais que j'ai raison, affirma Grady, tandis que son cadet descendait du véhicule et claquait la portière.

Jared regarda disparaître les feux arrière après que Grady eut fait demi-tour. Et s'il était dans le vrai ?

Un autre de ses frères allait-il mordre la poussière ? En supposant que Dante soit la prochaine victime, il lui souhaitait autant de bonheur qu'à Grady et Emily. Il le méritait après tout ce qu'il avait enduré. À en juger par la tête de son frère ce soir-là, Grady n'avait peut-être pas tort. Dante ne tiendrait pas vingt-quatre heures loin de Sarah.

Un jour, tu rencontreras une femme...

Grady pouvait parler. Le bonheur et l'amour, ce n'était pas pour lui. Et ce qu'il avait fait aujourd'hui le confortait dans l'idée qu'il était un abruti fini doublé d'un égoïste. La mine sombre, Jared fourra les mains dans ses poches et se dirigea vers le porche de la maison, persuadé qu'il resterait seul jusqu'à la fin de ses jours.

Chapitre 20

Elle aurait dû lui révéler ce qu'elle éprouvait. Pourquoi s'était-elle abstenue ?

Sarah regarda Dante franchir le contrôle de sécurité, puis disparaître avant d'embarquer à bord du jet privé de Grady. Elle avait préféré ne pas brusquer les choses et attendre le bon moment pour lui dévoiler ce qu'elle ressentait. Leur relation était si nouvelle... si extraordinaire. Elle avait craint de tout gâcher en lui ouvrant son cœur. À présent, elle était saisie d'une sorte d'urgence incontrôlable. Les mots se bousculaient dans sa gorge, lui brûlaient les lèvres.

Pourquoi s'était-elle tue ?

Ils n'avaient jamais parlé de sentiments. De besoin, d'envie, de désir... oui... mais jamais d'amour. Et maintenant, il était trop tard. Les joues mouillées de larmes, elle gagna la sortie et se dirigea vers le parking, cherchant sa voiture d'un regard absent.

Elle avait appris à son corps défendant combien la vie était courte. À vingt-sept ans, elle avait frôlé la mort à deux reprises et savait qu'il ne fallait pas atermoyer pour dire ce qu'on avait à dire.

Elle n'avait pas eu le cran.

Elle se serait effondrée si Dante n'avait pas répondu favorablement. Au fond, c'était sans importance. Elle l'aimait et il était essentiel qu'il le sache, puisqu'il lui avait proposé de vivre sous le même toit. De deux choses l'une : il réagirait positivement ou pas. Certes, elle était novice en ce qui concernait l'amour, mais elle aurait quand même dû le crier sur les toits. Elle aurait voulu le lui faire comprendre la veille, mais elle était restée muette.

Pourquoi n'avoir rien dit ?

Elle resta immobile, affalée sur son siège, submergée par la douleur de la séparation, à quoi s'ajoutait l'amertume des mots non prononcés. Aurait-elle moins souffert si elle lui avait avoué qu'elle l'aimait ? Peut-être. Mais il était parti et elle l'avait laissé dans l'ignorance.

Soudain, que Dante ait gardé le silence ou qu'il soit trop tôt pour mettre son cœur à nu, cela lui semblait dérisoire. Il fallait qu'elle lui déclare son amour. Le besoin était si impérieux qu'elle se mit à fouiller dans son sac à la recherche de son téléphone portable. Elle lui envoya un message, certaine qu'il le lirait à son arrivée en Californie. Elle le lui répéterait de vive voix à la première occasion. Il n'y avait rien d'autre à faire pour le moment.

— Je t'aime, chuchota-t-elle, regrettant pour la énième fois de ne pas avoir eu l'occasion de s'épancher avant son départ.

Elle soupira, essuya ses larmes d'un revers de main, mit le contact et démarra.

~

— Toutes mes excuses pour le retard, monsieur Sinclair, annonça le pilote, un homme entre deux âges, en se dirigeant vers le cockpit. Nous serons bientôt en vol.

Dante hocha la tête. Maintenant qu'il avait pris sa décision, il lui tardait de se mettre en route et de regagner Los Angeles au plus vite.

Pour quoi faire ? Il se retrouverait entre les quatre murs de son petit appartement, où aucun tableau, aucune photo n'égayait les murs. Déprimant.

Nul doute que le contenu de son réfrigérateur serait avarié, ce qui n'aurait rien d'étonnant. Il ne prenait jamais ses repas chez lui, sauf les plats à emporter dont les restes pourrissaient invariablement. En général, il attendait que l'odeur nauséabonde l'oblige à les balancer à la poubelle. La plupart du temps, il était si épuisé en rentrant chez lui, le soir, qu'il s'écroulait sur son lit comme une masse.

Il devait se remettre au travail.

Certes, il avait adoré son job et n'avait vécu que pour lui. Mais il ne savait trop où il en était, maintenant que Patrick n'était plus là. Sa passion pour sa profession était toujours intacte, seulement il n'éprouvait plus le même enthousiasme et ne souhaitait pas consacrer toute sa vie et son énergie à sa carrière.

Il avait Sarah maintenant.

Les yeux clos, il renversa la tête contre le dossier de son siège, essayant d'imaginer l'existence à Los Angeles avec elle. Mais il ne vit que son doux visage souriant au bord de la mer, à Amesport.

Elle ne serait pas à sa place à Los Angeles. Elle acceptait de déménager uniquement pour lui.

Le cœur serré, il prit la mesure du sacrifice qu'il lui imposait.

Sarah n'était pas une citadine. Elle détestait vivre à Chicago. Amesport était le seul endroit où elle se sentait vraiment chez elle.

Dante venait d'y passer un merveilleux séjour, pourquoi se le cacher ? S'il partait, il n'y aurait plus le bruit des vagues pour le bercer dans son sommeil, la nuit ; il n'y aurait plus de pistes cyclables à explorer, plus de voisins aimables à qui parler, ni de délicieux sandwichs au homard...

La veille encore, Joe Landon lui avait réitéré son offre d'emploi quand ils s'étaient croisés par hasard dans la rue. Dante avait balayé sa proposition sans même se donner le temps de la réflexion. S'il l'acceptait, il devrait faire une croix sur les innombrables cas d'homicides qui constituaient l'essentiel de ses investigations à

Los Angeles. Certes, à Amesport, il aurait toujours quelques affaires criminelles à se mettre sous la dent, ce qui donnerait un peu de piment à son existence, outre l'avantage de réduire le stress quotidien. En tout cas, ce ne serait pas moins intéressant que son job en Californie, et il pourrait peut-être même y prendre un certain plaisir.

Et Sarah pourrait rester dans cette ville où elle se plaisait tant. Avec lui.

Il y ferait son trou lui aussi, il en était sûr. Il se trouverait bien un jeune inspecteur ambitieux pour le remplacer à Los Angeles, ce qui lui permettrait de s'installer ici avec Sarah. Il passerait du temps en famille. Ils lui manquaient plus qu'il ne voulait l'admettre : Sarah, Emily, Grady, sans oublier Jared, même s'il finirait par s'en aller un jour ou l'autre. Patrick avait réussi à combler un temps cette absence, mais il n'était plus là.

Dante rouvrit les yeux quand le jet s'ébranla pour gagner la piste d'envol. Il s'apprêtait à quitter son siège quand il entendit le signal d'appel de son portable. Il le tira machinalement de sa poche et constata qu'il s'agissait d'un SMS de Sarah :

Tu me manques déjà. J'espère que tu recevras ce message à ton arrivée à Los Angeles. Je t'aime. Tu ne m'as jamais posé la question et je ne suis pas sûre de ta réaction. C'est peut-être trop tôt, mais je voulais que tu le saches. Je t'aime tant.

Le message lui alla droit au cœur. Il le sentit cogner dans sa poitrine tandis qu'il terminait sa lecture en suivant les lignes du bout de l'index.

Elle l'aimait.

En cet instant, il aurait donné n'importe quoi pour l'entendre prononcer ces mots.

Sarah l'aimait, se répéta-t-il, incrédule. Il l'aimait aussi. Probablement depuis longtemps, même s'il ne l'avait jamais exprimé en paroles.

Il aurait dû le lui dire.

L'avion roulait sur la piste, quand Dante pressa le bouton relié à l'interphone de bord.

— Faites demi-tour, commandant, ordonna-t-il. Je dois absolument descendre.

— Avez-vous oublié quelque chose, monsieur Sinclair ?

Un tas de choses. J'ai oublié de déclarer à la femme de ma vie que je l'aime. J'ai oublié combien il fait bon vivre à Amesport. J'ai oublié à quel point mes frères et ma sœur me manquent.

— Oui, répondit-il laconiquement.

Dante poussa un soupir de soulagement pendant que l'avion rebroussait chemin. Il bouillait d'impatience. Le doigt sur l'écran de son téléphone, il était sur le point d'envoyer une réponse, mais il se ravisa. Il préférait le lui dire de vive voix et l'entendre prononcer les mots les plus doux qu'il ait jamais entendus.

— À quelle heure dois-je vous attendre, monsieur Sinclair ? fit le pilote tandis que Dante s'engageait sur la passerelle dès l'arrêt de l'avion.

— Jamais !

Enfin à la maison, se dit-il, le cœur gonflé d'allégresse, en traversant l'aéroport au pas de course, cherchant Sarah du regard. Il savait qu'elle était déjà partie puisque le jet avait été retardé, mais contre toute logique, il espérait encore.

— Besoin d'un chauffeur ? lança une voix gouailleuse dans son dos.

Dante se retourna d'un bloc pour découvrir son frère Jared nonchalamment adossé contre un mur.

— Qu'est-ce que tu fiches ici ?

Jared franchit les quelques mètres qui les séparaient.

— Je t'attendais. J'étais sûr que tu changerais d'avis.

— Mais comment as-tu deviné ?

Dante n'en revenait pas. Lui-même n'en avait pas la moindre idée avant de se décider, à peine quelques minutes plus tôt. Quel imbécile ! Il aurait mieux fait de rester au lit avec Sarah et d'y réfléchir à deux fois avant de monter dans ce maudit avion.

Jared haussa les épaules.

— Tu l'aimes, hein ?

— À la folie. Elle ne le sait pas encore.

Son frère esquissa un petit sourire.

— Bon, allons-y.

Dante lui emboîta le pas. La présence de son frère le laissait perplexe, mais il lui était reconnaissant d'être là. Il ne désirait qu'une chose : retrouver la femme qu'il aimait au plus vite.

~

Sarah préparait sans conviction une valise dans la chambre d'amis de Dante. Il lui avait suggéré de s'installer chez lui, mais cela ne lui disait rien. Elle se sentait mal à l'aise en son absence. Trop de souvenirs étaient attachés à cette maison. Elle avait donc décidé d'emporter quelques affaires et de retourner dans son petit pavillon, espérant que Dante lui manquerait moins si elle réintégrait son environnement familier.

Elle devait cesser de se morfondre. Elle le reverrait dans quelques semaines. Il venait à peine de partir. Il ne pouvait pas lui manquer déjà.

Morose, elle fourra une paire de chaussures dans la valise avant de s'engager dans le couloir menant à la chambre à coucher. L'ancienne Sarah, la raisonnable, s'était volatilisée. Son attachement à Dante n'avait peut-être pas affecté son intellect, mais il lui avait permis de recentrer ses priorités. L'amour était irrationnel, un sentiment complexe qui la privait de toute pensée logique. Au fond, elle s'en moquait et elle n'avait aucune envie de résister. Mieux valait se sentir vivante dans les bras de Dante au risque de se brûler les ailes plutôt que de redevenir telle qu'elle était avant : un être raisonnable et dépourvu d'émotion.

Elle se pelotonna sur le lit, le visage enfoui dans l'oreiller, imprégné de l'odeur si masculine de Dante qui lui incendia l'entrejambe. Elle sursauta quand Coco bondit sur le matelas. Elle éclata de rire et lui gratta le sommet du crâne, comme il avait coutume de le faire.

— Il te manque à toi aussi, hein ? dit-elle en serrant contre son cœur le petit animal, avec qui elle pouvait partager son chagrin.

Soudain, elle entendit la porte d'entrée claquer au rez-de-chaussée. Elle se redressa, paniquée. Elle ne l'avait pas fermée à clé, et n'avait pas non plus activé l'alarme. Elle ne comptait pas s'attarder dans la maison et puis elle ne courait aucun danger, n'ayant plus de fou furieux à ses trousses. Sarah reposa Coco par terre, sortit du lit, traversa le couloir et s'engagea dans l'escalier sur la pointe des pieds. C'était sans doute Jared ou Grady. Ou peut-être la femme de ménage qui venait une fois par semaine, habituellement le lundi.

Calme-toi. C'est probablement une connaissance de Dante. C'est même certain.

Elle fit halte au bas des marches et promena un regard circulaire.

Personne.

La baie vitrée était entrouverte et elle se demanda si quelqu'un était sorti par la porte de derrière. Elle s'approcha et faillit hurler en voyant une haute silhouette émerger de la cuisine.

— La porte n'était pas verrouillée ! s'écria l'individu, furieux.

Dante !

Le cœur de Sarah manqua un battement avant de repartir de plus belle.

— Dante ! Oh mon Dieu, tu m'as fait une de ces peurs !

— Tu étais seule à la maison et tu n'as même pas fermé la porte à clé !

— Qu'est-ce que tu fabriques ici ?

Il la fixa de son regard noisette, brillant d'une lueur intense.

— J'ai reçu ton message.

— Tu n'étais pas déjà parti ?

— Si, presque. L'avion a eu du retard, mais j'avais décidé de revenir de toute façon.

Elle ne le lâchait pas des yeux, comme pour mémoriser le moindre détail de son beau visage qu'elle ne s'attendait pas à revoir de sitôt.

— Tu as oublié quelque chose ?

— Oui, toi.

Elle sentit son cœur chavirer.

— Dante, je ne peux pas m'en aller maintenant...

— Il n'en est pas question. Je veux que tu restes ici avec moi.

Elle secoua la tête.

— Je ne comprends pas.

— Je ne te quitte plus, Sarah. Ma place est ici, à Amesport, avec toi. Veux-tu m'épouser ? ajouta-t-il, guettant sa réaction avec inquiétude.

Sarah eut du mal à réprimer l'exaltation qui s'empara d'elle. Il était impossible que Dante s'installe en ville. Elle pouvait pratiquer la médecine n'importe où, alors qu'il avait sa carrière à Los Angeles.

— Et ton travail ?

— Aucun problème. Joe Landon ne manque pas une occasion de me rappeler qu'il va bientôt prendre sa retraite et que le poste de commissaire qu'il occupe sera vacant. De toute façon, ce ne sera plus jamais pareil à Los Angeles sans Patrick. Il est temps de tourner la page. J'ai besoin de toi, Sarah. Nous serons très heureux ici. Et si tu acceptais de m'épouser, ce serait le paradis.

Être avec lui, vivre avec lui... c'était son plus cher désir, mais il n'avait jamais mentionné le mariage, ni même évoqué la déclaration d'amour qu'elle lui avait faite.

— Nous n'avons jamais parlé de mariage, objecta-t-elle. Tu me le reprocheras plus tard, une fois l'excitation de la nouveauté retombée, et tu m'en voudras d'avoir sacrifié ta carrière, pour laquelle tu as travaillé si dur.

— Je ne t'en voudrai pas, pour la bonne raison que tu m'as sauvé la vie. Je ne retournerai pas à Los Angeles. Quelle tête de mule alors ! Tu n'as pas écouté un mot de ce que je t'ai dit ?

Elle avait très bien entendu au contraire, mais elle avait l'impression de marcher dans un rêve dont elle allait bientôt se réveiller. Il voulait vraiment rester ici, l'épouser et construire une vie ensemble ?

— Bien sûr que je t'écoute, seulement c'est trop beau pour être vrai. Je n'avais jamais échafaudé des projets d'avenir avec toi, Dante.

Il lui tendit la main.

— La réciproque est vraie, ma chérie, mais tu es le plus beau cadeau que je puisse imaginer.

Sans réfléchir, elle se jeta à son cou, les yeux clos, respirant son odeur aux notes viriles et musquées qui lui donnaient toujours l'impression d'être de retour à la maison, où qu'elle soit. Elle sentit son étreinte se resserrer autour d'elle, comme s'il ne voulait plus jamais la lâcher.

— Dis-le-moi, insista-t-il d'une voix vibrante. Je veux l'entendre de ta bouche.

— Je t'aime. Je ne sais pas comment ni quand c'est arrivé, mais c'est plus fort que moi.

Il la plaqua contre le mur d'une poussée.

— Pourquoi t'en priver ? Je t'aime aussi. Tellement que je n'ai plus les idées claires. Peut-être que si mes neurones fonctionnaient normalement, l'idée de te quitter ne me serait jamais venue à l'esprit.

Elle sourit, la tête au creux de son épaule, le cœur battant à tout rompre. *Il l'aimait aussi !*

Il recula d'un pas pour ôter sa chemise couleur vert forêt qu'il laissa tomber par terre, fit prestement passer le T-shirt de Sarah par-dessus sa tête, dégrafa son soutien-gorge et jeta le tout sur le tas de vêtements à leurs pieds.

— Qu'est-ce que tu fais ?

Il retira son jean, puis la débarrassa du sien, qu'il fit glisser le long de ses cuisses en même temps que sa petite culotte.

— J'ai besoin que tu le dises pendant que je serai en toi, murmura-t-il tout contre ses lèvres.

— Et si je ne veux pas ?

Il la pressa contre le mur, lui clouant les mains au-dessus de la tête.

— Tu n'as pas le choix. Allez, dis-le.

Une onde de désir courut dans ses veines, et elle sentit une douleur sourde irradier au creux de son bas-ventre. Elle soutint le regard impérieux qu'il fixait sur elle et conclut qu'elle ne résisterait pas longtemps. Elle allait le dire, le crier même, à la face du monde.

— Toi d'abord.

— Je t'aime, murmura-t-il, son souffle chaud effleurant sa tempe. Maintenant, dis-moi que tu acceptes de m'épouser.

Bien sûr qu'elle le désirait ! De toutes ses forces ! Elle voulait connaître cet immense bonheur jusqu'à la fin de ses jours. Elle voulait que cet homme exigeant et tendre devienne un jour le père de ses enfants. Et par-dessus tout, elle voulait qu'il lui appartienne.

Elle frissonna de plaisir alors qu'il aventurait une main entre ses replis humides, si sensibles à l'intérieur de ses cuisses.

— Oui, j'accepte de t'épouser.

Il trouva le petit bouton de son clitoris qu'il se mit à triturer sans relâche.

— Dis-moi que tu m'aimes, répéta-t-il d'une voix éraillée.

Elle renversa la tête contre le mur pour lui offrir un meilleur accès, tandis que du bout de la langue, il traçait un sillon de feu le long de son cou.

— Je t'aime, gémit-elle en se cramponnant à ses cheveux avant de l'embrasser à pleine bouche.

Il empoigna ses fesses à deux mains, la souleva et pressa sa queue raide entre ses cuisses. Quand elle enroula les jambes autour de ses hanches, il lâcha ses poignets, se positionna et plongea de toute sa longueur dans sa fente étroite, en même temps que sa langue envahissait sa bouche. Il accordait sans douceur ses ruades aux poussées de sa langue. En cet instant, Sarah ne voulait pas de tendresse, seulement la confirmation, la preuve que cela était bien réel, qu'il était revenu parce qu'il l'aimait. Elle noua les bras autour de son cou et fourragea dans ses cheveux, avide de tout ce qu'il avait à lui offrir.

Il s'arracha à sa bouche, hors d'haleine.

— Dis-le encore, exigea-t-il en la pilonnant de plus belle.

Elle était au bord du précipice, tout près de basculer. Elle se contracta autour de lui, le corps secoué de spasmes tandis que le plaisir déferlait par vagues successives.

— Je t'aime, Dante, je t'aime tellement...

Il s'enfonça encore plus loin et explosa, l'inondant de sa semence brûlante.

— Il n'y aura jamais d'autre femme que toi, murmura-t-il.

Aussi molle qu'une poupée de chiffons dans ses bras, elle avait du mal à reprendre ses esprits. Il la transporta sur le canapé du salon où il s'effondra avec un gémissement, l'entraînant à sa suite. Elle s'allongea à ses côtés, coincée entre son grand corps et le dossier du canapé.

Dans un état de béatitude proche de l'épuisement, elle s'abandonna à son étreinte, comme dans un doux cocon protecteur, et sentit avec émerveillement ses muscles rouler sous ses paumes.

— Je voudrais tant que tu sois heureux, déclara-t-elle, torturée à l'idée qu'il abandonne à cause d'elle un travail qu'il adorait.

Il passa un bras autour de ses épaules et s'écarta pour mieux la voir.

— Je suis comblé, le plus heureux des hommes. J'aimais mon job à Los Angeles, c'est vrai, mais je n'étais pas heureux. Il m'obsédait parce que c'était tout ce que j'avais. Patrick me rabâchait que si je ne ralentissais pas, j'allais brûler la chandelle par les deux bouts avant trente ans. Je passais inutilement mes nuits au bureau à vérifier des faits que j'avais déjà examinés des centaines de fois. Sans doute parce que personne ne m'attendait à la maison. J'avais des amis, bien sûr, mais Patrick était le seul qui m'était proche.

Sarah se surprit à plaindre cet homme qui se sentait isolé dans une grande ville au milieu de près de quatre millions d'habitants. Elle le comprenait si bien. Elle-même avait probablement été la femme la plus solitaire de Chicago.

— J'éprouvais un grand vide moi aussi. Sans doute parce que je t'attendais, confia-t-elle.

— Et maintenant que tu m'as trouvé, que comptes-tu faire ?

— T'aimer.

— Tu me montres ?

Sarah s'empara de ses lèvres et employa le reste de la journée à le lui prouver.

Épilogue

— Elle viendra à notre mariage, annonça Sarah, au comble de la surprise, en raccrochant.

Quand ils avaient fini par émerger, le dimanche suivant, elle avait trouvé un message de sa mère sur son répondeur. Celle-ci avait téléphoné cinq fois. Sarah s'était résolue à la rappeler, même si elle appréhendait une discussion houleuse.

Elaine Baxter n'avait pas sauté de joie en apprenant que sa fille ne s'unirait pas à un membre de Mensa, mais elle avait quand même accepté d'assister à la cérémonie.

Une fois que Sarah lui eut annoncé qu'elle était passionnément amoureuse de Dante et qu'elle allait l'épouser, Elaine avait craqué, elle lui avait avoué l'amour qu'elle portait à son mari et sa douleur de l'avoir perdu si jeune. La conversation avait beau être encore un peu tendue, c'était la première fois que sa mère lui parlait du lien qui l'unissait à son père.

— Bonne ou mauvaise nouvelle ? s'enquit Dante, assis sur le canapé avec Coco, après que Sarah lui eut résumé la teneur de la conversation.

— C'est curieux, mais elle avait l'air presque heureux en parlant de mon père. Elle l'a rarement évoqué durant toutes ces années. Peut-être parce que c'était trop douloureux.

Dante déposa Coco par terre et jucha Sarah à sa place sur ses genoux.

— Tu es contente ?

— Oui. Elle ne changera sans doute jamais, mais elle est ma seule famille. Elle n'a jamais été chaleureuse ni aimante, mais pas vraiment méchante non plus. Elle était tellement obsédée par mon éducation que rien d'autre ne comptait à ses yeux. Et elle était persuadée d'avoir raison. Au moins, elle n'essayera plus de me marier à toute force, c'est déjà ça.

— Tant mieux. Tu es à moi maintenant. On ira acheter la bague demain.

Sarah enfouit la tête dans son cou.

— Elle voulait connaître la date du mariage, et aussi ton QI.

— La semaine prochaine. Concernant la seconde question, je n'ai jamais passé le test. De toute façon, tu es assez intelligente pour nous deux, ma chérie.

Sarah leva les yeux au ciel.

— Il faut du temps pour organiser une cérémonie, même en petit comité.

— Le mois prochain... c'est trop long...

Elle éclata de rire, flattée par l'impatience qu'il avait du mal à dissimuler.

— Disons l'année prochaine ? Ça me laisserait le temps de me retourner.

Il l'allongea sur le canapé et s'étendit au-dessus d'elle, en appui sur les coudes.

— Je n'attendrai pas un an pour que tu deviennes ma femme, je te préviens.

Elle remarqua son expression féroce et sourit.

— Au début de l'année, alors ?

— Pas question !

— Je vais consulter Emily et voir ce que nous pourrons faire. Mais je pense qu'elle sera de mon avis.

— Et moi, je vais parler à mes frères et à ma sœur pour qu'ils m'aident à tout organiser d'ici un mois. Entre parenthèses, je doute qu'Emily soit de ton côté. Grady l'a épousée au bout de quelques semaines à peine. Quand nous voulons vraiment quelque chose, nous, les Sinclair, trouvons toujours un moyen de l'obtenir.

— Crois-tu qu'ils pourront venir ? s'inquiéta Sarah, désireuse de le voir se rapprocher de sa famille.

(Ils avaient besoin les uns des autres, même s'ils avaient parfois du mal à l'admettre.)

Il lui caressa la joue.

— Je me débrouillerai pour trouver une date qui convienne à tout le monde. Je tiens à ce que Hope et Evan fassent ta connaissance.

— Et Jared ? Tu crois qu'il va rester encore quelque temps parmi nous ?

— Il se passe un truc avec lui. J'ignore quoi, mais mon intuition me dit qu'il sera encore là.

— Toi, tu sais quelque chose !

Dante haussa les épaules.

— Absolument rien. À mon avis, il s'est entiché d'une femme et il est tombé sur un os. Voilà plusieurs semaines qu'il est là, et je ne l'ai jamais vu sortir avec qui que ce soit.

— Tu exagères, ça ne fait pas si longtemps.

Dante la fit taire d'un baiser.

— Suffisamment, répondit-il, l'air mystérieux.

Elle oublia tout quand leurs lèvres s'unirent. Elle noua les bras autour de son torse et fit courir ses mains le long de son dos nu, explorant ses muscles saillants. Elle avait enfilé un pantalon et un léger chemisier avant de descendre, mais Dante avait juste pris le temps de passer un jean.

Il s'écarta pour mieux la voir. Elle surprit dans son regard une vulnérabilité qu'elle ne lui connaissait pas.

— Épouse-moi, Sarah, implora-t-il. Ne me fais pas languir.

Se marier dans un mois n'était vraiment pas raisonnable. Ce serait la course pour tout faire à temps. Et il faudrait solliciter la participation d'un tas de gens – Emily, Randi, les frères et la sœur de Dante. Non... c'était insensé. Elle planta son regard dans les yeux pleins d'espoir fixés sur elle et y lut l'avenir, son avenir avec l'homme qu'elle aimait.

Aussi délirant que cela puisse paraître, elle n'avait pas envie d'attendre, elle non plus.

— D'accord, on trouvera bien une solution.

Elle vit son beau visage s'éclairer d'un sourire. Elle était sous le charme, comme envoûtée. Avec un cri de triomphe, il enfouit les doigts dans ses cheveux et l'embrassa à lui couper le souffle.

L'esprit embrumé, elle s'abandonna à la douceur de ses lèvres. La folie l'emportait parfois sur la raison, se dit-elle, tandis que Dante l'emportait dans sa chambre pour lui démontrer combien il était heureux. Oui, décidément, il y avait des moments où l'absurde était divin.

REMERCIEMENTS

Je tiens d'abord à remercier mes lecteurs pour leur patience et l'intérêt qu'ils portent aux Sinclair. Il s'est écoulé un certain temps avant de retrouver les autres frères et sœur de la série, c'est vrai, mais j'espère qu'*Un milliardaire pas comme les autres* valait la peine d'attendre.

Un grand merci à l'équipe de Montlake qui m'a aidée dans le parcours éditorial, nouveau pour moi. Ma profonde gratitude va à mes relectrices de Montlake, Kelly et Maria, pour avoir facilité cette transition et avoir cru en moi, ainsi qu'en mes livres.

À mon équipe de terrain, les Jan's Gems : vous êtes absolument géniales. Votre gentillesse et votre soutien m'étonneront toujours.

À mon mari, Sri, qui œuvre avec la plus grande discrétion pour que je puisse écrire à loisir. Tu es merveilleux. Je t'aime.

J'espère que l'histoire de Dante et Sarah vous plaira autant que j'ai adoré l'écrire.

Jan (J. S. Scott)

À PROPOS DE L'AUTEUR

Passionnée par tous les genres littéraires, J.S. « Jan » Scott préfère par-dessus tout écrire des romans sentimentaux, des histoires d'amour torrides, contemporaines ou paranormales, dont le héros est généralement un mâle alpha. Certains figurent d'ailleurs parmi les meilleures ventes recensées par le *New York Times* et *USA Today*. Ses récits connaissent toujours un heureux dénouement, parce que Jan ne peut tout simplement pas écrire autrement !

Elle vit dans le magnifique décor des montagnes Rocheuses avec son mari et deux bergers allemands trop gâtés.

38065369R00158

Made in the USA
Middletown, DE
10 March 2019